U0093423

國際學術研討會

古龍武俠小說 領先時代半世紀

【記者賴素鈴／報導】江湖代有才人出，這廂古龍凋零二十載，那廂今朝懸賞百萬獎新秀，浪淘不盡，唯有武俠熱愛，不隨時間變易，在學術研討會上更見分明。以「一代鬼才：古龍與武俠小說」爲主題，淡江大學第九屆文學與美學國際學術研討會昨起在國家圖書館，展開爲期兩天的議程，紀念武俠小說家古龍逝世二十周年，新生代學者與古龍故舊齊聚一堂，以文論劍話武俠。

日前與淡大中文系教授林保淳共同發表《台灣武俠小說發展史》，武俠小說評論家葉洪生昨天在專題演講中，直批胡適1959年底發表「武俠小說下流論」是「胡說」，學界泰斗的不當發言以及隨即展開的「暴雨專案」，反而促成1960年起台灣武俠新秀的繁興，「武俠小說迷人的地方，恰恰在門道之上。」，葉洪生認定，武俠小說審美四原則在文筆、意構、雜學、原創性，他強調：「武俠小說，是一種『上流美』。」

集多年心血完成《台灣武俠小說發展史》，葉洪生認爲他已爲從十歲起迷上武俠小說的半世紀畫上完美句點，並且宣布他「以後決心退出武俠論壇，封劍退隱江湖」。

雖然葉洪生回顧武俠小說名家此起彼落，套太史公名言「固一世之雄也，而今安在哉？」，認爲這是值得深思的嚴肅課題，昨天意外現身研討會而備受矚目的溫世禮，則爲了紀念同是武俠迷的哥哥溫世仁，推出第一屆「溫世仁武俠小說百萬大賞」，即日起至今年10月3日截止收件，經兩階段評選後於明年12月7日公布首獎得主，預料將會是一場武林新秀的龍虎爭霸戰。

看明日誰領風騷？風雲時代出版社發行人陳曉林眼中的古龍，其實領先他的時代半世紀，以致如今雖然古龍逝世20年，陳曉林認爲大家對古龍的了解仍然有限，預言未來世代更能和古龍的後設風格共鳴。

昨天這場研討會，也凸顯武俠小說作爲一項文學研究門類，仍有待開發學習空間。多位與會者都指出，武俠小說的發表、出版方式和管道具考證難度，學術理論與論文格式的建立待加強。而武俠名家的版權之爭、市場競爭力，也增加出版推廣困難，古龍武俠小說的版權糾紛、司馬翎作品的版權官司也成爲研討會的場外話題。

與

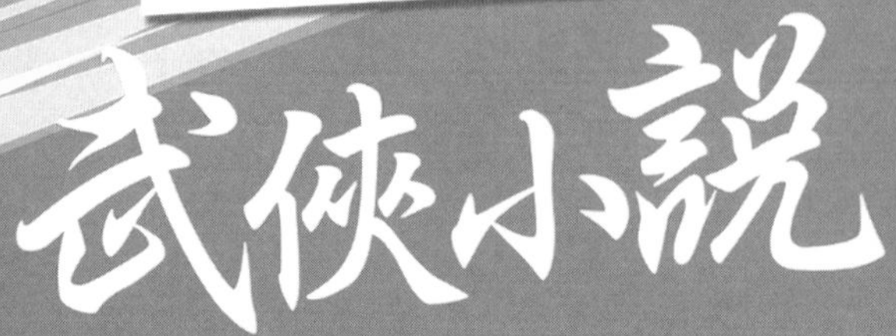

第九屆文學與美

古龍兄為人慷慨豪邁、跌蕩自如，變化多端，文如其人，且復多奇氣，惜英年早逝。余與古兄當年交好，且喜讀其書，今既不見其人，又無新作可讀，深自嘆惜。

金庸

一九九六．十．十一．香港

武林外史

（一）

【導讀推薦】

突破武俠窠臼的浪漫傳奇

——《武林外史》導讀

葛迺瑜

一、顛覆舊傳統的故事情節

《武林外史》是古龍邁入中期的長篇巨作。在這長達近百萬字的故事中，我們可以發現，無論是在故事的結構、人物性格的塑造或敘事手法上，都有許多的創新之處。全書自一樁古墓寶藏所引發的神秘謀殺事件爲起點，開始了一連串的揭秘過程。全書故事可概分爲三個階段：

第一階段

第一階段的場景發生在「仁義莊」和古墓之中。故事一開始便是「仁義莊」三老召集武林七大高手，商議共同對付快活王的大計，卻因朱七七的鬧場不了了之。其後「鏡頭」隨著朱七七和沈浪的腳步來到了古墓，故事的主線至此才漸漸明顯。在古墓中的這番奇遇，讓沈浪與朱七七捲入了奇案之中，沈浪開始了一連串揭秘的歷險。

「仁義莊」中的情節，對故事的發展並無關鍵性的影響，且七大高手之間的恩怨，也不是全書的重點，以這樣無足輕重的情節作爲故事的開頭，乍看之下，似乎這段情節除了引主角出場之外，別無它用，頗有讓人摸不出頭緒之感，然而若是將之放在整個階段來看，卻可以看出此段情節另一個隱而未顯的脈絡：顛覆，而這也是本階段的一個主題。

「仁義莊」情節一開始，便藉著「仁義莊」三老之口說出了多年前的一段武林故事——衡山一役。這場讓黑白兩道高手死傷殆盡的慘案，原是為了爭奪無敵真經，在經過一番激戰之後，倖存的六個人才發現無敵真經的存在根本是一場騙局，如此出人意料的安排，顛覆了傳統武俠中武功秘笈的「情結」。

無敵真經的騙局，讓武林呈現出一片高手凋零的蕭索景象。就在前輩高手凋零的武林真空時期，七大高手趁機迅速竄起。由於各家高手武功同樣平庸，在「競爭激烈」之下，彼此爭排名、爭地位，甚或爭利益，偶有如雄獅喬五的英雄，卻也是孤掌難鳴。傳統武俠世界中的大俠風範，在這群以俠義自詡的高手中，又難以復見，對七大高手的著墨，似已隱含對傳統武俠高手世界的顛覆。

從「仁義莊」的情節中，我們知道了故事中的武功秘笈原來是個騙局，名門正派的高手多是氣量較小的武人，而沈浪與朱七七在古墓中的奇遇，則打破了古墓奇人(花梗仙)和藏寶的迷思。金無望甚至利用古墓寶藏的傳說，來當作綁架勒索的方法。在全書的一開頭，作者便藉著書中人的經歷告訴讀者，這個故事中，沒有以拯救武林為己任的俠義高手、沒有絕世的武功秘笈、也沒有隱世的高人和價值連城的寶藏。那麼，武俠故事中，還有什麼呢？

第二階段

第二階段王憐花出現，故事進入高潮。在這個階段中，出現了全書其他的重要人物王憐花、白飛飛以及熊貓兒。

本階段始於沈浪、金無望與朱七七離開古墓之後。朱七七爲了要取悅沈浪，獨自去探查在古墓失蹤高手的下落，隨著白雲牧女的馬車，她進入了王夫人的巢穴，在那裡遇到了王憐花，自此開始了與王憐花的糾纏。王憐花自見到朱七七後，便起了要佔有朱七七的欲念，然而自恃風流的王憐花，並不屑以強迫的手段逼朱七七就範，因此想盡辦法要朱七七自願獻身，王憐花一次又一次的向朱七七用計，朱七七一次次的脫離魔掌並伺機報復，構成了本階段一個有趣的主線。

相對於王憐花對朱七七的死纏爛打，沈浪的心神，卻完全沈浸在與金無望及熊貓兒的友情上，相形之下，對朱七七的態度便顯得冷淡得多。也因爲如此，朱七七對沈浪充滿了不安全感，故而當溫柔婉約的白飛飛出現時，朱七七女人嫉妒的天性，讓她作出了許多令沈浪哭笑不得的傻事。朱七七對沈浪由愛轉恨，又由恨回到愛的情感轉變過程，帶動了故事的發展，也構成了本階段另一個悲喜交集的主題。

在當時武林的亂世之中，王憐花與沈浪，一個是少年梟雄，一個則是落拓英雄，這兩個男人卻因爲朱七七而數次交手，兩人的對立則是這個階段的第三個主題。

在第一階段中，作者顛覆了俠義的高手、絕世的武功秘笈、隱世的高人和價值連城的寶藏。

我們在第二階段中看到了情義與仇恨才是作者要鋪陳的重點。因此，朱七七對沈浪的愛情、王憐花對朱七七的愛欲、以及他對沈浪的妒恨，三條主線的互相牽引糾纏，一直是推動故事發展的動力。此外，和熊貓兒及金無望的友情，以及熊貓兒與朱七七、金無望與朱七七、白飛飛與沈浪的情愫等等搭配的情節之中，也明顯可以看出作者著力描寫愛情與義氣的特點。

第二階段占了全書一半以上的篇幅，在這段情節中，沈浪和朱七七等主角的連番奇遇，並沒有讓他們得到絕世的武功秘笈、價值連城的寶藏，也沒有碰上隱世的高人傳授武功，他們得到的，只是彼此感情的相屬、友情的堅固。

在朱七七一次次的心碎之後，她的真情終得到了沈浪的回應。然而兩人的幸福還沒開始，他們便又同時落在王夫人手中。對快活王恨之入骨的王夫人，為了聯合沈浪共同對付快活王，居然要嫁給沈浪，而沈浪竟也一口答應，故事就此開始進入沈浪與快活王交鋒的階段，故事也將進入結局。

第三階段

沈浪離開了王夫人，開始進行王夫人對付快活王的計劃，故事至本階段已到尾聲。沈浪與快活王之間亦敵亦友的特殊情誼是本階段的主軸，英雄惜英雄是這個階段最精彩的主題，而白飛飛與沈浪的發展，則是本階段最吸引人的插曲。

在全書一開始，作者便已介紹過快活王這個人物，而在前兩個階段，也隱約透露出沈浪對快活王，似有一段不為人知的仇恨，因此，沈浪與快活王的敵對，其實隱然是私人仇恨使然。

沈浪與快活王兩人王不見王的情況，一直到了這最後的階段，在王夫人的安排下，沈浪與快活王才終於在賭桌上初見。

沈浪的刻意結交終獲快活王以國士相待，快活王對沈浪的才情備加愛惜，而沈浪又何嘗不感激快活王對他的知遇之情呢？但是這兩個不世出的英雄，還是不免刀兵相向。兩人訂下逃亡與獵殺的生死之搏後，因白飛飛的介入，情節進入另一個轉折，這個心中充滿仇恨的少女，終於一步步要走上與快活王同歸於盡的復仇之路，然而故事結尾卻大出人意料，快活王並未死於沈浪之手，白飛飛的計劃也未成功，最終復仇成功的人，居然是王夫人。

全書因爲這樣的結局，有了全然不同的角度。如果自結局來反觀全書，我們將會發現原來所有的疑案，均是兩個女人（**王夫人和白飛飛**）的復仇計劃，而沈浪只不過是這兩個女人棋局中的棋子而已，志於復仇的少年居然無法親手刃殺仇人，作惡多端的女人居然達成目的，這樣的結局，更是將傳統武俠的慣例徹底顛覆了。

綜觀全書的情節推演，我們不難看出古龍要跳出傳統武俠窠臼的努力，雖然其間難免有顧此失彼的情形，如沈浪與快活王對立的原因，雖是基於爲父報仇，但結尾對此一主題卻不了了之，使得沈浪的態度顯得曖昧而模糊。但是總體來看，古龍在本書中，讓武俠不再局限於高深武功的追求、武林霸主的爭奪等等傳統的窠臼之中，而將武俠情節帶入了最貼近人心的情感，讓武俠小說不單只有血性，還多了一分真正的人性。

二、多面向的人物性格

在本書中，古龍將真正的人性帶入了情節的主幹，因此在本書中，我們看不到爲了虛無縹緲的武林正義而奔波的大俠，也看不到溫柔可人的美麗女俠，我們只看到了一個個糾纏的愛恨情仇，又陷於自身性格矛盾的凡人。善與惡不再像黑與白那般的分明，剛與柔與不再是男與女的代名詞，在本書中，我們可以發現古龍對人性細膩而深刻的洞察，透過本書中人物性格的觀察，我們看到了人物性格的多面向。

愛恨交織

從本書情節的發展來看，我們可以發現，書中人物的愛與恨主導了每一次情節的轉折，從故事的架構而言，我們甚至可以說，整個故事便是王夫人、朱七七、白飛飛等眾家女子因愛生恨，爲恨復仇的過程。

王夫人、朱七七雖在性格上是截然不同的女人，但是她們對於愛情，卻都有著一樣的歷程。她們都是愛情至上的女人，在愛情失落之後，她們也都不約而同的走上毀滅的道路。只是王夫人毀滅的，是她曾經深愛著，卻也讓她恨得入骨的快活王；而朱七七毀滅的，則是她自己，她三番兩次費盡苦心安排，只爲了要死在自己心愛的人手中。

相對於王夫人和朱七七的愛情，白飛飛對沈浪的情感，便沈潛得多。但是在她深沈的內心中，對沈浪又何嘗沒有著澎湃的愛情？只是她並不似王夫人與朱七七。這個聰明的女子，並沒有因爲愛情而喪失理性，她很清楚沈浪愛的是朱七七，她雖然得不到沈浪的心，她卻也要讓沈浪永遠記得她，而唯一能讓沈浪永遠記得她的方法，便是讓沈浪永遠恨她，因爲她很清楚，在人心中，唯一和愛有著同樣地位的，便是恨。

縱觀本書中的眾女子，她們或單純如朱七七，或複雜如白飛飛，或善良如花四姑，或狠毒如王夫人，這些形形色色的女子，幾乎都不免落入愛情的懷抱中，而故事中所有秘辛及悲劇的背後，其實都隱藏了一個女子的愛情故事。在眾多女子的愛情當中，雖偶有圓滿如花四姑者，但絕大多數的女子都經歷過愛情的幻滅，進而因愛生恨，即使如朱七七，最後雖終得沈浪的心，但她也曾屢屢因愛情得不到沈浪的回應，而做出毀滅自己的舉動，甚至還設計陷害沈浪。從朱七七、王夫人和白飛飛這些女子的身上，我們看到了愛與恨原來只有一線之隔，這愛恨交織的情緒，已成爲全書女性形象的一個基調。

超脫價值判斷，直探人心

全書在人物性格的塑造上，另一個不同於以往武俠的地方，便在於人物的非善惡化。本書捨棄了善惡二元的行爲價值判斷，直探人物行爲背後的內心需求。

透過對書中人物內心的描述，我們可以知道：白飛飛的狠毒其實是尋求她心中恨意的發泄；王憐花的奸狡百出，只是爲了勝過沈浪，以掩飾潛藏在他內心的自卑；其他如金不換所有的行爲只在求利，快活王爲的是權，熊貓兒要的是爽快，朱七七求的是愛情，而金無望的所作所爲只是爲報知己。藉由對書中人物動機的闡明，我們看到的，不再只是帶著價值判斷的善人和惡人，我們看到的是一個個赤裸裸、有血有肉的凡人。

相對於這些人的追尋，沈浪應可算是真正超脫欲念的人：他與快活王有不共戴天之仇，但在未能手刃親仇的時候，他卻能淡然處之；他雖有愛的感覺，卻少有表露；他也會憤怒，卻從不報復，這種超脫於一切的態度，雖讓沈浪顯得卓然不群，卻也削弱了沈浪這個人物的個性。

完美俠女形象的幻滅

不同於以往男性獨尊的武俠故事，在本書中，女性人物一直扮演推動故事發展的主力，而全書中對女性人物的性格，也有非常精彩的描寫。雖是武俠故事，在本書中眾女性的身上，我們卻看不到一個俠女，我們只看到了一個個被愛恨糾纏的真女人。

若將本書中所有的女性人物羅列開來，我們會發現全書居然找不出一個完美的女性。原來全書中最完美的女人，該是白飛飛。她溫柔美麗、聰慧可人，集所有男人的夢想於一身，然而在最後，古龍卻將所有的人（書中人和讀者）的夢想都打破了。原來所有的優點都是她矯揉造作出來的，她的溫婉只是她施行復仇計劃的偽裝。除掉了這些偽裝，她只剩下了偏激惡毒的心腸，和不堪的身世，令人想恨都無從恨起。

當白飛飛的真面目還未顯露時，朱七七對白飛飛的態度，十足是個壞女人的嘴臉。在前段的論述中已提及，朱七七打破了一切女俠的規則。她雖然武功不錯，但緊要關頭上卻永遠派不上用場；她雖深愛著沈浪，在沈浪令她心碎時，她卻可以喜歡上熊貓兒和金無望；她雖對男女之事懵懵懂懂，在王憐花的挑逗下，卻也有著一般女人的反應（甚至過之），以傳統女俠的標準來看，似乎她只符合了「美麗」這一項，如果不去看她的功夫與萬貫的家財，則她那單純的思想、直爽的性格，以及率性的言行，便和市井村婦相差無幾了。

相對於朱七七的率性、白飛飛的陰毒，七大高手中的花四姑，應可算是集智慧、溫柔及俠義於一身的正派好女人。然而她的長相卻是「又肥又醜，腮旁長著個肉瘤，滿頭雜草般的黃髮」，連謙和如沈浪者，在初見她的尊容時，都不免要皺眉。

其他女性如王夫人雖具智慧和風韻，卻心如蛇蠍，染香雖可人卻輕佻，另外如七大高手之一的柳玉菇、天魔花蕊仙、快活林中的夏沅沅、春嬌等等女性人物雖形形色色，卻獨缺一類美麗又善體人意，善良又能行俠仗義的零缺點女子。如果要在本書眾多女性群相中，找出這類在傳統武俠中比比皆是的女俠，相信定會讓許多人失望了。

相對於傳統武俠中完美無缺的俠女，本書中形形色色的女子，卻有個共同的特性，她們都有著超強的生命力，絕不向命運低頭。白飛飛雖然有一個令人同情的身世，她卻能在惡劣的環境中成長，她對快活王復仇的計劃，又何嘗不是向自己苦難命運的抗爭？而其他如王夫人、朱七七、染香、春嬌等女子，她們對自己所想所愛的人、事，不也都是勇於爭取、絕不退縮嗎？由此我們也隱約可以看出一個新俠女形象的雛型，這樣的一個女性形象，不正也是現代女性的理想典範嗎？

難得「友情人」

「友情」是古龍作品中永遠不缺席的一分子。在本書中，如果說「愛情」是眾家女子以生命追逐的夢想，那麼「友情」便是書中許多男子努力紡織的童話。在這童話中，眾英雄們付出他們的真情，不惜自己的生命，一次又一次地留下了動人的軌跡。其中，熊貓兒和金無望是最讓人難忘的「友情人」，而快活王與沈浪的惺惺相惜，則是最動人心魄的英雄之交。

熊貓兒這個對人類充滿了熱愛的血性男兒，他與大多數好交朋友的人不同，他交朋友不挑身分，無論是雞鳴狗盜的市井無賴，或是文采風流的世家公子，只要他看得順眼，都可以做朋友。他也不似大多數爲了塡補寂寞才交朋友的人，他交朋友，只是爲了要交朋友。唯有如他這般真性情的人，才能讓每個人都喜歡他，也才能領略到真正的友情。因此，他可算是全書中唯一真正有情的「友情人」。

熊貓兒相交滿天下，金無望卻是孤獨的寂寞人。他高傲而冷漠，在遇到沈浪之前，「朋友」二字在他的生命中根本不曾存在過。就因爲他從來不曾有過朋友，他的友情才更顯得獨特而珍貴。他與沈浪彼此相知相惜，他們的論交雖不如熊貓兒熱血澎湃，然而真到危機時，爲了不讓沈浪單身涉險，他竟不惜獨戰強敵而斷臂，高傲如他者，失去手臂甚至比失去生命更痛苦，他爲沈浪犧牲的，又豈是生命而已？

全書中另一段動人心弦的友情，發生在沈浪與快活王之間。沈浪與快活王這兩個不世出的英雄，一個是仁慈的少年英雄，一是辣手的一代豪雄，他們似乎命中注定要相互對立，但在他們的內心又同樣流著英雄的血，因此，當這兩個絕世的英雄交會的時候，快活王雖驚豔於沈浪的奇才，沈浪又何嘗不爲快活王雄渾的氣魄所折服？當他們訂下了生命之搏後，各自舉杯，一飲而盡，自此是敵非友。所有的豪情與傲意，都隨著這杯酒流入了心中，他們的唏噓與感慨，又有幾人能了解？這樣的友情，相信是所有男子可望而不可及的童話。

綜觀本書中的人物，無論是陰險狡詐的「惡人」，或是直爽善良的「好人」，在本書中他們都還原成了真實的凡人，壞人不只是一味的爲惡，好人也不只是全不爲自己的行善，在他們的行爲背後，我們在書中看到了他們的快樂、悲喜、仇恨、嫉妒、憤怒、恐懼等等真實的情感，透過這些人類共有情感的體驗，我們看到了書中人物的內心。

三、電影手法的運用

除了在情節、人物性格上力求突破之外，古龍在表述的手法上，也多所突破，最明顯之處在於他將電影手法運用到文字的表述上，讓他的小說充滿了動感。

在本書中，古龍大量運用了剪輯的手法，利用兩線或多線主題的同時進行，增加了情節的豐富性，也藉由多線主題交錯的呈現，達到增加緊張氣氛的效果，而因剪輯造成的情節截斷，也爲故事平添了許多的懸疑。本書中剪輯手法的運用不勝枚舉，可以金無望遭到仁義莊三老圍攻一節爲代表，在本段情節中，一面是金無望爲朱七七陷入苦鬥，一面卻是朱七七巧遇熊貓兒，將金無望拋諸腦後，兩相對照，朱七七善變的情感如在眼前，而在同一情節中，金無望那一條主線，又在金無望開始與眾高手對招的剎那戛然而止，爲故事的發展增加了無限的懸念。

本書中古龍表述手法的另一特色，在於電影運鏡手法的借用。最具代表者，便在本書開頭，對「仁義莊」的描述上。古龍由「仁義莊」外觀寫到大門，再由大門進到門廳、沿著門廳旁的迴廊進入大廳，再從大廳進入內廳，其中每一個場景，都各有不同的人物，正發生不同的事件。除了寫景之外，在本書中，古龍也以旁觀者的角度來看人，藉由對人物（尤其女性）的小動作的描寫，來表達人物內心的情感（例如朱七七常常口裡嚷著要沈浪走，她的手卻又拉住了沈浪的衣袖）。如此以旁觀者的寫法，達到了將書外的讀者拉進書中情節的效果。

利用剪輯的手法和書畫式的表述方式，古龍就像一部實驗電影的導演，小說就是他導出來的作品，讀者在古龍獨特的文字技巧，以及獨具匠心的情節剪裁下，欣賞到了一部與眾不同的紙上電影。

四、結語：突破武俠窠臼的創新實驗

《武林外史》作爲古龍邁入中期的作品，在本書中，我們可以看到他力求突破他在早期受到的傳統武俠的影響，而他獨有的特色也漸漸成熟，由於他在表述手法、關照的層面與情節的鋪陳上的自成一格，爲他在武俠的天地中，創出了獨特的地位，在新派武位中，他可稱得上新派中的新派。

人將金庸、古龍、梁羽生並列爲新派武俠的三大家，其中只有古龍的武俠是脫離背景，全然悠遊於虛幻的空間中，也由於他的武俠不受限於時代背景，反而更能貼近現代人的所思所想。此點可自本書情節將主線放在情感的衝突上明顯看出，書中人物的愛欲糾纏在現實的生活中，又何嘗不存在呢？而書中眾女子不向命運低頭，勇於追求自己所想所愛，不正是現代都會女子的寫照嗎？

古龍勇於嘗試新的表述技巧，也是讓他的作品充滿了現代感的原因之一，本書中除了剪輯技巧的運用之外，在塑造白飛飛與王憐花等人物性格時，回溯到他們的生長背景，也可看出他運用心理分析技巧的端倪。運用現代的表述手法，加入現代人的情感，寫超越時空的故事，這便是古龍和他的作品。

本文作者為兩岸古龍作品集選刊時的責任編輯之一

古龍精品集 16

武林外史(一)

一 風雪漫中州

怒雪威寒，天地肅殺，千里內一片銀白，幾無雜色，開封城外，漫天雪花中，兩騎前後奔來，當先一匹馬上之人，身穿敝裘，雙手俱都縮在衣袖中，將馬韁繫在轡頭上，馬雖極是神駿，人卻十分落拓，頭戴一頂破舊的黑皮風帽，緊壓著眼簾，瞧也瞧不清他的面目。後面一匹馬上，卻馱著個死人，屍體早已僵木，只因天寒地凍，是以面容仍然如生，華麗的衣飾，卻也仍然色彩鮮艷，完整如新，全身上下，沒有一點傷痕，面上猶自凝結著最後一絲微笑，看來平和安適已極，竟似死得舒服得很。

這兩騎不知從何而來，所去的方向，卻是開封城外一座著名的莊院，此刻馬上人極目望去，已可望見那莊院朦朧的屋影。

莊院坐落在冰凍的護城河西，千簷百宇，氣象恢宏，高大的門戶終年不閉，門前雪地上蹄印縱橫，卻瞧不見人蹤，穿門入院，防風簷下零亂地貼著些告示，有些已被風雪侵蝕，字跡模糊，右面是一重形似門房的小小院落，小院前廳中，絕無陳設，卻赫然陳放著十多具嶄新的棺木，似是專等死人前來入葬似的，雖在如此嚴寒，廳中亦未生火，兩個黑衣人，以棺木為桌，正在對坐飲酒。

棺旁空罈已有三個，但兩人面上仍是絕無酒意，兩人身材枯瘦，面容冷削嚴峻，有如一對石像般，長得幾乎一模一樣，但彼此卻絕不交談，左面一人右腕已齊肘斷去，斷臂上配了一隻黝黑巨大的鐵鈎，少說也有十餘斤重，瞧他一鈎揮下，彷彿要將棺蓋打個大洞，那知鐵鈎落處，卻僅是挑起了一粒小小的花生，連盛著花生的碟子，都未有絲毫震動。右面一人，肢體雖完整，但每喝一杯下去，便要彎腰不住咳嗽，他卻仍一杯接著一杯的喝，寧可咳死，也不能不喝酒。

風簷左邊過長階曲廊便是大廳，廳內爐火熊熊，擺著八桌酒筵，每桌酒菜均極豐盛，卻只有七個人享用。這七個人還不是同坐一桌，每個人都坐在一桌酒筵的上首，似因誰也不肯陪在下首，是以無人同桌。瞧這七人年齡，最多也不過三十一二，但氣派卻都不小，神情也都倨傲已極，七人中有男有女，有僧有俗，有人腰懸長劍，有人斜佩革囊，目中神光，都極充足，顯見俱都是少年得意的武林高手。七人彼此間又似相識，又似陌生，卻絕非來自一處，此刻同時來到這裡，誰也不知是爲了什麼？

穿過大廳，再走曲廊，又是一重院落，院中寂無人聲，左面的花廳門窗緊閉，卻隱隱有藥香透出，過了半晌，一個垂髫童子提著隻藥罐開門走出，才可瞧見屋裡有三個白髮蒼蒼的老人，一人面色枯瘦蠟黃，擁被坐在榻上，似在病榻纏綿已久，另一人長身玉立，氣度從容，雙眉斜飛入鬢，目光奕奕有神，一雙手掌，更是白如瑩玉，此刻年華雖已老去，但少年時想他必定是個風神俊朗的美男子。還有一人身材威猛，鬚髮如戟，一雙環目，顧盼自雄，奇寒下卻仍敞著前胸衣襟，若非鬚髮皆白，哪裡像是個老人？

三個老人圍坐在病榻前，榻頭短几上堆著一疊帳簿，還有數十根顏色不同，質料也不同的腰帶。此刻那環目虬髯的老人，正將腰帶一根根拆開，每根腰帶中，都有個小小的紙捲，身材頎長的老人，一手提筆，一手展開紙捲，將紙捲上字句都抄了下來，每張紙捲上字句都不過只有寥寥三數行而已，誰也不知道上面寫的是什麼，只見三個老人俱是面色沉重，愁眉不展。

過了盞茶時光，身材頎長的老人方自長嘆一聲，道：「你我窮數年心血，費數百人之力，所尋訪出來的，也不過只有這些了，但願……」輕咳一聲，住口不語，眉宇間憂慮更是沉重。

病老人展顏一笑，道：「如此收穫，已不算少，反正你我盡心做去，事總有成功之一日。」

虬髯老人「吧」地一拍手掌，大聲道：「大哥說得是，那廝左右也不過只是一個人，難道還會將咱們弟兄吃了不成？」

頎長老人微微一笑，道：「近十年來，武林中威名最盛的七大高手，此刻都已在前廳相候，這七人武功，若真能和他們盛名相當，七人聯手，此事便有成功之望，怕的只是他們少年成名，各不相讓，無法同心合力而已。」

這時兩騎已至莊前，身穿敝裘，頭戴風帽之人翻身落馬，抱起那具屍身，走入了莊門。他腳步懶散而緩慢，似是毫無力氣，但一手挾著那具屍身，卻似毫不費力，他看來落拓而潦倒，但下得馬後，便對那兩匹駿馬毫不照管，似乎那兩匹價值千金的駿馬縱然跑了，他也不會放在心上。只見他筆直走到防風牆前，懶洋洋地伸手將貂帽向上一推，這才露出了面目，卻是個劍眉星目的英俊少年，嘴角微微向上，不笑時也帶著三分笑意，神情雖然懶散，但那種對什麼事都滿不在乎的味道，卻說不出的令人喜歡，只有他腰下斜佩的長劍，才令人微覺害怕，但那劍鞘亦是破舊不堪，又令人覺得利劍雖是殺人兇器，只是佩在他身上，便沒有什麼可害怕的。

風牆上零亂貼著的，竟都是懸賞捉人的告示，每張告示上都寫著一人的姓名來歷，所犯的惡行，以及懸賞的花紅數目，每一人自都是十惡不赦的兇徒，懸賞共有十餘張之多，可見近年江湖中兇徒實在不少，而下面署名的，卻非官家衙門，只是「仁義莊主人」的告示。這「仁義莊主人」竟不惜花費自家的銀子為江湖捉拿兇徒，顯見實無愧於「仁義」二字。

落拓少年目光一掃，只見最最破舊一張告示上寫著：「賴秋煌，三十七歲，技出崆峒，擅使雙鞭，囊中七十三口喪門釘，乃武林十九種歹毒暗器之一，此人不但詭計多端，而且淫毒兇惡，劫財採花，無所不為，七年來每月至少做案一次，若有人將之擒獲，無論死活，酬銀五百兩整，絕不食言。仁義莊主人謹啓。」

落拓少年伸手撕下了這張告示，轉身走向右面小院。他似已來過數次，是以輕車熟路，石像般的兩個黑衣人見他前來，對望一眼，長身而起。

落拓少年將屍身放在地上，伸了個懶腰，攤開了手掌，便要拿銀子，獨臂黑衣人一鈎將屍身挑起，瞧了兩眼，冷峻的目光中，微微露出一絲暖意，將屍身挾在肋下，大步奔出，另一黑衣人倒了杯酒遞過去，落拓少年仰首一飲而盡，從頭到尾，三個人誰也沒有說話，似是三個啞巴似的。

那獨臂黑衣人自小路抄至第二重院落，那頎長老人方自推門而出，見他來了，含笑問道：「又是什麼人？」

獨臂黑衣人將屍身拋在雪地上，伸出右手食指一指。

頎長老人俯身一看，面現喜色，脫口道：「呀！賴秋煌！」

那虬髯老人聞聲奔出，大喜呼道：「三手狼終於被宰了麼？當真是老天有眼，是什麼人宰了他？」

獨臂黑衣人道：「人！」

虬髯老人笑罵道：「俺知道是人，不是人難道還是黃鼠狼不成？你這狗娘養的，難道就不能多說一個字……」

他話未說完，獨臂黑衣人突然一鈎揮了過來，風聲強勁，來勢迅疾，鈎還未到，已有一股寒氣逼人眉睫。虬髯老人大驚縱身，一個筋斗翻進去，他身形雖高大，身法卻是輕靈巧快無比，但饒是他閃避迅急，前胸衣衫還是被鈎破了一條大口子。獨臂黑衣人攻出一招後，並不追擊，虬髯老人怒罵道：「好混球，又動手了，俺若躲得慢些豈非被你撕成兩半。你這狗……」

突聽病榻上老人輕叱道：「三弟住口，你又不是不知道冷三的脾氣，偏要罵他，豈非找打。」

虬髯老人大笑道：「俺只是跟他鬧著玩的，反正他又打不著俺，冷三，你打得著俺，算你有種。」

冷三面容木然，也不理他，筆直走到榻前，道：「五百兩。」突然反身一掌，直打那虬髯老人的肩頭，他不出鈎而用掌，只因掌發無聲。

虬髯老人果然被他一掌打得直飛出去，「砰」地撞在牆上。但瞬即翻身站起，那般堅厚的石牆被他撞得幾乎裂開，他人卻毫無所傷，又自怒罵道：「好混球，真打？」一捲袖子，便待動手。

頎長老人飄身而上，擋在他兩人中間，厲聲道：「三弟，又犯孩子氣了麼？」

虬髯老人道：「俺只是問問他……」

頎長老人接口道：「不必問了，你看賴秋煌死時的模樣，已該知道殺死他的必定又是那位奇怪的少年。」

病老人道：「誰？」

頎長老人道：「誰也不知他名姓，也無人知他武功深淺，但他這一年來，卻連送來七具屍身，七人都是我等懸賞多年，猶未能捉到的惡賊，不但作惡多端，而且兇狠奸詐，武功頗高，誰也不知道這少年是用什麼法子將他們殺死的。」

病老人皺眉道：「他既已來過七次，你們還對他一無所知？」

頎長老人道：「他每次到來，說話絕不會超過十個字，問他的姓名，他也不回答，只是笑嘻嘻的搖頭。」

虬髯老人失笑道：「這牛脾氣倒和冷三有些相似，只是人家至少面上還有笑容，不像冷三的死人面孔。」

冷三目光一凜，虬髯老人大笑著跳開三步，就連那病老人也不禁失笑，半晌又道：「今日你怎知是他？」

頎長老人道：「凡是被他殺死的人，面上都帶著種奇詭的笑容，小弟已曾仔細瞧過，也瞧不出他用的是什麼手法。」

病老人沉吟半晌，俯首沉思起來，虬髯老人與頎長老人靜立一旁，誰也不敢出聲打擾。

冷三又伸出手掌，道：「五百兩。」

虬髯老人笑道：「銀子又不是你拿，你著急什麼？」

這兩人又在門口，病老人卻仍在沉思渾如不覺，過了半晌，才自緩緩道：「這少年必然甚有來歷，今日之事，不妨請他參與其中，必定甚有幫助……冷三，你去請他至前廳落座用酒……」

冷三道：「五百兩。」

病老人失笑道：「這就是冷三的可愛之處，無論要他做什麼事，他都要做得一絲不苟，無論你是何人，休想求他通融，只要他說一句話，便是釘子釘在牆上也無那般牢靠，便是我也休想移動分毫……二弟，快取銀子給他，但冷三交給那少年銀子後，可切莫放他走了。」

冷三接了銀子，一個字也不多說，回頭就走，虬髯老人笑道：「這樣比主人還兇的僕人，倒也少見得很。」

病老人正色道：「以他兄弟之武功，若不是念在他爹爹與爲兄兩代情誼，豈能屈身此處，三弟你怎能視他爲僕？」

虬髯老人道：「俺說著玩的，孫子才視他爲僕。」

頎長老人望著病老人微微一笑，道：「若要三弟說話斯文些，只怕比叫冷三開口還困難得多。」

落拓少年與那黑衣人到此刻雖然仍未說話，卻已在對坐飲酒，兩人你一杯，我一杯，黑衣人酒到杯乾，不住咳嗽，落拓少年卻比他喝得還要痛快，瞬息間棺材旁空酒罈又多了一個。冷三一手夾著銀子，一手鈎著屍身，大步走了進來，將銀子拋在棺材上，掀起了一具棺材的蓋子，鐵鈎一揮，便將那屍身拋了進去，等到別人看清他動作時，他已坐在地上，喝起酒來。

落拓少年連飲三杯，揣起銀子，抱拳一笑，站起就走，那知冷三身子一閃，竟擋在他面前，落拓少年雙眉微皺，似在問他：「爲什麼？」

冷三終於不得不說話了，道：「莊主請廳上用酒。」

落拓少年道：「不敢。」

冷三一連說了七個字，便已覺話說得太多，再也不肯開口，只是擋在少年身前，少年向左跨一步，他便向左擋一步，少年向右跨一步，他便向右擋一步。

落拓少年微微一笑，身子不知怎麼一閃，已到了冷三身後，等到冷三旋身追去，那少年已到了風牆下，向冷三含笑揮手。冷三知道再也追他不著，突然掄起鐵鈎，向自己頭頂直擊而下，落拓少年大驚掠去，人還未到，一股掌力先已發出，冷三只覺鐵鈎一偏，還是將左肩劃破一道創口，幾乎深及白骨。

落拓少年又驚又奇，道：「你這是做什麼？」

冷三創口鮮血順著肩頭流下，但面色卻絲毫不變，更未皺一皺眉頭，只是冷冷說道：「你走，我死。」

落拓少年呆了一呆，搖頭一嘆，道：「我不走，你不死。」

冷三道：「隨我來。」轉身而行，將少年帶到大廳，又道：「坐。」瞧也不瞧大廳中人一眼，掉頭就走。

落拓少年目送他身形消失，無可奈何地苦笑一聲，隨意選了張桌子，在下首坐了下來。只見上首坐著一個三十左右的僧人，身穿青布僧袍，像貌威嚴，不苟言笑，挺著胸膛而坐，雙手垂放膝上，似是始終未曾動箸，目光雖然筆直望著前方，有人在他對面坐下他卻有如未曾瞧見一般。落拓少年向他一笑，見他毫不理睬，也就罷了，提起酒壺，斟滿一杯，便待自家飲酒。

青衣僧人突然沉聲道：「要喝酒的莫坐在此張桌上。」

落拓少年一怔，但面上瞬即泛起笑容，道：「是。」放下酒杯，轉到另一張桌子坐上。這一桌上首，坐的卻是個珠冠華服的美少年，不等落拓少年落座，先自冷冷道：「在下也不喜看人飲酒。」

落拓少年道：「哦。」不再多話，走到第三桌，上首坐著個衣白如雪的絕美女子，瞧見少年過來，也不說話，只是冷冷地瞄著他，皺了皺眉頭，落拓少年趕緊走了開去，走到第四桌，一個瘦骨嶙峋的烏簪道人突然站了起來，在面前每樣菜裡，個個吐了口痰，又自神色不動地坐了下去，落拓少年瞧著他微微一笑，直到第五桌，只見一個又肥又醜，腮旁長著個肉瘤，滿頭雜草般黃髮的女子，正在旁若無人，據案大嚼，一桌菜幾乎已被她吃了十之八九。

這次卻是落拓少年暗中一皺眉頭，方自猶豫間，突聽旁邊一張桌上有人笑道：「好酒的朋友，請坐在此處。」

落拓少年轉目望去，只見一個鶉衣百結，滿面痲子的獨眼乞丐，正在向他含笑而望，隔著張桌子，已可嗅到這乞丐身上的酸臭之氣，落拓少年卻毫不遲疑，走過去坐下，含笑道：「多謝。」

眇目乞丐笑道：「我本想和閣下痛飲一杯，只可惜這壺裡沒有酒了。只有以菜作酒，聊表敬意。」

舉起筷子，在滿口黃牙的嘴裡啜了啜，挾了塊蹄膀肥肉，送到少年碟子裡，落拓少年看也不看，連皮帶肉，一齊吃了下去，看來莫說這塊肉是人挾來的，便是自狗嘴吐出，他也照樣吃得下去。

旁邊第七張桌上，一個紫面大漢，瞧著這少年對什麼都不在乎的模樣，不禁大感興趣，連手中酒都忘記喝了。

突見一個青衣童子手捧酒壺奔了過來，奔到乞丐桌前，笑道：「酒來遲了，兩位請恕罪。」將兩人酒杯俱都加滿。

落拓少年含笑道：「多謝！」隨手取出一百兩一封的銀子，塞在童子手裡。

青衣童子怔了怔，道：「這……這是什麼？」

落拓少年笑道：「這銀子送給小哥買鞋穿。」

青衣童子望著手裡的銀子，發了半晌呆，道：「但……但……」突然轉身跑開，他見過的豪闊之人雖然不少，但出手如此大方的確是從未見過。

眇目乞丐舉杯道：「好慷慨的朋友，在下敬你一杯。」兩人舉杯，一飲而盡，眇目乞丐忽然壓低語聲，道：「在下近日也有些急用，不知朋友你……」

落拓少年不等到他話說完，便已取出四封銀子，在桌上推了過去，笑道：「區區之數，老兄莫要客氣。」

這五百兩銀子他賺得本極辛苦，但花得卻容易已極，當真是左手來，右手去，連眉頭都未曾皺一皺。

眇目乞丐將銀子藏起，嘆了口氣，道：「在下之急用，本需六百兩銀子，朋友卻恁地小氣，只給四百兩。」

落拓少年微微一笑，將身上敝裘脫了下來，道：「這皮裘雖然破舊，也還値兩百兩銀子，老兄也拿去吧。」

眇目乞丐接過皮裘，在毛上吹了口氣，道：「嗯，毛還不錯，可惜太舊了些……」翻來覆去，看了幾眼，又道：「最多只能當壹佰五十兩，還得先扣去十五兩的利息，唉……唉，也只好將就了。」

別人與他素昧平生，如此對待於他，他還似覺得委屈得很，半句也不稱謝。

落拓少年全不在意，身上已只剩一件單衣，也不覺冷，只是含笑飲酒。

旁邊那紫面大漢卻突然一拍桌子，大罵道：「好個無恥之徒，若非在這仁義莊中，喬某必定要教訓教訓你。」

眇目乞丐橫目道：「臭小子，你在罵誰？」

紫面大漢推杯而起，怒喝道：「罵你，你要怎樣？」

眇目乞丐本是滿面兇狠之態，但見到別人比他更狠，竟然笑了笑道：「原來是罵我，罵得好……罵得好……」

落拓少年也不禁瞧得呆住了，又不覺好笑。

紫面大漢走過來一拍他的肩頭，指著眇目乞丐鼻子道：「兄弟，此人欺善怕惡，隨時隨地都想佔人便宜，你無緣無故給他銀子，他還說你小氣，這種人豈非畜牲不如。」

眇目乞丐只當沒有聽到，舉起酒杯，喝了一口，嘆道：「好酒，好酒！不花錢的酒不多喝兩杯，豈非呆子。」

紫面大漢怒目瞪了他一眼，那長著肉瘤的醜女隔著桌子笑道：「喬五哥，此人雖可惡，但你也將他罵得怪可憐的，饒了他吧。」

她人雖長得醜怪，聲音卻柔和無比，教人聽來舒服得很。

紫面大漢喬五「冷哼」一聲，道：「瞧在花四姑面上……哼，罷了。」悻悻然回到座上，重重坐了下去。

花四姑笑道：「喬五哥真是急公好義，瞧見別人受了欺負，竟比被欺負的人還要生氣……」

烏簪道人冷冷截口道：「皇帝不氣氣死太監，這又何苦。」

落拓少年眼見這幾人脾氣俱是古里古怪，心裡不禁暗覺有趣，面上卻仍是帶著笑容，也不說話。突聽一陣朗笑之聲，自背後傳了出來，道：「有勞各位久候，恕罪恕罪。」那頎長老人隨著笑聲，大步而入。

眇目乞丐當先站了起來，笑道：「若是等別人，那可不行，但是等前輩，在下等上一年半載也沒關係。」

頎長老人笑道：「金大俠忒謙了。」目光一轉，道：「今日之會，能得五台山，天龍寺天法大師、青城玄都觀斷虹道長、『華山玉女』柳玉茹姑娘、『玉面瑤琴神劍手』徐若愚徐大俠、長白山『雄獅』喬五俠、『巧手蘭心女諸葛』花四姑、丐幫『見義勇為』金不換金大俠七位俱都前來，在下實是不勝之喜，何況還有這位……」目光注定那落拓少年，笑道：「這位少年英雄，大名可否見告？」

烏簪道人斷虹子冷冷道：「無名之輩，也配與我等相提並論。」

落拓少年笑道：「不錯，在下本是無名之輩。」

頎長老人含笑道：「閣下如不願說出大名，老朽也不敢相強，但閣下之武功，老朽卻當真佩服得很。」

眾人聽這名滿天下的武林名家竟然如此誇獎這少年的武功，這才都去瞧了他一眼，但目光中仍是帶著懷疑不信之色。落拓少年面上雖無得意之色，但處在這當今武林最負盛名的七大高手之間，也無絲毫自慚形穢之態，只是淡淡一笑，又緊緊閉起了嘴巴。

「華山玉女」柳玉茹忽然道：「前輩召喚咱們前來，不知有何見教？」

只見她一身白衣如雪，粉頸上圍著條雪白的狐裘，襯得她面靨更是嬌美如花，令人不飲自醉。

頎長老人道：「柳姑娘問得好，老朽此番相請各位前來，確是有件大事，要求各位賜一援手。」

柳玉茹姑娘眼波流動，神采飛揚，嬌笑道：「求字咱們可不敢當，有什麼事，李老前輩只管吩咐就是。」

頎長老人道：「此事始末，各位或許早已知道，但老朽為了要使各位更明白些，不得不從頭再說一遍……」語聲微頓道：「古老相傳，武林中每隔十三年，便必定大亂一次，九年之前，正是武林大亂之期，僅僅三四個月間，江湖中新起的門派便有十六家之多，每個月平均有九十四次知名人士的決鬥，一百八十多次流血爭殺，每次平均有十一人喪命，未成名者遠不在此數……」他長長嘆了口氣又道：「其時武林之混亂情況，由此可見一斑，但到了那年入冬時，情況更比前亂了十倍。」

這老人似因憶及昔日那種恐怖情況，明朗的目光中，已露出慘淡之色，黯然出神了半晌，方接道：「只因那年中秋過後，武林中突然傳開件驚人的消息，說是百年前『無敵和尚』仗以威震天下的『無敵寶鑒，七十二種內外功秘笈』，乃是藏在衡山回雁峰巔。」他自取杯淺啜，接道：「這消息不知從何傳出，但因那『無敵寶鑒』，實是太以動人，是以武林群豪，寧可信其有，不願信其無，誰也不肯放過這萬一的機會，聞訊之後，便將手頭任何事都暫且拋開，立刻趕去衡山，聞得江湖傳言，衡山道上，每天跑死的馬，至少有百餘匹之多，武林豪強行走在道上，只要聽得有人去衡山的，便立刻拔劍，只因去衡山的少了一人，便少了個搶奪那『無敵寶鑒』的敵手，最可嘆的是，有些去衡山拜佛的旅人，也無辜遭了毒手。」

他說到這裡，「雄獅」喬五、「女諸葛」花四姑等人，面上也已露出黯然之色，斷虹子、金不換卻仍毫不動容。

頎長老人沉痛地長嘆一聲，道：「那時正是十一月底，天上已開始飄雪，武林群豪爲了搶先一步趕到衡山，縱然在道上見到至親好友的屍身，也無人下馬埋葬，任憑那屍身掩沒在雪花中，事後老朽才知道，還未到衡山便已死在路上的武林高手，竟已有一百八十餘人之多，其中有三人，已是一派宗主的身分，這情況卻又造成了一個人的俠名，此人竟肯犧牲那般寶貴的時間，將路屍一一埋葬。」

徐若愚插口道：「此人可是昔日人稱『萬家生佛』的柴玉關？」

頎長老人道：「不錯……徐少俠見聞端的淵博。」

徐若愚面上微露得色，道：「在下曾聽家師言及，說這柴大俠行事正直，常存俠心，武林人士無不敬仰，只可惜也在衡山一役中不幸罹難，而且死得甚是悲慘，面目俱被那世上最最歹毒的暗器『天雲五花綿』所傷，以致面目潰爛，頭大如斗……唉！當真是蒼天不佑善人，好教吾等後生晚輩扼腕。」別人說他見聞淵博，他更是滔滔不絕，將所知之事俱都說出，只道那頎長老人必定又要誇讚他幾句，是以口中雖在嘆息扼腕，臉上卻是滿面得色。

那知頎長老人此刻卻默然無語，面上神色，也不知是愁是怒，過了半晌，緩緩道：「那時稍有見識之武林豪士，已知單憑一人之力，是萬萬無法自如此局面中奪得真經寶鑑的，於是便在私下聚集同道，組成聯盟之勢，那些陰險狡詐之人，更是從中挑撥離間，無所不爲，有些淡泊名利之人，本無心於此，卻也被同門師弟，或是同道好友以情分打動，請來助拳，而不得不捲入這漩渦之中。」他頓了一頓，又道：「只因一些兇狡之徒，因是想奪得真經，肆虐天下，俠義之士，更是怕真經被惡徒奪去，江湖便要從此不安，各人奪取真經的目的，雖然大有不同，但人人都想將真經據為己有，也是不容否認的事，三日之間，衡山回雁峰竟聚集了將近兩百位武林英豪，而且都是不可一世的絕頂高手，武功稍微差些的，不是未至回雁峰便已死去，就是半途知難而退了。」

這老人不但將此事說得十分簡要，而且言語有力，動人心魄，只聽他接道：「這班武林高手，來自四面八方，其中不但包括了武林七大門派的掌門人，就連一些早已洗手的魔頭，或是久已歸隱的名俠亦在其中，兩百人結成了二十七個集團，展開了連續十九天的惡戰。」他黯然長嘆，接道：「在那十九天裡，衡山回雁峰上，當真是劍氣凌霄，飛鳥絕跡，無論是誰，無論有多麼高明的武功，只要置身在回雁峰上，便休想有片刻安寧，只因那裡四處俱是強敵，四面俱有危機，每個人的性命，俱都懸於生死一線之間，自『中州劍客』吃飯時被人暗算，『萬勝刀』徐老鏢頭睡覺時失去頭顱後，更是人人提心吊膽，連吃飯睡覺都變成了極為冒險的事……這連日的生死搏殺，再加上心情之緊張，竟使得每個人神智都失了常態，平日謙恭有禮的君子，如今也變成了誰都不理的狂徒，『衡山派』掌門人玉玄子，五日未飲未食，手創第六個對手後，首先瘋狂，竟將他平生唯一知己的朋友『石棋道人』一劍殺死，自己也跳下萬丈絕壑，屍首無存。」

突聽「噹」的一響，竟是花四姑聽得手掌顫抖，將掌中酒杯跌落到地上，眾人也聽得驚心動魄，聳然變色。

頎長老人緩緩闔起眼簾，緩緩接道：「這十九日惡戰之後，回雁峰上兩百高手竟只剩下了十一人，而這十一人亦是身受內傷，武功再也不能恢復昔日的功力，武林中精華，竟俱都喪生在這一役之中，五百年來，江湖中大小爭殺，若論殺伐之慘，傷亡之眾，亦以此役爲最。」說到這裡，他緊閉的雙目中，似已沁出兩粒淚珠，原來這老人昔年人稱「不敗神劍」李長青，與那病老人「天機地靈，人中之傑」齊智，虬髯老人「氣吞斗牛」連天雲，結義兄弟三人，俱是衡山一役之生還者，昔日那慘烈的景象，他三人至今每一思及，猶不免爲之潸然淚下。

大廳中靜寂良久，李長青緩緩道：「最令人痛心疾首的，便是此事根本不過只是欺人之騙局，我與齊智齊大哥、連天雲連三弟、少林弘法大師、武當天玄道長，以及那一代大俠『九州王』沈天君，最後終於到了回雁峰巔藏寶之處，那時我六人俱已是強弩之末，合六人之力，方將那秘洞前之大石移開，那知洞中卻空無一物，只有洞壁上以朱漆寫著五個大字：『各位上當了』……」

雖已事隔多年，但他說到這五個字時，語聲仍不禁爲之顫抖，仰天吐出口長氣，方自接道：「我六人見著這壁上字跡，除了齊大哥外，俱都被氣得當場暈厥，醒來時，才發覺沈大俠與少林弘法大師，竟已……竟已死在洞裡……原來這兩位大俠悲天憫人，想到死在這一役中的武林同道，自責自愧，悲憤交集，竟活生生撞壁而死，武當天玄道長傷勢最重，勉強掙扎著回到觀中，便自不治，只有我兄弟三人……我兄弟三人……一直偷生活到今日……」語聲哽咽，再也說不下去。

眾人聽得江湖傳聞，雖然早已知道此事結果，但此刻仍是惻然動心，甚至連那落拓少年，也黯然垂下頭去。

「雄獅」喬五突然拍案道：「生死無常，卻有輕重之分，李老前輩之生，可說重於泰山，焉能與偷生之輩相比，李老前輩如若也喪生在衡山一役之中，那有今日之『仁義莊』來為江湖主持公道！」

李長青黯然嘆道：「衡山一戰中，黑白兩道人士，雖然各有傷損，但二流高手之中的白道英俠，十九喪生，黑道朋友大多心計深沉，見機不對便知難而退，是以死得較少，正消邪長，武林局勢若是自此而變，我等豈非罪孽深重，是以我齊大哥才想出這以懸賞花紅，制裁惡人之法，只因此舉不但可鼓勵一些少年英雄，振臂而起，亦可令黑道中人，為了貪得花紅，而互相殘殺。」

花四姑嘆道：「齊老前輩果然不愧為武林第一智者。」

李長青道：「怎奈此舉所需資金太大，我弟兄雖然募化八方，江湖中十八家大豪也俱都慷慨解囊，數目仍是有限，這其間便虧了『九州王』沈大俠之後人，竟令人將沈大俠之全部家財，全部送來，沈大俠簪纓世家，資財何止千萬，此舉之慷慨，當真可說得上是冠絕古今。」

「雄獅」喬五擊節讚道：「沈大俠名滿天下，想不到他的後人亦是如此慷慨，此人在那裡？喬某真想交他一交。」

李長青嘆道：「我兄弟也曾向那將錢財送來之人再三詢問沈家公子的下落，好去當面謝過，但那人卻說沈公子散盡家財之後，便孤身一人，浪跡天涯去了，最可敬的是，當時那位沈公子，只不過是個十歲左右的髫齡幼童，卻已有如此胸襟，如此氣魄，豈非令人可敬可佩。」

「華山玉女」柳玉茹幽幽長嘆一聲，道：「女子若能嫁給這樣的少年，也算不負一生了……」

「玉面瑤琴神劍手」徐若愚冷冷道：「世上俠義慷慨的英雄少年，也未必只有那沈公子一個。」

柳玉茹冷冷瞧他一眼，道：「你也算一個麼？」

落拓少年含笑接口道：「徐兄自然可算一個的。」

徐若愚怒道：「你也配與我稱兄道弟。」

落拓少年笑道：「不配不配，恕罪恕罪……」

柳玉茹看了落拓少年一眼。不屑的冷笑道：「好個沒用的男人，當真丟盡男人的臉了。」語聲中充滿輕蔑之意。

落拓少年卻只當沒有聽到。「雄獅」喬五雙眉怒軒，似乎又待仗義而言，花四姑瞧著那落拓少年，目光中卻滿是讚賞之意。

李長青不再等別人說話，也咳一聲，道：「我弟兄執掌『仁義莊』至今已有九年，這九年，遭遇外敵，不下百次，我兄弟武功十成中已失九成，若非我等那忠僕義友，冷家兄弟拚命退敵，『仁義莊』只怕早已煙消雲散，而『仁義莊』發出之花紅賞銀，至今雖然已有十餘萬兩，但昔年之母金，卻至今未曾動用，這又都全虧冷二弟經營有方，他一年四季，在外經營奔走，賺來的利息，已夠開支，這兄弟三人義薄雲天，既不求名，亦不求利，但『仁義莊』能有今日之名聲，卻全屬他兄弟三人之力，我弟兄三人卻只不過是掠人之美，徒得虛名罷了，說來當真慚愧得很。」

柳玉茹嫣然笑道：「李老前輩忒謙了……你老人家今日令晚輩前來，不知究竟有何吩咐？」

李長青沉聲道：「衡山寶藏，雖是騙局，但衡山會後，卻的確遺下了一宗驚人的財富。」

金不換張大了眼睛，道：「什麼財富？」

李長青道：「上得回雁峰之兩百高手，人人俱是成名多年之輩，武功俱有專長，這些人自知上山後難有生還之望，唯恐自家武功，從此失傳，都要將自身的武功秘笈和一些遺物交託下來，而這些人有的並無傳人，有的傳人已先死在此役中，縱有傳人，也不在身邊，是以到底要將遺物交託給誰，便成了一件很難決定之事，最後只有將遺物埋藏在隱秘之處，自己若不能活著來取，也好留待有緣……這時那『萬家生佛』柴玉關正是聲譽雀起，江湖中人人都讚他乃是英雄手段，菩薩心腸，而柴玉關平日就輕財好友，武林中成名英雄，大半與他有交，是以每人埋藏遺物時，誰也沒有避他，有些人甚至還特地將藏物之處告訴了他，自己若是亡故，便託他將遺物安排。」

李長青長嘆一聲，接道：「衡山會後，活著的十一人中，倒有七人俱是將遺物交託給柴玉關的，但他們既然還活著，自然便要將遺物取回，那知到了藏物之處，他們所藏的秘笈與珍寶，竟都蹤影不見，在那藏物之地，卻多了張小小的紙柬，上面寫的赫然竟也是各位上當了。」

這衡山會後的餘波，實是眾人從未聽過的秘辛，大家都聽得心頭一震，徐若愚道：「但……柴前輩卻已中毒而死……」

李長青道：「誰也沒有瞧見柴玉關是否真的死了，又怎知他不是將自己衣衫換在別人的屍身上，何況，我齊大哥研究字跡，那洞中『各位上當了』五個字，筆跡完全與柴玉關一樣，再仔細一想，那『回雁峰藏有無敵寶鑑』的消息，十人中也有五六人是自柴玉關口中聽來的，這些武林高手俱都對柴玉關十分信任，不覺再傳說了出去，而別人卻對這些武林高手十分信任，這消息才會愈傳愈廣，愈傳愈真實了。」他面上漸漸露出怨恨之色：「他處心積慮，如此做法，不但可將武林高手一網打盡，讓他一人稱雄，還可令當時在武林揚名的武功，大半從此絕傳，教武林永遠不能恢復元氣，他自身得了這許多人遺下之武功秘笈，自可身兼各宗之長，那時他縱橫天下，還有誰能阻擋。這些年他始終未曾現身，想必已將各門派的武功奧秘，全都研習了一番，此時此刻，便是他再出山之日了。」

眾人但覺心頭一寒，誰也不敢多口說話。

寂然良久，那五台天法大師方自緩緩道：「若果真如此，此人當真可說是千百年來，江湖中第一個大奸大惡之人，但這些事雖然證據確鑿，終究不能完全確定這些事俱是柴某所為，不知李老前輩以為然否？」語聲緩慢，聲如洪鐘，分析事理，更是公平正大，端的不愧為自少林弘法大師仙去後，當世武林之第一高僧，聲譽早已凌駕少林當今掌門刃心大師之上。

李長青嘆道：「大師說得好，大師說得好，這也正是我等相請各位前來的原因……三年後我等突然發現，玉門關內外，出現了一位奇人，此人不但行蹤飄忽，善惡不定，最令人注意的，乃是此人身懷各門派武功之精萃，每一出手，俱是不同門派的招式，曾有人親眼見他使出武當、少林、峨嵋、崆峒、崑崙五大門派之不傳秘學，而那些招式連五大門派之掌門人都未學過。」

眾人面面相覷，聳然動容。

李長青接道：「還有，此人舉止之豪闊奢侈，也是天下無雙，每一出行，隨從常在百人之上，一日所費，便是萬兩白銀，從無人知道他的姓名來歷，亦無人知道他落足之處，只知他本在邊疆，招集惡徒以爲羽黨，而今勢力已漸漸擴張，漸漸侵至中原一帶，竟似有獨霸天下之勢。」

徐若愚脫口道：「此人莫非便是柴玉關不成？」

李長青嘆道：「此人一出，我齊大哥便已疑心他是柴玉關，立刻令人探聽此人之行蹤，一面又令人遠至四面八方，搜尋有關柴玉關之平生資料，我等三人對柴玉關之歷史所知愈多，便愈覺得此人可疑可怕。」

天法大師沉吟道：「不錯，天下英雄雖都知『萬家生佛』柴玉關之俠名，但他成名前之歷史，卻是無人知道。」

徐若愚接道：「莫非他成名前還有什麼隱秘不成？」

李長青沉聲道：「我弟兄三人耗資五十萬，動員千人以上，終於將他之身世尋出一個輪廓，方才已將所有資料抄錄下一份，各位不妨先看看再作商量。」將手巾紙捲展開掛在牆上，目光卻凝注著門窗，顯然在提防閒人闖入，此時又有個垂髫童子送來八份紙筆，天法大師等每人都取了一份。

只見那紙捲共有兩幅，寬僅丈餘，宛如富貴人家廳前所懸之橫匾般模樣，上面密密地寫滿了字，左面一幅紙捲寫的是：

姓名：二十歲前名柴亮，二十至二十六歲名柴英明，二十六至三十七名柴立，三十七後名柴玉關。

來歷：父名柴一平，乃鄂中鉅富，母名李小翠，乃柴一平之第七妾，兄弟共有十六人，柴玉關排行第十六，幼時天資聰明，學人說話，唯妙唯肖，是以精通各省方言，成名後自稱乃中州人士，天下人莫不深信不疑，柴玉關十四歲時，家人三十餘口在一夕中竟悉數暴斃，柴玉關接管萬貫家財後，便終日與江湖下五門之淫賊「鴛鴦蝴蝶派」廝混，三年後便無餘財，柴玉關出家爲僧。

門派：十七歲投入少林門下爲火工僧人，後因偷學武功被逐，二十歲入「十二連環塢」以能言善道得幫主「天南一劍」史松壽賞識，收爲門下，傳藝六年後，柴玉關竟與「天南一劍」之寵妾金燕私通，席捲史松壽平生積財而逃，史松壽大怒之下，發動全幫弟子搜其下落，柴玉關被逼無處容身，竟遠赴關外，將金燕送給了江湖中人稱「色魔」的「七心翁」，以作進身之階，十年間果然將「七心派」武功使得爐火純青，那時「七心翁」竟又暴斃而亡，柴玉關再入中原，便以仗義疏財之英俠面目出現，首先聯合兩河英豪，掃平「十二連環塢」，重創「天南一劍」，遂名震天下。

外貌：此人面如白玉，眉梢眼角微微下垂，鼻如鷹鈎，嘴唇肥厚多慾，嘴角兩邊，各有黑痣一點，眉心間有一肉球，雅好修飾，喜著精工剪裁之貼身衣衫，以能顯示身材之修長，尤喜紫色。雙手纖瑩，白如婦人女子，中指御紫金指環，是以說話時每喜誇張手勢，以誇耀雙手之整潔雅美。

嗜好：酒量極豪，喜歡以大麴、茅台、高粱及竹葉青羼合之烈酒，配以烤至半熟之蝸牛、牡蠣，或蛇肉佐食，不喜豬肉，從不進口，騎術極精，常策馬狂奔，以至鞭馬而死，喜豪賭，賭上從無弊端，以求刺激，喜狩獵，尤喜美女，色慾高亢，每夕非兩女不歡。

特點：此人口才便捷，善體人意，成名英豪，莫不願與之相交，說話時常帶笑容，殺人後必將雙手洗得乾乾淨淨，所用兵刃上要一染血污，便立刻廢棄，長書畫，書法宗二王，頗得神似。

這幅紙捲簡單而扼要地敘出了柴玉關之一生，他一生當真是多姿多采，充滿了邪惡的魅力。眾人只瞧得驚心動魄，面目變色，再看右面紙捲，寫的是：

姓名：玉門關外人稱「快活王」，真名不詳。

來歷：不詳。

門派：不詳，卻通天下各門派不傳之絕技。

外貌：面目，眉目下垂，留長髯，鼻如鷹鈎，眉心有傷疤，喜修飾，僱有專人每日為其修洗鬚髮，體修長，衣衫考究，極盡奢華，說話時喜以手捋鬚，鬚及手均極美，左手中指御三枚紫金指環，似可作暗器之用。

嗜好：酒量極好，喜食異味，不進豬肉，身畔常有絕色美女數人陪伴，常與鉅富豪客作一擲千金之豪賭。

特點：能言喜笑，慷慨好客，每日所費，常在萬金之上，極端好潔，座客如有人稍露污垢，立被趕出，隨行急風三十六騎，俱是外貌英俊，騎術精絕之少年，使長劍，劍招卻僅有十三式，但招式奇詭辛辣，縱是武林成名高手，亦少有人能逃出這十三式下。

另有酒、色、財、氣四大使者乃「快活王」最信任之下屬，卻極少在其身畔，只因這四人各有極爲特別之任務，酒之使者爲其搜尋美酒，色之使者爲其各處徵選絕色，財之使者爲其管理並搜集錢財，唯有氣之使者跟隨在他身畔極少離開，當有人敢對「快活王」無禮，氣之使者立刻拔劍取下此人首級，這四人俱是性情古怪，武功深不可測。

眾人瞧完了這幅紙捲，更是目定口呆，作聲不得。

直到眾人俱已看完，且已將要點記下，李長青方自沉聲道：「各位可瞧出這兩人是否許多相同之處？」

徐若愚搶先道：「這兩人最少有十三點相同之處，面白，眉垂，鼻鈎，體長，手美，衣華，好酒，好色，好賭，嗜食異味，不進豬肉，手上喜御指環，說話喜作手勢……捋鬚也算手勢，是麼？」

他一口氣說出十三點相同之處，面上不禁又自露出得色，那知「華山玉女」柳玉茹卻冷冷道：「還有兩點，你未瞧出。」

徐若愚皺眉道：「哪兩點？」

柳玉茹道：「柴玉關嘴厚有痣，快活王卻留有長髯，柴玉關眉心有肉球，快活王眉心有道刀疤，這兩點看來最不明顯，其實卻最當注意，還有兩人俱都能言喜笑，樂於交友，實是太容易看出來了，我真不屑說出。」

徐若愚面頰一紅，這：「哦？……是麼？」轉過頭去，端起酒杯，仰起脖子倒下喉嚨，再也不去瞧柳玉茹一眼。

李長青道：「徐少俠說得不錯，柳姑娘瞧得更加的仔細，但是除了這些之外，還有許多更需注意之處。」

柳玉茹也不禁臉一紅，道：「哦？……是麼？」

李長青道：「各位看凡與柴玉關親近之人，多有一夕暴斃之事，甚至親如父子兄弟，亦不例外，想來他們暴斃原因，必與柴某有關，由此可見此人之兇狡無情，柴玉關自衡山一役中，所得武功秘笈與珍寶無數，『快活王』正是多財而遍知天下各派的武功，柴玉關既能毒斃親人，背叛師門，甚至連床頭人都可自別人身畔奪來，轉手便毫不吝惜地送給別人，出賣朋友，更算不得一回事了。」他語氣愈說愈憤怒，雙目灼灼發光，厲聲接道：「綜據各點，委實已可判斷，柴玉關與那『快活王』實是一人。」

眾人思前忖後，再無異議，就連天法大師，亦是微微頷首，合什長嘆道：「此人多慾好奢，來日必將自焚其身。」

李長青道：「大師說得不錯，此人正是因爲慾望太多，性喜奢侈，方自做得出這些令人髮指事來，但我等若是等他自焚其身便已太遲了，到那時，又不知有多少人要死在他手上。」

天法大師合什頷首，長嘆不語。

李長青緩緩接道：「我兄弟今日相請各位前來，便是想請各位同心協力，揭破此人之真象，此人雖是陰猾兇惡，但各位亦是今日江湖中一時之選，合各位之力，實不難爲武林除此心腹大患。」他說完了話，大廳中立時一片寂然，人人面色俱是十分沉重，有的垂首深思，有的仰面出神，有的只是皺眉不語。

過了半晌，金不換突然道：「咱們若真將那『快活王』殺了，他遺下的珍寶，卻不知應該如何發落？」

李長青瞧了他一眼，微微含笑道：「他所遺下之珍寶，大都是無主之物，自當奉贈各位，以作酬謝。」

金不換道：「除此之外，便沒有了麼？」

李長青道：「除此之外，敝莊還備有十萬花紅。」

金不換嘻嘻一笑，撫掌道：「如此說來，這倒可研究研究。」取杯一飲而盡，挾了塊肉開懷大嚼。

雄獅喬五冷哼了一聲，道：「果然是見財眼開，名不虛傳，只怕躺到棺材裡還要伸出手來。」

金不換咯咯笑道：「過獎過獎，好說好說。」

「玉面瑤琴神劍手」一直仰天出神，別人說話他根本未曾聽進，此刻方緩緩道：「此事雖然困難，倒真是揚名天下的良機……」突然一拍桌子，道：「對了，誰若能殺了那『快活王』，就該贈他武功第一的名頭才是。」

柳玉茹冷冷道：「縱然如此，那武功天下第一的名頭，只怕也未必能輪到你這位神劍手。」

徐若愚冷笑道：「是麼？……嘿嘿！」又自出起神來。

大廳中又復寂然半晌，青城玄都觀主斷虹子突然仰天笑道：「哈哈……可笑可笑，當真可笑。」他口中雖在放聲大笑，但面容仍是冰冰冷冷，笑聲更是冷漠無情，看來那有半分笑意。

李長青道：「不知道長有何可笑之處？」

斷虹子道：「閣下可是要這些人同心協力？」

李長青道：「不錯。」

斷虹子冷笑道：「閣下請瞧瞧這些英雄好漢，不是一心求名，便是一心貪利，可曾有一人為別人打算？若要這些人同心協力，嘿嘿！比緣木而求魚還要困難得多。」

李長青皺眉而嘆，良久無語。

「巧手蘭心女諸葛」花四姑微笑道：「斷虹道長此話雖也說得有理，但若說此地無人為別人打算，卻也未必見得，不說別人，就說咱們喬五哥，平生急公好義，幾曾為自己打算過？」

斷虹子道：「哼，哼哼。」兩眼一翻，只是冷笑。

花四姑接道：「何況……縱使人人俱都為著自己，但是只要利害關係相同，也未嘗不能同心協力。」

李長青嘆道：「花四姑卓見確是不凡……」

突見五合天法大師振衣而起，厲聲道：「柴玉關此人，確是人人得而誅之，貧僧亦是義不容辭，但若要貧僧與某些人協力同心，卻是萬萬不能。告辭了。」大袖一拂，便待離座而去。

忽然間，只聽一陣急驟的馬蹄聲，隨風傳來，到了莊院前，也未停頓，人馬竟似已筆直闖入莊來。天法大師情不自禁，頓住身形，眾人亦是微微變色，齊地展動身形，廳上一陣輕微的衣袂帶風聲過後，九個人已同時掠到大廳門窗前，輕功身法，雖有高下之分，但相差極是有限。

李長青縱是武功已失十之七八，身法亦不落後，搶先一步，推開門戶，沉聲道：「何方高人，降臨敝莊？」

語聲未了，已有八匹健馬，一陣風似的開入了廳前院落，八匹高頭大馬，俱是鐵青顏色，在寒風中人立長嘶，顯得極是神駿，馬上人黑衣勁裝，頭戴范陽氈笠，腰繫織錦武士巾，外罩青花一隻鐘風氅，腿打倒趕千層浪裹腿，腳登黑緞搬尖洒鞋，濃黑的眉毛，配著赤紅的面膛，雖然滿身冰雪，但仍是雄赳赳，氣昂昂，絕無半分畏縮之態。

廳中九人是何等目光，一眼望去，就知道這八人自身武功，縱未達到一流高手之境，但來歷亦必不凡。

李長青還未答話，急風響過，冷三已橫身擋在馬前。他身軀雖不高大，但以一身橫擋著八匹健馬，直似全然未將這一群壯漢駿馬放在眼裡，冷冷道：「不下馬，就滾！」一辭色冰冷，語氣尖銳，對方若未被他駭倒，便該被他激怒，那知八條大漢端坐在馬上，卻是動也不動，面上既無驚色，亦無怒容，活生生八條大漢，此刻亦似八座泥塑金剛一般。冷三居然也不驚異，面上仍是冰冰冷冷，口中不再說話，左臂突然掄起，一鈎揮出鈎住了馬腿。那匹馬縱是千里良駒，又怎禁得住這一鈎之力，驚嘶一聲，斜斜倒下，冷三跟著一腿飛出，看來明明踢不著馬上騎士，但不知怎的，卻偏偏被他踢著了，馬倒地，馬上人卻被踢得飛了出去。變生突然，冷三動作之快，端的快如閃電。

但另七匹人馬，卻仍然動也不動，直似未聞未見。馬上人不動倒也罷了，連七匹馬都不動彈，竟是令人驚詫，若非受過嚴格已極之訓練，焉能如此？

群豪都不禁聳然爲之動容，冷三擊倒了第一匹人馬，卻再也不瞧牠一眼，身形展動又向第二匹馬掠去，他全身直似有如機械一般，絕無絲毫情感，只要做一件事，便定要做到底，外來無論任何變化，變化無論如何令人驚異，也休想改變他的主意。

突聽李長青沉聲叱道：「且慢！」

冷三一鈎已揮出硬生生頓住，退後三尺，李長青身形已到了他前面，沉聲道：「朋友們是何來歷？到敝莊有何貴幹？」

金不換冷冷接口道：「到了仁義莊也敢直闖而入，坐不下馬，朋友們究竟是仗著誰的勢力，敢如此大膽？」

七條大漢還是不答話，門外卻已有了語聲傳了進來，一字字緩緩道：「我愛怎樣就怎樣？誰也管不著。」語氣當真狂妄已極，但語聲卻是嬌滴清脆，宛如黃鶯出谷。

金不換瞇起眼睛道：「乖乖，妙極，是個女娃娃。」轉首向徐若愚一笑：「徐兄你的機會來了。」

徐若愚板著臉道：「休得取笑。」口中雖如此說話，雙手卻情不自禁，正了正帽子，整了整衣衫，作出瀟灑之態，歪起了臉眉毛一高一低，斜著眼望去，只見一輛華麗得只有書上才能見到的馬車，被四匹白馬拉了進來，兩條黑衣大漢駕車，兩條錦衣大漢跨著車轅。

李長青微微皺眉，眼見那馬車竟筆直地駛到大廳階前，終於忍不住道：「如此做法，不嫌太張狂了麼?」

車中人冷冷道:「你管不著。」

李長青縱是涵養功深，此刻面上也不禁現出怒容，沉聲道:「姑娘可知道誰是此莊主人?」

那知車中人怒氣比他更大，大聲道:「開門開門……我下去和他說話。」兩條跨著車轅的錦衣大漢，自車座下拖出柄碧玉為竿，細麻編成的掃帚，首先躍下，將車門前掃得乾乾淨淨。接著，兩個容色照人的垂髫小鬟，捧著捲紅氈，自車廂裡出來，俯下身子，展開紅氈。

金不換雙手抱在胸前，一副要瞧熱鬧的模樣，徐若愚眼睛睜得更大，柳玉茹面上雖滿是不屑之色，心裡也不覺暗暗稱奇:「這女子好大的氣派，又敢對仁義莊主人如此無禮，卻不知是何人物?……長得如何模樣?」別的猶在其次，這女子長得漂不漂亮，才是她最關心的事，也不禁睜大了眼睛，向車門望去。

車廂裡忽然傳出一陣大笑，一個滿身紅如火的三尺童子，大笑著跳了出來，看她模樣打扮，似乎是個女孩子，聽那笑聲，卻又不似。只見她身子又肥又胖，雙手又白又嫩，滿頭梳著十幾條小辮子，根根沖天而立，身上穿的衣衫是紅的，腳上的鞋子也是紅的，面上卻戴著咧著大嘴火紅鬼面，露出兩隻圓圓的眼睛，一眼望去，直似個火孩兒。柳玉茹當真駭了一跳，忍不住的道:「方……方才就是你?」

那火孩兒嘻嘻笑道:「我家七姑娘還沒有出來哩，你等著瞧吧，她可要比你漂亮多了。」

柳玉茹不想這孩子竟是人小鬼大，一下子就說穿了她心事，紅著臉啐道:「小鬼頭，誰管她漂不漂亮?……」話未說完,只見眼前人影一花,已有條白衣人影,俏生生站在紅氈上,先不瞧她面貌長得怎樣,單看她那窈窕的身子在那雪白的衣衫和鮮紅的毛氈相映之下,已顯得那股神采飛揚,體態風流,何況她面容之美,更是任何話也描敘不出,若非眼見,誰也難信人間竟有如此絕色。

柳玉茹縱然目中無人,此刻也不免有些自慚形穢,暗起嫉忌之心,冷笑道:「不錯,果然漂亮,但縱然美如天仙,也不能對仁義莊主無禮呀?姑娘你到底憑著什麼?我倒想聽聽。」

白衣女子道:「你憑著什麼想聽,不妨先說出來再講。」神情冷漠,語聲冷漠,當真是艷如桃李,冷若冰霜。

李長青沉聲道:「柳姑娘說的話,也就是老夫要說的話。」

白衣女道:「莫非你是生氣了不成?」

李長青面寒如冰,一言不發,那知白衣女卻突然嬌笑起來,她那冷漠的面色,一有了笑容,立時就變得說不出的甜蜜可愛,縱是鐵石心腸的男人,也再難對她狠得下心腸,發得出脾氣。只聽她嬌笑著伸出隻春筍般的纖手,輕畫著面頰,道:「羞羞羞,這麼大年紀,還要跟小孩子發脾氣,羞死人了。」滿面嬌態,滿面調皮,方才她看來若有二十歲,此刻卻已只剩下十一、二歲了。

眾人見她在剎那間便似換了個人,都不禁瞧得呆了,就連李長青都呆在地上,吶吶道:「你……你……」

平日言語那般從容之人,此刻竟是連一句話都說不出來。

白衣女發笑道：「李二叔，你莫非不認得我了？」

李長青道：「這……這的確有點眼拙。」

白衣女道：「九年前……你再想想……」

李長青皺著眉頭道：「想不出。」

白衣女笑道：「我瞧你老人家真是老糊塗了，九年前一個下雨天，你老人家被淋得跟落湯雞似的，到我家來……」

李長青脫口道：「朱……你可是朱家的千金？」

白衣女拍手笑道：「對了，我就是你老人家，那天見到在大廳哭著打滾要糖吃的女孩子……」她嬌笑著，走過去，伸出纖手去摸李長青的鬍子，嬌笑著道：「你老人家若是還在生氣，就讓侄女給你消消氣吧，你老人家要打就打，要罵就罵，誰教侄女是晚輩，反正總不能還手的。」

李長青闖蕩江湖，經過不知多少大風大浪，見過不知多少厲害角色，但此刻對這女孩子，卻當真是無計可施，方才心中的怒氣一轉眼便不知跑到那裡去了，苦笑著道：「唉，唉，日子過得真快，不想侄女竟已亭亭玉立了，令尊可安好麼？」

白衣女笑道：「近年向他要錢的人，愈來愈多，他捨不得給，又不能不給，急得頭髮都白了。」

李長青想到她爹爹的模樣，真被她三言兩語刻畫得入木三分，忍不住莞爾一笑，道：「九年前，老夫為了『仁義莊』之事，前去向令尊求助，令尊雖然終於慨捐了萬兩黃金，但瞧他模

樣，卻委實心痛得很……」

白衣女嬌笑道：「你還不知道哩，你老人家走後，我爹爹還心痛了三天三夜，連飯都吃不下去，酒更捨不得喝了，總是要節省來補助萬兩黃金的損失，害得我們要吃肉，都得躲在廚房裡吃……」

李長青開懷大笑，牽著她的小手，大步入廳，眾人都被她風采所醉，不知不覺隨著跟了進去，就連天法大師，那般不苟言笑之人，此刻嘴角都有了笑容。

金不換走在最後，悄悄一拉徐若愚衣角道：「瞧這模樣，這丫頭似乎是『活財神』，朱老頭子的小女兒。」

徐若愚道：「定必不錯。」

金不換道：「看來你我合作的機會已到了。」

徐若愚道：「合作什麼？」

金不換詭笑道：「以徐兄之才貌，再加兄弟略使巧計，何愁不能使這小妞兒拜倒在徐兄足下，那時徐兄固是財色兼收，教武林中人人稱羨，兄弟我也可跟在徐兄身後，佔點小便宜。」

徐若愚面露喜色，但隨即皺眉道：「這似乎有些……」

金不換目光閃動，瞧他神色有些遲疑立刻截口道：「有些什麼？莫非徐兄自覺才貌還配不上人家，是以不敢妄動？」

徐若愚軒眉道：「誰說我不敢？」

金不換展顏一笑道：「打鐵趁熱，要動就得快點。」

突聽身後一人罵道：「畜牲，兩個畜牲。」

徐若愚、金不換兩人一驚，齊地轉身，只見那火孩兒，正叉腰站在他兩人身後，瞪著眼，瞧著他們。

金不換怒罵道：「畜牲，你說什麼？」

火孩兒道：「你是畜牲。」突然跳起身子，反手一個耳光，動作之快，瞧都瞧不見，只聽「啪」的一聲，金不換左臉著了一掌。以他在江湖威名之盛，竟會被個小孩子一掌刮在臉上，那真是叫別人絕對無法相信之事。

金不換又驚又怒，大罵道：「小畜牲。」伸開鳥爪般的手掌向前抓去，那知眼前紅影閃過，火孩兒早已掠入大廳裡。

徐若愚道：「不好，咱們的話被這小鬼聽了去。」他轉過身子，竟似要溜，金不換一把抓著他道：

「怕什麼？計劃既已決定，好歹也要幹到底。」

徐若愚只得被他拖了進去，火孩兒已站到白衣女身邊，見他兩人進來，拍掌道：「兩個畜牲走進來了。」

李長青道：「咳，咳，小孩子不得胡說話。」

火孩兒又道：「他兩人一搭一檔，商量著要騙我家七姑娘，好人財兩得，你老人家評評，這兩人不是畜牲是什麼？」

李長青連連咳嗽，口中雖不說話，但目光已盯在他兩人身上，徐若愚滿面通紅，金不換卻仍是若無其事，洋洋自得。

白衣女七姑娘道：「這兩位是誰？」她方才雖是滿面笑容，但此刻神色又是冰冰冷冷，轉眼間竟似換了個人。

柳玉茹眼珠子一轉，搶先道：「這兩位一個是『見義勇爲』金不換，他還有兩個別號，一個是『見錢眼開』，還有個是『見利忘義』，但後面兩個外號，遠比前面那個出名得多了。」

七姑娘道：「也比前面那個妥切得多。」

金不換面不改色，抱拳道：「姑娘過獎了。」

柳玉茹「噗哧」一笑，道：「金兄面皮之厚，當真可稱是天下無雙，只怕連刀劍都砍不進。」

七姑娘道：「哼！還有個是誰？」

柳玉茹道：「還有一位更是大大有名，江湖人稱『玉面瑤琴神劍手』徐若愚。意思是看來雖『若』很『愚』，其實卻是一點也不『愚』的，反要比人都聰明得多。」

七姑娘凝目瞧了他半晌，突然放聲嬌笑起來，指著徐若愚笑道：「就憑這兩人，也想吃天鵝肉麼？可笑呀可笑，這種人也配算做武林七大高手，真難爲別人怎麼會承認的。」她笑得雖然花枝招展，說不出的嬌媚，說不出的動聽，但笑聲中那分輕蔑之意，卻委實教人難堪。

徐若愚蒼白的面容，立刻漲得通紅。

「雄獅」喬五恨聲罵道：「無恥，敗類。」

斷虹子張開口來，「啐」地吐了口濃痰，天法大師面沉如水，柳玉茹輕嘆道：「早知七大高手中有這樣的角色，我倒真情願沒有被人列入這七大高手中了。」話未說完，徐若愚已轉身奔了出去。

金不換雖是欺善怕惡，此刻也不禁惱羞成怒，暗道：「你這小妞兒縱然錢多，武功難道也能高過老子不成？老子少不得要教訓教訓你。」但他平生不打沒把握的仗，雖覺自己定可穩操勝算，仍怕萬一吃虧。心念數轉，縱身追上了徐若愚，將他拉到門後。

徐若愚頓足道：「你……你害得我好苦，還拉我作什麼？」

金不換冷冷道：「就這樣就算了？」

徐若愚恨聲道：「不算了還要怎樣？」

金不換皮笑肉不笑地瞧著他，緩緩道：「若換了是我，面對如此絕色佳人，打破頭也要追到底的，若是半途而廢，豈非教人恥笑？」

徐若愚怔了半晌，長嘆道：「恥笑？唉……被人恥笑也說不得了，人家對我絲毫無意，我又怎麼能……」

金不換嘆著氣截口道：「呆子，誰說她對你無意？」

徐若愚又自一怔，吶吶道：「但……但她若對我有意，又怎會……怎會那般輕視於我，唉，罷了罷了……」又待轉身。

金不換嘆道：「可笑呀可笑，女人的心意，你當真一點也不懂麼？」不用別人去拉，徐若愚已又頓住腳步，金不換接著又道：「那女子縱然對你有意，當著大庭廣眾，難道還會對你求愛不成？」

徐若愚眨了眨眼睛，道：「這也有理……」

金不換道：「須知少女心情，最難捉摸，她愈是對你有意，才愈要折磨你，試試你是否真心，你若臨陣脫逃，豈非辜負了別人一番美意？」

徐若愚大喜道：「有理有理，依兄台之意，小弟該當如何？」

金不換道：「方才咱們軟來不成，此刻便來硬的。」

徐若愚道：「硬……硬的怎麼行？」

金不換道：「這個你又不懂了，少女大多崇拜英雄，似你這樣俊美人物，若是有英雄氣概，還有誰能不睬你？」

徐若愚撫掌笑道：「不錯不錯，若非金兄指點，小弟險些誤了大事，但……但到底如何硬法，還請金兄指教。」

金不換道：「只要你莫再臨陣脫逃，堅持與我站在同一陣線就是，別的且瞧我的吧。」說罷轉身而入。

徐若愚精神一振，整了整衣衫，大搖大擺隨他走了進去。

大廳中李長青正在與那七姑娘談笑。

這位七姑娘對李長青雖然笑語天真，但對別人卻是都不理睬，就連天法大師此輩人物，都似未放在她眼裡。群豪雖然對她頗有好感，但見她如此倨傲，心裡也頗覺不是滋味，天法大師又自長身而起，他方才沒有走成，此刻便又待拂袖而去。別人也有滿腹悶氣，既不能發作，也就想一走了之。

只聽李長青道：「你此番出來，是無意經過此地，還是有心前來的？」

七姑娘嬌笑道：「我本該說有心前來拜訪你老人家，但又不能騙你老人家，你老人家可別生氣。」

李長青捋髯大笑道：「好，好，如此你是無意路過的了。」

七姑娘道：「也不是，我是來找人的。」

李長青道：「誰?可在這裡?」

七姑娘道：「就在這大廳裡。」

群豪聽了這句話，又都不禁打消了主意，只因大廳中只有這麼幾個人，大家都想瞧瞧這天下第一豪富，活財神的千金，千里奔波，到底是來找誰?天法大師當先頓住腳步，他雖然修爲功深，但那好勝好名之心，卻半點也不後人，此刻竟忍不住暗忖道：「莫不是她久慕本座之名，是以專程前來求教?」轉目望去，眾人面上神情俱是似笑非笑，十分奇特，似乎也跟他想著同樣的心思。

李長青目光閃動，含笑道：「當今天下高手，俱已在此廳之中，卻不知賢侄女你要找的是誰?」

七姑娘也不回頭，纖手向後一指，道：「他。」

群豪情不自禁，隨著她手指之處望去，只見那根春筍般的纖纖玉指，指著的竟是一直縮在角落中不言不動的落拓少年。

七姑娘自始至終，都未瞧他一眼，但此刻手指的方向，卻是半點不差，顯見她表面雖然未去瞧他，暗中已不知偷偷瞧過多少次了，群豪心裡都有些失望：「原來她找的不是我。」

「想不到這名不見經傳的窮小子，竟能勞動如此美人的大駕。」更是不約而同地大爲驚奇詫異，不知她爲了什麼，竟不遠千里而來找他。

那知落拓少年卻乾咳一聲，長身而起，抱拳道：「晚輩告辭了。」話未說完，便待奪門而出。

突見紅影一閃，那火孩兒已擋住了他，大聲道：「好呀，你又想走，你難道不知我們七姑娘找得好苦。」

七姑娘咬著牙，頓足道：「好好，你……走，你，你走……你……你再走，我就……我就……」說著說著，眼圈就紅了，聲音也變了，話也無法繼續。

落拓少年苦笑道：「姑娘何苦如此，在下……」

火孩兒雙手叉腰，大叫道：「好呀，你個小沒良心的，居然如此說話，你難道忘了七姑娘如何對待你……」

落拓少年又是咳嗽，又是嘆氣，七姑娘又是跺足，又是抹淚，群豪卻不禁瞧得又是驚奇，又是有趣。

此刻人人都已看出這位眼高於頂的七姑娘，竟對這落拓少年頗有情意，而這落拓少年反而不知消受美人恩，竟一心想逃走。

柳玉茹斜眼瞧著他，直皺眉頭，暗道：「這倒怪了，天下的男人也未死光，七姑娘怎會偏偏瞧上這麼塊廢料？」

李長青捋鬚望著這落拓少年，卻更覺這少年實是不同凡品，而那女諸葛花四姑的目光，竟也和他一樣。

大廳中的人忖思未已，這時金不換與徐若愚正大搖大擺走了進來，群豪見他兩人居然厚著臉皮去而復返，都不禁大皺眉頭。

「雄獅」喬五怒道：「你兩人還想再來丟人麼？」

金不換也不理他，筆直走到七姑娘身前，滿面嘻皮笑臉抱拳道：「請了。」

徐若愚也立刻道：「請了。」

七姑娘正是滿腔怨氣，無處發洩，狠狠瞪了他兩人一眼，突然頓足大罵道：「滾，滾開些。」

徐若愚倒真嚇了一跳，金不換卻仍面不改色，笑嘻嘻道：「在下本要滾的，但姑娘有什麼法子要在下滾，在下卻想瞧瞧。」他一面說話，一面在背後連連向徐若愚擺手。

徐若愚立刻乾咳一聲，挺起胸膛，大聲道：「金兄稱雄武林，誰人不知，那個不曉，你竟敢對他如此無禮，豈非將天下英雄都未瞧在眼裡。」此人雖然耳根軟，心不定，又喜自作聰明，但是口才確實不錯，此時挺胸侃侃而言，倒端的有幾分英雄氣概。

二　纖手燃戰火

七姑娘眼波轉來轉去，在他兩人面上打轉，冷冷的聽他兩人一搭一檔，將話說完，突然嬌笑道：「好，這樣才像條漢子……」

徐若愚大喜，忖道：「金兄果然妙計。」口中道：「你既知如此，從今而後，便該莫再目中無人才是。」他胸膛雖然挺得更高，但語氣卻不知不覺有些軟了。

七姑娘笑道：「我從今以後，可再也不敢小瞧兩位了。」

徐若愚忍不住喜動顏色，展顏笑道：「好說好說。」

七姑娘嬌笑道：「兩位商量商量，見我一個弱女子帶著個小孩，怎會是兩位的對手，於是軟的不行就來硬的，要給我些顏色瞧瞧，這樣能軟能硬，見機行事的大英雄大豪傑，江湖上倒也少見得很，我怎敢小瞧兩位。」她愈說笑容愈甜，徐若愚卻愈聽愈不是滋味，臉脹得血紅，呆呆地怔在那裡，方才的得意高興，早已跑到九霄雲外。

金不換冷冷道：「一個婦道人家，說話如此尖刻，行事如此狂傲，也難爲你家大人是如何教導出來的。」

七姑娘道：「你可是要教訓教訓我？」

金不換道：「不錯，你瞧徐兄少年英俊，謙恭有禮，就當他好欺負了？哼哼！徐兄對人雖然謙恭，但最最瞧不慣的，便是你這種人物，徐兄你說是麼？」

徐若愚道：「嗯嗯……咳咳……」

七姑娘伸出纖手，攏了攏鬢角，微微笑道：「如此說來，就請動手呀。」

火孩兒一手拉著那落拓少年衣角，一面大聲道：「就憑這吃耳光的小子，那用姑娘你來動手。」

金不換道：「你兩人一齊上也沒關係，反正……」

一張臉始終是陰陽怪氣，不動神色的斷虹子突然冷笑，截口道：「金不換，你可要貧道指點指點你？」

金不換乾笑道：「在下求之不得。」

斷虹子道：「『活財神』家資億萬，富甲天下，但數十年來，卻沒有任何一個黑道朋友敢動他家一兩銀子，這爲的什麼，你可知道？」

金不換笑道：「莫非黑道朋友都嫌他家銀子已放得發了霉不成？」愈說愈覺得意，方待放聲大笑，但一眼瞧見斷虹子鐵青的面色，笑聲在喉嚨裡滾了滾又硬生生嚥了下去。

斷虹子寒著臉道：「你不是不願聽麼？哼哼，你不願聽貧道還是要說的，這只因昔日武林中有不少高人，有的爲了避仇，有的爲了避禍，都逃到『活財神』那裡，『活財神』雖然視錢如命，但對這些人卻是百依百順，數十年來，活財神家實已成了臥虎藏龍之地，不說別人，就說今日隨著朱姑娘來的這位小朋友，就不是好惹的人物，你要教訓別人，莫要反被別人教訓了。」

金不換指著火孩兒道：「道長說的就是她？」

斷虹子道：「除她以外，這廳中還有誰是小朋友。」

金不換忍不住放聲大笑道：「道長說的就是她？也未免太長他人志氣，滅自己威風了，就憑這小怪物，縱然一生出來就練武功，難道還能強過中原武林七大高手不成？」

斷虹子冷冷道：「你若不信，只管試試。」

金不換道：「自然要試試的。」擄起衣袖，便要動手。

「雄獅」喬五突也一捲衣袖，但袖子才捲起，便被花四姑輕輕拉住，悄悄道：「五哥你要作啥？」

喬五道：「你瞧這廝竟真要與小孩兒動手？哼哼，別人雖然不聞不問，但我喬五卻實在看不上眼了。」

花四姑微笑道：「別人不聞不問，還可說是因那位七姑娘太狂傲，是以存心要瞧熱鬧，瞧她到底有多大本事？但是李老前輩亦是心安理得，袖手旁觀，你可知道爲了什麼？難道他老人家也想瞧熱鬧不成？」

喬五皺眉道：「是呀，在下本也有些奇怪……」

花四姑悄聲道：「只因李老前輩，已經對那穿著紅衣裳的小朋友起了疑心，是以遲遲未曾出聲攔阻。」

喬五大奇道：「她小小年紀，有何可疑之處？」

花四姑道：「我一時也說不清，總之這位小朋友，必定有許多古怪之處，說不定還是……

唉！你等著瞧就知道了。」

喬五更是不解，喃喃道：「既是如此，我就等吧……」

只見金不換擄了半天衣袖，卻未動手，反將徐若愚又拉到一旁，嘰嘰咕咕，也不知說的什麼？再看李長青、斷虹子、天法大師幾人的目光，果都在瞬也不瞬地望著那火孩兒，目光神色，俱都十分奇怪。

喬五瞧了那火孩兒兩眼，暗中也不覺動了疑心，忖道：「這孩子為何戴著如此奇特的面具，卻不肯以真面目示人，瞧他最多不過十一二歲，為何說話卻這般老氣？」

火孩兒只管拉著那落拓少年，落拓少年卻是愁眉苦臉，七姑娘冷眼瞧了瞧金不換，眼波立刻轉向落拓少年身上，再也沒有離開。

金不換將徐若愚拉到一邊，恨聲道：「機會來了。」

徐若愚道：「什麼機會？」

金不換道：「揚威露臉的機會，難道這你都不懂，快去將那小怪物在三五招之間擊倒，也好教那目中無人的丫頭瞧瞧你的厲害。」

徐若愚道：「但……但那只是個孩子，教我如何動手？」

金不換冷笑道：「孩子又如何？你聽那鬼道人斷虹子將她說得那般厲害，你若將她擊倒，豈非大大露臉？」

徐若愚沉吟半晌，嘴角突然露出一絲微笑，搖頭道：「金兄，這次小弟可不再上你的當了。」

金不換道：「此話怎講？」

徐若愚道：「若與那孩子動手，勝了自是理所應該，萬一敗了卻是大大丟人，是以你不動手，卻來喚我。」

金不換冷冷道：「你真的不願動手？」

徐若愚笑道：「這露臉的機會，還是讓給金兄吧。」

金不換目光凝注著他，一字字緩緩道：「你可莫要後悔。」

徐若愚道：「絕不後悔。」

金不換嘆了口氣，冷笑道：「狗咬呂洞賓，不識好人心……」冷笑轉過身子，便要上陣了。

徐若愚呆望著他，面上微笑也漸漸消失，轉目又瞧了那位七姑娘一眼，突然輕喚道：「金兄，且慢。」

金不換頭也不回，道：「什麼事？」

徐若愚道：「還……還是讓……讓小弟出手吧。」

金不換道：「不行，你不是絕不後悔的麼？」

徐若愚滿面乾笑，吶吶道：「這……這……金兄只要今天讓給小弟動手，來日小弟必定重重送上一份厚禮。」

金不換似是考慮許久，方自回轉身子，道：「去吧。」

徐若愚大喜道：「多謝金兄。」縱身一掠而出。

金不換望著他背影，輕輕冷笑道：「看來還像個角色，其實卻是個繡花枕頭，一肚子草包，敬酒不吃，吃罰酒，天生的賤骨頭。」

徐若愚縱身掠到大廳中央大聲道：「徐某今日爲了尊敬『仁義莊』三位前輩，是以琴劍俱未帶來，但無論誰要來賜教，徐某一樣以空手奉陪。」

七姑娘這才自那落拓少年身上收回目光，搖頭笑道：「這小子看來又被姓金的說動了……」

火孩兒將那落拓少年一直拉到七姑娘身前，道：「姑娘，你看著他，莫要放他走了，我去教訓教訓那廝。」

七姑娘撇了撇嘴冷笑道：「誰要看著他？讓他走好了。」說話間卻已悄悄伸出兩根手指，勾住了落拓少年的衣袖。

落拓少年輕輕嘆道：「到處惹事，何苦來呢？」

七姑娘道：「誰像你那臭脾氣，別人打你左臉，你便將右臉也送給別人去打，我可受不了別人這分閒氣。」

落拓少年苦笑道：「是是，你厲害……嘿，你惹了禍後，莫要別人去替你收拾爛攤子，那就是真的厲害了。」

七姑娘嗔道：「不要你管，你放心，我死了也不要你管。」轉過頭不去睬他，但勾著他衣袖的兩根手指，仍是不肯放下。

只見火孩兒大搖大擺，走到徐若愚面前，上上下下，瞧了徐若愚幾眼，嘻嘻一笑，道：

「打呀，等什麼？」

徐若愚沉聲道：「徐某本不願與你交手，但……」

火孩兒道：「打就打，那用這許多囉嗦。」突然縱身而起，揚起小手一個耳光向徐若愚刮了過來。這一著毫無巧妙之處，但出手之快，卻是筆墨難敘。

徐若愚幸好有了金不換前車之鑒，知道這孩子說打就打，是以早已暗中戒備，此刻方自擰身避開，否則不免又要挨上一掌。

火孩兒嘻嘻笑道：「果然有些門道。」口中說話，手裡卻未閒著，紅影閃動間，一雙小手，狂風般拍將出去，竟然全不講招式路數，直似童子無賴的打法一般的招式，招式之間，卻偏偏瞧不出有絲毫破綻，出手之迫急，更不給對方半點喘息的機會。

徐若愚似已失卻先機，無法還手，但身形游走閃動於紅影之間，身法仍是從容瀟灑，教人瞧得心裡很是舒服。

「女諸葛」花四姑悄悄向喬五道：「你瞧這孩兒是否古怪？」

喬五皺眉道：「這樣的打法，俺端的從未見過。」

花四姑道：「這正是教人無法猜得出她的武功來歷。」

喬五奇道：「莫非說這孩子也大有來歷不成？」

花四姑道：「沒有來歷的人，豈能將徐若愚逼在下風。」

喬五微微頷首，眉頭皺得更緊。過了半晌，花四姑又自嘆道：「這孩子縱不願使出本門武功，但徐若愚如此打法，只怕也要落敗了。」

喬五目光凝注，亦自頷首道：「徐若愚若非如此喜歡裝模作樣，武功只怕還可更進一層。」

原來徐若愚自命風流，就連與人動手時，招式也務求瀟灑漂亮，難看的招式，他死了也不肯施出。火孩兒三掌拍來，左下方本有空門露出，花四姑與喬五俱都瞧在眼裡，知道徐若愚此刻若是施出一招「鐵牛耕地」，至少亦能平反先機。

那知徐若愚卻嫌這一招「鐵牛耕地」身法不夠瀟灑花俏，竟然不肯使出，反而施出一招毫無用途的「風吹御柳」。

金不換連連搖頭，冷笑道：「死要漂亮不要命……」但心中仍是極爲放心，只因徐若愚縱難取勝看來也不致落敗。

花四姑喃喃道：「不知李老前輩可曾瞧出她的真象。」轉目望去，卻見冷三扶著個滿面病容的老人，不知何時已到了李長青身側，目光也正在隨著火孩兒身形打轉，又不時與李長青悄悄交換個眼色。

李長青沉聲道：「大哥可瞧出來了麼？」

病老人齊智沉吟道：「看來有七成是了。」

「雄獅」喬五愈聽愈是糊塗，忍不住道：「到底是什麼？」

花四姑嘆了口氣，道：「你瞧這孩子打來雖無半點招式章法，但出手間卻極少露出破綻，若無數十年武功根基，怎敢如此打法？」

喬五皺眉道：「但……但她最多也不過十來歲年紀……」

花四姑截口道：「十來歲的孩子怎會有數十年武功根基，除非……她年紀本已不小，只是身子長得矮小而已，總是戴上個面具，別人便再也猜不出她究竟有多少年紀。」

喬五喃喃道：「數十年武功根基……身形長得如童子……」心念突然一動，終於想起個人來，脫口道：「是她。」

花四姑道：「看來有八成是了。」

喬五動容道：「難怪此人有多年未曾露面，不想她竟是躲在『活財神』家裡。」他瞧了天法大師一眼，語聲壓得更低：「不知天法大師可曾瞧出了她的來歷？若也瞧出來了，只怕……」

花四姑道：「何止天法大師，就是柳玉茹、斷虹子，若是真都瞧出她的來歷，只怕也……」話聲戛然而頓。

但見天法大師魁偉之身形，突然開始移動，沉肅的面容上，泛起一層紫氣，一步步往徐若愚與火孩兒動手處走了過去。

七姑娘眼波四轉，此刻放聲喝道：「快。」

火孩兒方自凌空躍起，聽得這一聲「快」字，身形陡然一折，雙臂微張，凌空翻身，直撲徐若愚。這一招不但變化精微，內蘊後著，威力之猛，更是驚人。

李長青聳然變色，失聲呼道：「飛龍式。」

呼聲未了，徐若愚已自驚呼一聲，仆倒在地。但他成名畢非倖至，身手端的矯健，此刻雖敗不亂，「燕青十八翻」，身形方落地面，接連幾個翻身，已滾出數丈開外，接著一躍而起，身上並無傷損，只是癡癡的望著火孩兒，目中滿是驚駭之色。

七姑娘嬌喝道：「走！」一手拉著那落拓少年，一手拉起火孩兒，正待衝將出去，突聽一聲佛號：「阿彌陀佛！」聲如宏鐘，震人耳鼓，宏亮的佛號聲中，天法大師威猛的身形已擋住了她們的去路。他身形宛如山嶽般峙立，滿身袈裟，無風自動，看來當真是寶象莊嚴，不怒自威，教人難越雷池一步。

七姑娘話也不說，身形一轉竟又待自窗口掠出，但人影閃動間，冷三、斷虹子、柳玉茹、徐若愚、金不換，五人竟都展動身形，將他三人去路完全擋住，五人俱是面色凝重，隱現怒容。

落拓少年輕嘆一聲，悄然道：「你膽子也未免太大了吧？明知別人必將瞧出她的來歷，還要將她帶來這裡。」

七姑娘幽幽瞧了他一眼，恨聲道：「還不都是為了你，為了要找你，我什麼苦都吃過，什麼事都敢做。」

兩句話功夫，天法大師、冷三等六人已展開身形將七姑娘、落拓少年、火孩兒三人團團圍在中央。

七姑娘面上突又泛起嬌笑，道：「各位這是做什麼？」

天法大師沉聲道：「姑娘明知，何苦再問。」

七姑娘回首道：「李二叔，瞧你的客人不放我走啦，在你老人家家裡有人欺負我，你老人家不也丟人麼？」

李長青瞧了齊智一眼，自己不敢答話，齊智目光閃動，一時間竟也未開口，事態顯見已是十分嚴重。

群豪亦都屏息靜氣，等待著這江湖第一智者回答，只因人人都知道這老人一字千金，說出的話更是永無更改。過了半晌，只聽齊智沉聲道：「敝莊建立之基金，多蒙令尊慨捐，朱姑娘要來要去，誰也不得攔阻。」

七姑娘暗中鬆了口氣，天法大師等人卻不禁聳然變色。那知齊智語聲微頓，瞬即緩緩接道：「但與朱姑娘同來之人，卻勢必要留在此間，誰也不能帶走。」

七姑娘眨了眨眼睛，故意指著那落拓少年，笑道：「你老人家說的可是他麼？他可並未得罪過什麼人呀？」

齊智道：「不是。」

七姑娘道：「若不是他，便只有這小孩子了，她只是我貼身的小丫頭，你老人家要留她下來侍候誰呀？」

齊智面色一沉，道：「事已至此，姑娘還要玩笑。」

七姑娘道：「你老人家說的話，我不懂。」

齊智冷笑道：「不懂？……冷三，去將那張告示揭下，讓她瞧瞧。」語聲未了，冷三已自飛身而出。

七姑娘拉著落拓少年的手掌，已微微有些顫抖，但面上卻仍然帶著微笑，似是滿不在乎。瞬息間冷三便又縱身而入，手裡多了張紙，正與那落拓少年方才揭下的一模一樣，只是更爲殘破陳舊。齊智伸手接了過來，仰首苦笑道：「這張告示在此間已貼了七年，不想今日終能將它揭下。」

七姑娘又自眨了眨眼睛，道：「這是什麼？」

齊智道：「無論你是否真的不知，都不妨拿去瞧瞧。」反手已將那張紙拋在七姑娘足下。

七姑娘目光回轉一眼，拾起了它，道：「你兩人也跟著瞧瞧吧。」蹲下身子，將落拓少年與火孩兒俱都拉在一處，湊起了頭。

只見告示上寫的是：「花蕊仙，人稱『上天入地』，掌中天魔，乃昔日武林『十三天魔』之一，自衡山一役後，十三天魔所存唯此一人而已。只因此人遠在衡山會前，便已銷聲滅跡，江湖中無人知其下落。此人年約五十至六十之間，身形卻如髫齡童子，喜著紅衣，武功來歷不詳，似得六十年前五大魔宮主人之真傳，平生不使兵刃，亦不施暗器，但輕功絕高，掌力之陰毒，武林中可名列第六，五台玉龍大師、華山柳飛仙、江南大俠譚鐵掌等江湖一流高手，俱都喪生此人掌下。

十餘年前，武林中便風傳此人已死於黃河渡口，唯此一年來，凡與此人昔日有仇之人，俱都在黃夜被人尋仇身遭慘死，全家老少無一活口，致死之傷，正是此人獨門掌法，至今已有一百四十餘人之多，只因此人含眦必報，縱是仇怨極小，她上天入地，亦不肯放過，『仁義莊』主人本不知兇手是她，曾親身檢視死者傷口，證實無誤。

據聞此人幼年時遭遇極慘，曾被人拘於籠中達八年之久，是以身不能長而成侏儒，因而性情大變，對天下人俱都懷恨在心，尤喜摧殘幼童，雙手血腥極重，暴行令人髮指，若有人能將之擒獲，無論死活酬銀五千兩整，絕不食言。仁義莊主人謹啓。」

七姑娘手中拿著這張告示，卻是瞧也未瞧一眼，目光只是在四下悄悄窺望，只見門外八騎士，俱已下馬，手牽馬韁木立不動。天法大師等人，神情更是激動，似是恨不得立時動手，只是礙著「仁義莊」主人，是以強忍著心頭悲憤。七姑娘目光轉來轉去，突然偷個空附在落拓少年耳畔，耳語道：「今日我和她出不出得去，全在你了。」

落拓少年目光重落在告示上，緩緩道：「事已至此，我也無法可施。」聲音自喉間發出，嘴唇卻動也不動。

七姑娘恨聲道：「你不管也要你管，你莫非忘了，是誰救你的性命？你莫非忘了，別人是如何對你的？」

落拓少年長嘆一聲，閉口不語。

只見七姑娘亦自長長嘆了口氣，緩緩站起身子，道：「這位掌中天魔，手段倒真的毒辣得很。」

齊智沉聲道：「姑娘既然知道，如何還要維護於她？」

七姑娘瞧了那火孩兒一眼，嘆道：「看來他們已將你看做那花蕊仙了。」

火孩兒道：「這倒是個笑話？」

七姑娘眼睛似笑非笑地看著那落拓少年，緩緩道：「不管是不是笑話，我都知道她七年來絕未離開過我身邊一步，她若能到外面去殺人，你倒不妨砍下我的腦袋。」她這話雖是向大家說的，但眼睛卻只是盯著那落拓少年，落拓少年乾咳一聲，垂下了頭。

天法大師厲聲道：「無論七年來兇殺之事是否花蕊仙所為，但玉龍師叔之血海深仇，本座今日再也不肯放過。」

柳玉茹大聲道：「不錯，我姑姑……我姑姑……」眼眶突然紅了，頓著腳道：「誰要是敢不讓我替死去的姑姑報仇，我……我就和他拚了。」她這話也像是對大家說的，但眼睛卻也只是瞪著七姑娘一人。

金不換悄悄向徐若愚使了個眼色，徐若愚大聲道：「徐某和花蕊仙雖無舊仇，但如此兇毒之人，人人得而誅之。」

火孩兒冷笑道：「手下敗將，也敢放屁。」

徐若愚面上微微一紅，金不換立刻接口道：「徐兄一時輕敵，輸了半招，又算得什麼？」

徐若愚道：「不錯，徐某本看她只是個髫齡童子，怎肯真正施出煞手。」

七姑娘冷冷笑道：「她若真是『掌中天魔』，你此刻還有命麼？呸！自說自話，也不害臊。」

徐若愚臉又一紅，金不換冷笑道：「不錯，花蕊仙武功的確不弱，但為武林除害，我們也不必一對一與她動手。有仇的報仇，有怨的報怨，大伙兒一齊上，看她真的能上天入地不成？」

李長青長嘆一聲，道：「依我良言相勸，花夫人還是束手就縛得好，朱姑娘也不必為她說話了。」

七姑娘眼波轉動，頓足道：「你老人家莫非真認她是花蕊仙麼？」

李長青道：「咳……唉，你還要強辯？」

七姑娘道：「她若不是，又當怎地？」

金不換大聲道：「你揭下她那面具，讓咱們瞧瞧，她若真是個孩子，就讓李老前輩向她陪禮。」他搶先說話，事若作對，他自家當然最是露臉，事若有錯，也是別人陪禮，吃虧的事「見錢眼開」金不換是萬萬不會做的。

七姑娘跺足道：「好，就揭下來，讓他們瞧瞧。」

火孩兒大聲道：「瞧著！」喝聲未了，突然反手揭下了那火紅的面具。

眾人目光動處，當真吃了一驚，那火紅的面具下，白生生一張小臉，那有半點皺紋，果真是童子模樣，萬萬不會是五、六十歲的老人。

七姑娘咯咯笑道：「各位瞧清楚了麼，這孩子只是皮膚不好，吹不得風，才戴這面具，不想竟開了這麼多成名露臉的大英雄們一個玩笑。」嬌笑聲中拉著落拓少年與火孩兒，大搖大擺走了出去。

群豪目定口呆，誰也不敢阻攔於她。只見七姑娘衣衫不住波動，也不知是被風吹的還是身子在抖，但一出廳門，她腳步便突然加快了。

突聽齊智銳聲喝道；「慢走……莫放她走了。」

「慢走」兩字喝出，七姑娘立刻離地掠起，卻在落拓少年手腕上重重擰了一把，等到齊智喝道：「莫放她走。」七姑娘與火孩兒已掠到馬鞍上，嬌呼道：「小沒良心的，我兩人性命都交給你了。」

嬌呼聲中，天法大師與柳玉茹已飛身追出，他兩人被齊智一聲大喝，震得心頭靈光一閃，閃電般想起了此事之蹊蹺，此刻兩人身形展動，掌上俱已滿注真力。

七姑娘已掠上馬鞍，但健馬尚未揚蹄，怎比得武林七大高手之迅急，眼見萬萬無法衝出莊門的了。落拓少年失魂落魄般立在當地，但聞身後風聲響動，天法大師與柳玉茹一左一右，已將自他身旁掠過。就在這間不容髮的剎那之間，落拓少年嘆息一聲，雙臂突然反揮而出，右掌駢起如刀，左掌藏在袖中，他雖未回頭，但這一掌一袖，卻俱都攻向天法大師與柳玉茹必救之處，恰似背後長了眼睛一般。

天法大師、柳玉茹顧不得追人先求自保，兩人掌上本已滿蓄真力，有如箭在弦上，此刻回掌擊出，那是何等力道。

柳玉茹冷笑道：「你這是找死。」雙掌迎上少年衣袖，天法大師面色凝重，吐氣開聲，右掌在前，左掌在後，雙掌相疊，赤紅的掌心迎著了落拓少年之手背，只聽「勃，勃」兩聲悶響，似是遠山後密雲中之輕雷，眾人瞧得清楚，只道這少年在當世兩大高手夾擊之下，必將骨折屍飛。

那知輕雷響過，柳玉茹竟脫口驚呼出聲，窈窕的身子，竟被震得騰空而起，天法大師「蹬，蹬……蹬……」連退七步，每一步踩下，石地上都多了個破碎的腳印，腳印愈來愈深，顯見天法大師竟是盡了全力，才使得身形不致跌倒。再看那落拓少年，身形竟藉著這回掌一擊之勢，斜飛而出，雙袖飄飄，夾帶勁風，眼見便要飄出莊門之外。

七姑娘亦自打馬出門，輕叱道：「起！」右臂反揮，火孩兒身形凌空直上，左手拉著七姑娘右掌，右手一探，卻抓住了落拓少年的衣袖，健馬放蹄奔出，火孩兒、落拓少年也被斜斜帶了出去，兩人身形猶自凌空，看來似一道被狂風斜扯而起的兩色長旗。

群豪雖是滿心驚怒，但見到如此靈妙之身法，卻又不禁瞧得目瞪口呆，一時間竟忘了追出，只見柳玉茹凌空一個翻身，落在地面，胸膛仍是急劇起伏。

天法大師勉強拿樁站穩，面上忽青忽白，突然一咬牙關，嘴角卻沁出了一絲鮮血，他方才若是順勢跌倒，也就罷了，萬不該又動了爭強好勝之心，勉強挺住，此刻但覺氣血翻湧，受的內傷竟不輕。

這時八條大漢已掠上了那七匹健馬，前三後四，分成兩排，緩步奔出，他們並未放蹄狂奔，正是要以這兩道人馬結成之高牆，爲主人擋住追騎，只因他們深知莊中的這些武林豪雄，對他們無論如何也下不了毒手。

齊智抓著李長青肩頭，搶步而出，頓足道：「追，追！再遲就追不上了。」目光瞧著斷虹子。

斷虹子乾咳一聲，只作未見。齊智目光轉向徐若愚，徐若愚卻瞧著金不換，金不換乾笑道：「我兩人與她又無深仇，追什麼？」

這些人眼見那落拓少年那般武功，天法大師與柳玉茹聯手夾擊，猶自不敵，此刻怎肯追出。齊智長嘆一聲，連連頓足，喃喃道：「七大高手若是同心協力，當可縱橫天下，怎奈……怎奈都只是一盤散沙，可惜……可惜……」

「雄獅」喬五濃眉一挑，沉聲道：「那人揭下面具，明明只是個髫齡童子，不知前輩爲何還要追她？」

齊智嘆道：「在她面具之下，難道就不能再戴上一層人皮面具，十三魔易容之術，本是天下無雙的。」

喬五怔了一怔，恍然道：「原來如此……」

金不換算定此刻別人早已去遠，立刻頓足道：「唉，前輩為何不早些說出……唉，徐兄，咱們追去吧。」拉起徐若愚，放足狂奔而出。

花四姑搖頭輕笑道：「徐若愚被此人纏上，當真要走上霉運了。」

喬五道：「待俺上去瞧瞧。」一躍而去。

花四姑道：「五哥，你也照樣會上當的……」但喬五已自去遠，花四姑頓了頓足，躬身道：「前輩交代的事，晚輩決不會忘記……」她顯然極是關心喬五之安危，不等話說完，人已出門，一陣風吹過，又自霏霏落下雪來。

柳玉茹呆呆地出神了半晌，也不知心裡想的什麼，突然走到天法大師面前，道：「大師傷勢，不妨事麼？」

天法大師怒道：「誰受了傷？受傷的是那小子。」

柳玉茹嘆道：「是……我五台、華山兩派，不共戴天之仇人已被逸走，大師若肯與我聯手，復仇定非無望，不知大師意下如何？」

天法大師厲聲道：「本座從來不與別人聯手。」袍袖一拂，大步而出，但方自走了幾步，腳步便是個踉蹌。

柳玉茹嘴角笑容一閃，趕過去扶起了他，柔聲道：「風雪交集，大師可願我相送一程？」天法大師呆了半晌，仰天長長嘆息一聲，再不說話。

風雪果然更大，齊智瞧著這七大高手，轉眼間便走得一乾二淨，身上突然感到一陣沉重的寒意，緊緊掩起衣襟，黯然道：「武林人事如此……唉……」左手扶著冷三，右手扶著李長青，緩緩走回大廳中。

李長青道：「七大高手，雖然如此，但江湖中除了這七大高手外，也未必就無其他英雄。」

齊智道：「唉……不錯……唉，風雪更大了，關上門吧……」

李長青緩緩回身，掩起了門戶。只將風雪中隱約傳來那冷三常醉的歌聲：「風雪漫中州，江湖無故人，且飲一杯酒，天涯……咳……咳咳……天涯酒淚行……」歌聲蒼涼，滿含一種蕭索落魄之情。

李長青癡癡地聽了半晌，目中突然落下淚來，久久不敢回身……

金不換拉著徐若愚奔出莊門，向南而奔。徐若愚目光轉處，只見蹄印卻是向西北而去，不禁頓住身形，道：「金兄，別人往西北方逃了，咱們到南邊去追什麼？」

金不換大笑道：「呆子，誰要去追他們？咱們不過是藉個故開溜而已，再耽在這裡，豈非自討無趣麼？」

徐若愚身不由主，又被他拉得向前直跑，但口中還是忍不住大聲道：「說了去追，好歹也該去追一程的。」

金不換冷笑道：「徐兄莫非未瞧見那少年的武功，我兩人縱然追著了他們，又能將人家如何？」

徐若愚嘆了口氣，說道：「那少年當真是真人不露相，想不到武功竟是那般驚人，難怪七姑娘要對他……對他那般模樣了。」

金不換瞇起眼睛笑道：「徐兄話裡怎地有些酸溜溜的？」

徐若愚臉一紅，強辯道，「我……我只是奇怪他的來歷。」

金不換道：「無論他有多高武功，無論他是什麼來歷，但今日他實已犯了眾怒，仁義三老、天法大師，遲早都放不過他去……」話聲未了，雪花飛捲中，突見十餘騎，自南方飛馳而來，馬上人黑緞風氅，被狂風吹得斜斜飛起，驟眼望去，宛如一片烏雲貼地捲來。金不換眼睛一亮，笑道：「這十餘騎人強馬壯，風雪中如此趕路，想必有著急事，看來我的生意又來了。」說話間十餘匹馬已奔到近前，當先一匹馬，一條黑凜凜鐵塔般的虯髯大漢，揚起絲鞭，厲叱道：「不要命了麼？閃開。」

金不換橫身立在道中，笑嘻嘻道：「我金不換正是不想活了，你就行個好把我踩死吧。」虯髯大漢絲鞭停在空中，呼嘯一聲，十餘騎俱都硬生生勒住馬韁，虯髯大漢縱身下馬，陪笑道：「原來是金大俠，展某著急趕路，未曾瞧見俠駕在此，多有得罪，該死該死。」雙手抱拳，深深一揖。

金不換目光上上下下瞧了幾眼，笑道：「我當是誰，原來是威武鏢局的展英松總鏢頭，總鏢頭如此匆忙，敢情是追強盜麼？」

展英松嘆道：「展某追的雖非強盜，卻比強盜還要可惡，不瞞金大俠，威武鏢局雖不成氣候，但蒙兩河道上朋友照顧，多年來還未失過風，那知昨夜竟被個丫頭無緣無故摘了鏢旗，展某雖無能，好歹也要追著她，否則威武鏢局這塊字號還能在江湖混麼？」

金不換目光轉了轉，連瞎了的那隻眼睛都似發出了光來，微微笑道：「總鏢頭說的可是個穿白衣服的大姑娘，還有個穿紅衣服的小丫頭？」

展英松神情一振，大喜道：「正是，金大俠莫非知道她們的下落？」

金不換不答話，只是瞧著展英松身上的黑緞狐皮風氅，瞧了幾眼，嘆著氣道：「總鏢頭這件大氅在哪裡買的，穿起來可真威風，趕明兒我要飯的發了財，咬著牙也得買它一件穿穿。」

展英松呆了一呆，立刻將風氅脫了下來，雙手捧上，陪笑道：「金大俠若不嫌舊，就請收下這件……」

金不換笑道：「這怎麼成？這怎麼敢當？」口中說話，手裡卻已將風氅接了過來。

展英松乾咳著，說道：「這區區之物算得什麼，金大俠若肯指點一條明路，展某日後必定還另有孝敬……」

金不換早已將風氅披在身上，這才遙指西北方，道：「大姑娘、小丫頭都往那邊去了，要追，就趕快吧。」

展英松道：「多謝。」翻身上馬，呼嘯聲中，十餘騎又如烏雲般貼地向北而去。

徐若愚看得直皺眉頭，搖首嘆道：「金兄有了那少年的皮裘，再穿上這風氅，不嫌太多了麼？」

金不換哈哈笑道：「不多不多，我金不換無論要什麼，都只會嫌少，不會嫌多……咦，奇怪，又有人來了。」

徐若愚抬頭看去，只見風雪中果然又有十餘騎聯袂飛奔而來，這十餘騎馬上騎士，有的身穿錦衣皮袍，有的急裝勁服，聲勢看來遠不及方才那十餘騎威風，但是健馬還遠在數丈開外，馬上便已有人大呼道：「前面道中站著的，可是『見義勇爲』金大俠麼？」幾句話呼完，馬群便已到了近前。

徐若愚暗驚忖道：「此人好銳利的目光。」只見那喊話之人，身軀矮小，鬚髮花白，穿著件長僅及膝的絲棉袍子，看來毫不起眼，直似個三家村的窮秀才，唯有一雙目光卻是炯炯有神，亮如明星。

金不換格格笑道：「七丈外，奔馬背上都能看清楚我的模樣，武林中除了『神眼鷹』方千里外還有誰呢？」

矮老人已自下馬，拂鬚大笑說道：「多年不見，一見面金兄就送了頂高帽子過來，不怕壓死了小弟麼？」

金不換目光一掃，道：「難得難得，想不到除了方兄外，撲天雕李挺豐大俠、穿雲雁易如風易大俠也都來了。」

左面馬上一條身形威猛之白髮老人，右邊馬上一條身穿錦袍，頷下五綹長髯的頎長老人，也俱都翻身下馬，抱拳含笑道：「金兄久違了。」

金不換道：「江湖人言，風林三鳥自衡山會後，便已在家納福，今日老兄弟三個全都出動，難道是出來賞雪麼？」

矮老人方千里嘆道：「我兄弟是天生的苦命，一閒下來，就窮得差點沒飯吃，只好揚起大竿子，開場收幾個徒弟，騙幾個錢吃飯，苦捱了好幾年，好容易等到大徒弟倒也學會幾手莊稼把式去騙人，我們三塊老骨頭就想偷個懶，把場子交給了他們，只道從此可以安安穩穩地坐在家裡收錢，那知……唉，昨天晚上不知從那裡鑽出來個瘋丫頭，無怨無仇，平白無故的竟將那場子給挑了，還說什麼七姑娘看不得這種騙人的把式。」

金不換、徐若愚對望一眼，心裡又是好氣，又覺好笑，忖道：「原來那位七姑娘竟是個專惹是非的闖禍精。」

方千里嘆了口氣，又道：「我的幾個徒弟也真不成材，竟被那個瘋丫頭打得東倒西歪哭哭啼啼地回來訴苦，咱們三塊老廢料，既然教出了這些小廢料，好歹也要替他們出口氣呀，沒法子，這才出來，準備就算拚了老命，也得將那瘋丫頭追上，問問她爲什麼要砸人飯碗？」

徐若愚不等金不換說話，趕緊伸手指著西北方，大聲道：「那些人都往那邊去了，各位就快快追去吧。」

方千里上下瞧了他一眼，道：「這位是……」

金不換冷笑道：「這位是擋人財路徐若愚，方兄未見過麼？」

方千里怔了怔笑道：「徐若愚？莫非是『玉面瑤琴神劍手』徐大俠……」微一抱拳，又道：「多蒙徐兄指點，我兄弟就此別過。」一掠上馬，縱騎而去。

金不換斜眼瞧著徐若愚，只是冷笑。徐若愚強笑道：「小弟並非擋金兄的財路，只是看他們既未穿著風氅，也不似帶著許多銀子，不如早些將他們打發了。」

金不換獨眼眨了兩眨，突然笑道：「別人擋我財路，那便是我金不換不共戴天的大仇人，但是徐兄麼……哈哈，自己兄弟，還有什麼話說？」大笑幾聲，拉起徐若愚，竟要回頭向西北方奔去。

徐芳愚奇道：「金兄為何又要追去了？」

金不換笑道：「有了展英松與『風林三鳥』他們打頭陣，已夠他們受的，咱們跟過去瞧瞧熱鬧有何不可？」

突聽遠遠道旁一株枯樹後有人接口笑道：「說不定還可混水摸魚，趁機撿點便宜，是麼？」「巧手蘭心女諸葛」花四姑，隨著笑聲，自樹後轉出，她身旁還站著雄獅般一條鐵漢，瞪眼瞧著金不換，卻正是「雄獅」喬五。

金不換面色微變，但瞬即哈哈笑道：「不想雄獅今日也變成了狸貓，行路竟如此輕捷，倒險些嚇了小弟一跳。」他明明要罵喬五行動鬼祟，卻繞了個彎子說出，當真是罵人不帶髒字。

喬五面容突然紫脹，怒道：「你……你……」盛怒之下，竟說不出話來。

金不換更是得意，又大笑道：「兩位前來，不知有何見教？」

花四姑微微笑道：「咱們只是趕來關照徐少俠一聲，要他莫要被那些見利忘義的小人纏上了。」

金不換故意裝作聽不懂她罵的是自己，反而大笑道：「花四姑如此好心，確是令人可敬……」瞧了徐若愚一眼：「但徐兄明明久走江湖，是何時變做處處要人關照的小孩子，卻令小弟不解。」

徐若愚亦自脹紅了臉，突然大聲道：「徐某行事，自家會作得主，用不著兩位趕來關照。」

花四姑輕嘆一聲，還未說話，金不換已拍掌笑道：「原來徐兄自有主意，兩位又何苦吹皺了一池春水？」

「雄獅」喬五雙拳緊握，卻被花四姑悄悄拉了拉衣袖。

金不換笑道：「兩位何時變得如此親熱，當真可喜可賀，來日大喜之時，切莫忘了請老金喝杯喜酒啊。」大笑聲中，拉著徐若愚一掠而去。

喬五怒喝一聲，便待轉身撲將上去，怎奈花四姑拉著他竟不肯放手，只聽徐若愚遙遙笑道：「這一對倒真是郎才女貌……」

喬五頓足道：「那廝胡言亂語，四姑你莫放在心上。」

花四姑微微笑道：「我怎會與他一般見識。」

喬五仰天嘆道：「堂堂武林名俠，竟是如此卑鄙的小人……哦。」寒風過處，遠處竟又有蹄聲隨風傳來。

花四姑喃喃道：「難道又是來找那位朱姑娘霉氣的麼……」

朱七姑娘打馬狂奔，火孩兒拉著那落拓少年死也不肯放手，一騎三人，片時間便出半里之遙。七條大漢，亦已隨後趕來，朱七姑娘這才收住馬勢，回眸笑道：「你露了那一手，我就知道沒有人敢追來了。」

落拓少年坐在馬背上，不住搖頭，嘆道：「朱七七，你害苦我了。」

朱七七柔聲笑道：「今日你救了她，她絕不會忘記你的，喂，你說你忘得了沈浪麼？」

火孩兒笑道：「忘不了，再也忘不了。」

朱七七嫣然笑道：「非但她忘不了，我也忘不了。」

落拓少年沈浪嘆道：「我倒寧可兩位早些忘了我，兩位若再忘不了我，我可真要被你們害死了。」

火孩兒笑道：「我家姑娘喜歡你還來不及，怎會害你？」

沈浪道：「好了好了，你饒了我吧。」面色突然一沉：「我且問你，你明明不是花蕊仙，卻爲何偏偏要他們將你當花蕊仙？」

朱七七眨了眨眼睛，道：「誰說她不是花蕊仙？」

沈浪苦笑道：「她若是『掌中天魔』，徐若愚還有命麼？她若是『上天入地』，臨走時還要我擋那一掌，七姑娘，你騙人騙得夠了，卻害我無緣無故揹上那黑鍋，叫天法大師恨我入骨。」

火孩兒咯咯笑道：「我未來前，便聽我家七姑娘誇獎沈公子如何如何，如今一見，才知道沈公子果然是不得了，了不得，那號稱『天下第一智』的老頭子，當真給沈公子提鞋都不配。」她一面說話，一面將火紅面具揭下，露出那白滲滲的孩兒臉，仔細一瞧，果然是張人皮面具。

火孩兒隨手一抹，又將這人皮面具抹了下來，裡面卻竟還是張孩兒臉，但卻萬萬不是人皮面具了。只見這張臉白裡透紅，紅裡透白，像個大蘋果，教人恨不得咬上一口，兩隻大眼睛滴溜亂轉，笑起來一邊一個酒窩。

望著沈浪抱拳一揖，笑道：「小弟朱八，爹爹叫我喜兒，姐姐叫我小淘氣，別人卻叫我火孩兒，沈大哥你要叫我什麼，隨你便吧，反正我朱八已服了你了。」

沈浪雖然早已猜得其中秘密，此刻還是不禁瞧得目瞪口呆，過了半晌，方自長嘆一聲道：「原來你也是朱家子弟。」

朱七七笑得花枝亂顫，道：「我這寶貝弟弟，連我五哥見了他都頭疼，如今竟服了你，倒也難得的很。」

沈浪嘆道：「這也算淘氣麼？這簡直是個陰謀詭計，花蕊仙不知何處去了，卻叫你八弟故弄玄虛，定要使人人都將他當做花蕊仙才肯走……唉！那一招『天魔飛龍式』更是使得妙極，連齊智那般人物都被騙了。」

火孩兒笑嘻嘻道：「天魔十三式中，我只會這一招，那胡拍亂打的招式，才是我的獨門功夫。」

沈浪苦笑道：「你那胡拍亂打的招式，可真害死了人，若非這些招式，齊智怎會上當……但我卻要問你，這李代桃僵之計中，究竟有何文章？花蕊仙哪裡去了？你們既將我捲在裡面，我少不得要問個清楚。」

火孩兒道：「這個我可說不清，還是七姐說罷。」

朱七七輕嘆道：「不錯，這的確是個李代桃僵，金蟬脫殼之計，教別人都將老八當做花蕊仙，那麼花蕊仙在別處做的事，就沒有人能猜得到是誰做的……但你只管放心，花蕊仙此番去做的事，絕沒有半點對不起人的，她只是要去捉弄那連天雲，出出昔日的一口怨氣。」

沈浪皺眉道：「連天雲慷慨仗義，豪氣如雲，仁義三老中以他最是俠義，花蕊仙若是與他有怨，卻是花蕊仙的錯了。」

朱七七道：「這次卻是你錯了。」

沈浪道：「你處處維護著花蕊仙，竟說她已有十餘年未染血腥，將我也說得信了，誰知七年前還有一百四十餘人死在她手裡。」

朱七七嘆道：「這兩件事，就是一件事。」

沈浪道：「你能不能說清楚些？」

朱七七道：「花蕊仙已有十一年未離堡中一步，八弟也有十一歲了，你不信可以問問他，我是否騙你。」

火孩兒道：「我天天纏著她，她怎麼走得了？」

沈浪皺眉道：「她若真是十一年未離過朱家堡，七年前那一百四十餘條性命，卻又該著落在誰手裡？」

朱七七嘆道：「怪就怪在這裡，那一百多人，不但都真的是花蕊仙的仇家，而且殺人的手法，也和花蕊仙所使的掌功極為近似，再加上滄州金振羽金家大小十七口，於一夜間全遭慘死後，連天雲與那冷三連夜奔往實地勘查，更咬定了兇手必是花蕊仙，他們說的話，武林中人，自更是深信不疑，但花蕊仙那天晚上，卻明明在家和我們兄妹玩了一夜狀元紅，若說她能分身到滄州去殺人，那當真是見鬼了。」

沈浪動容道：「既是如此，你等便該爲她洗清冤名。」

朱七七嘆道：「花蕊仙昔年兇名在外，我們說話，份量更遠不及連天雲重，爲她解釋，又怎能解釋得清？」

沈浪皺眉道：「這話也不錯。」

朱七七道：「連天雲既未親眼目睹，亦無確切證據，便判定別人罪名，不但花蕊仙滿腹冤氣，就連我姐弟也大是爲她不平，早就想將連天雲教訓教訓，怎奈始終對他無可奈何，直到這次……」

她嫣然一笑，接口又道：「這次我們才想出個主意，叫花蕊仙在後面將連天雲引開，以『天魔移蹤術』，將他捉弄個夠，而且還故意現現身形，教連天雲瞧上一眼，連天雲狼狽而歸，必定要將此番經過說出，但是李長青與齊智卻明明瞧見我八弟這小天魔在前廳鬧得天翻地覆，對連天雲所說的話，怎能相信？連天雲向來自命一字千金，只要說出話來，無人不信，這下卻連他自家兄弟都不能相信了，連天雲豈非連肚子都要被生生氣破？」

馬行雖已緩，但仍在冒雪前行，說話間又走了半里光景。

突聽道旁枯樹上一人咯咯笑道：「他非但肚子險些氣破了，連人也幾乎被活活氣死。」語聲尖銳，如石畫鐵。

沈浪轉目望去，只見枯樹積雪，哪有人影，但是仔細一瞧，枯樹上竟有一片積雪活動起來，飄飄落在地下，卻是個滿身紅衣，面戴鬼臉，不但打扮得與火孩兒毫無兩樣，便是身形也與他相差無幾的紅衣人，只是此人紅衣外罩著白狐皮風氅，方才縮在樹上，將風氅連頭帶腳一蓋，便活脫脫是片積雪模樣，那時連天雲縱然在樹下走過，也未見能瞧得出她。

沈浪嘆道：「想必這就是『天魔移蹤術』中的『五色護身法』了，我久已聞名，今日總算開了眼界了。」

紅衣人花蕊仙笑道：「區區小道，說穿了不過是一些打又打不得，跑也跑不快的小蟲小獸身上學得來的，沈公子如此誇獎，叫我老婆子多不好意思？」這「保護之色」，果真是天然淘汰中一些無能蟲獸防身護命之本能，花蕊這番話倒委實說得坦白得很。

朱七七笑道：「不想你竟早已在這兒等著，事可辦完了？」

花蕊仙道：「這次那連天雲可真吃了苦頭，我老婆子……」

突然間，寒風中吹送來一陣急遽的馬蹄聲。朱七七皺眉道：「是誰追來了？」

花蕊仙道：「不是展英松，就是方千里。」

沈浪奇道：「展英松、方千里爲何要追趕於你？」

花蕊仙咯咯笑道：「這可又是咱們七姑娘的把戲，無緣無故的，硬說瞧那鏢旗不順眼，非把它拔下來不可。」

朱七七嬌笑道：「可不是我動手拔的。」

火孩兒眼睛瞪得滾圓，大聲道：「是我拔的又怎樣，那些老頭兒追到這裡，看朱八爺將他們打個落花流水。」

花蕊仙笑道：「好了好了，本來只有一個闖禍精，現在趕來個搗蛋鬼，姐弟兩人，正好一搭一檔，沈相公，你瞧這怎生是好？」

沈浪抱拳一揖，道：「各位在這裡準備廝打，在下卻要告辭了。」自馬後一掠而下，往道旁縱去。

火孩兒大呼道：「沈大哥莫走。」

朱七七眼眶又紅了，幽幽嘆道：「讓他走吧，咱們雖然救過他一次性命，卻也不能一定要他記著咱們的救命之恩？」語聲悲悲慘慘，一副自艾自怨，可憐生生的模樣。

沈浪頓住身形，跺了跺腳，翻身掠回，長嘆道：「姑奶奶，你到底要我怎樣？」

朱七七破顏一笑，輕輕道：「我要你……要你……」眼波轉了轉，突然輕輕咬了咬櫻唇，嬌笑著垂下頭去。

風雪逼人，蹄聲愈來愈近，她竟似絲毫也不著急，花蕊仙有些著急了。嘆道：「姑奶奶，這不是撒嬌的時候，要打要逃，卻得趕快呀。」

火孩兒道：「自然要打，沈大哥也幫著打。」

沈浪緩緩踱步沉吟道：「打麼？……」走到火孩兒身前，突然出手如風，輕輕拂了他的肩井穴。

火孩兒但覺身子一麻，沈浪攔腰抱起了他，縱身掠上朱七七所騎的馬背，反手一掌，拍向馬屁股，健馬一聲長嘶，放蹄奔去。

花蕊仙也只得追隨而去，八條大漢唯朱七七馬首是瞻，個個縱鞭打馬，花蕊仙微一揮手，身子已站到一匹馬的馬股上，馬上那大漢正待將馬讓給她，花蕊仙卻道：「你走你的，莫管我。」她身子站在馬上，當真是輕若無物，那大漢又驚又佩，怎敢不從。

火孩兒被沈浪挾在肋下，大叫大嚷：「放下我，放下我，你要是再不放下我，我可要罵了。」

沈浪微笑道：「你若再敢胡鬧，我便將你頭髮削光，送到五台山去，叫你當天法大師座前的小和尚。」

火孩兒睜大了眼睛道：「你……你敢？」

沈浪道：「誰說我不敢?你不信只管試試。」

火孩兒倒抽了口冷氣，果然再也不敢鬧了。

朱七七笑道：「惡人自有惡人磨，想不到八弟也有服人的一天，這回你可遇著剋星了吧。」

火孩兒道：「他是我姐夫，又不是外人，怕他就怕他，有什麼大不了，姐夫，你說對麼？」

沈浪苦笑，朱七七笑啐道：「小鬼，亂嚼舌頭，看我不撕了你的嘴。」

火孩兒做了個鬼臉，笑道：「姐姐嘴裡罵我，心裡卻是高興得很。」

朱七七嬌笑著，反過身來，要打他，但身子一轉，卻恰好撲入沈浪懷裡。

火孩兒大笑道：「你們看，姐姐在乘機揩油了……」

只聽風雪中遠遠傳來叱咤之聲，有人狂呼道：「蹄印還新，那瘋丫頭人馬想必未曾過去許久。」

要知風向西北而吹，是以追騎之蹄聲被風送來，朱七七等人遠遠便可聽到，而追騎卻聽不到前面的蹄聲人語。沈浪打馬更急，朱七七道：「說真個的，咱們又不是打不過他們，又何必逃得如此辛苦。」

沈浪道：「我也不是打不過你，爲何不與你廝打？」

朱七七嬌嗔道：「嗯……人家問你真的，你卻說笑。」

沈浪嘆道：「我何嘗不是真的，須知你縱是有武功較人強上十倍，這架還是打不得的。」

朱七七道：「有何不能打？」

沈浪道：「本是你無理取鬧，若再打將起來，豈非令江湖朋友恥笑，何況那展英松與方千里，也不是什麼好惹的人物，你若真是與他們結下不解之仇，日後只怕連你爹爹都要跟著受累。」

朱七七嫣然一笑道：「如此說來，你還是爲著我的。」

沈浪苦笑道：「救命之恩，怎敢不報。」

朱七七輕輕嘆了口氣，索性整個身子都偎入沈浪懷裡，輕輕道：「好，逃就逃吧，無論逃到何時，都由得你。」

火孩兒吱吱怪笑道：「哎喲，好肉麻……」

一行人沿河西奔，自隴城渡河，直奔至沁陽，才算將追騎完全擺脫，已是人馬俱疲，再也難前行一步。這時已是第二日午刻，風雪依舊。還未到沁陽，朱七七已連聲嘆道：「受不了，受不了，再不尋家乾淨客棧歇歇，當真要命了。」

沈浪道：「此地只怕還歇不住，若是追騎趕來。」

朱七七直著嗓子嚷道：「追騎趕來？此刻我還管追騎趕來，就是有人追上來，把我殺了，剮了，宰了，我也得先好生睡一覺。」

沈浪皺眉喃喃道：「到底是個嬌生慣養的千金小姐……」

朱七七道：「你說什麼？」

沈浪嘆了口氣，道：「我說是該好生歇歇了。」

火孩兒做了個鬼臉詭笑道：「他不是說的這個，他說你是個嬌生慣養的千……」語聲突然頓住，眼睛直瞪著道路前方，再也不會轉動。

這時人馬已入城，沁陽房屋市街已在望，那青石板鋪成的道路前方，突然蜿蜒轉過一道長蛇般的行列。一眼望去，只見數十條身著粗布衣衫，敞開了衣襟的精壯漢子，抬著十七八口棺材，筆直走了過來。大漢們滿身俱是煤灰泥垢，所抬的棺材，卻全都是嶄新的，甚至連油漆都未塗上，顯然是匆忙中製就，看來竟彷彿是這沁陽城中，新喪之人太多，多得連棺材都來不及做了。

道路兩旁行人，早已頓住腳步，卻無一人對這奇異的出喪行列瞧上一眼，有的低垂目光，有的回轉頭去，還有的竟躲入道旁的店家，似乎只要對這棺材瞧上一眼，便要惹來可怖的災禍。

火孩兒瞧得又是驚奇，又是詫異，連眼珠子都已瞧得不會動了，過了半晌才嘆出口氣，道：「好多棺材。」

朱七七道：「的確不少。」

火孩兒道：「什麼不少，簡直太多了，這麼多棺材同時出喪，我一輩子也未見過，嘿嘿，只怕你也未見過吧。」

朱七七皺眉道：「如此多人，同時暴卒，端的少見得很，瞧別人躲之不及的模樣，這裡莫非有瘟疫不成？」

火孩兒道：「如是瘟疫死的，屍首早已被燒光了。」

朱七七道：「如非瘟疫，就該是武林仇殺，才會死這麼多人，但護送棺材的人，卻又沒有一個像是江湖豪傑的模樣。」

火孩兒道：「所以這才是怪事。」

花蕊仙早已過來，她面上雖仍戴著面具，但別人只當頑童嬉戲，致未引人注目。

朱七七轉首問她：「你可瞧得出這是怎麼回事？」

花蕊仙道：「不管怎樣，這沁陽必是個是非之地，咱們不如……」她還未說出要走的話來，朱七七卻已瞪起眼睛，道：「是非之地又如何？」

花蕊仙道：「沒有什麼。」輕輕嘆了口氣，喃喃道：「是非之地，又來了兩個專惹是非的角色……唉，只怕是要有熱鬧瞧了。」

街。

朱七七只當沒有聽見，只要沈浪不說話，她就安心得很，待棺材一走過，她立刻縱上了長街。

只見街上一片寂然，人人俱是閉緊嘴巴，垂首急行，方才的行列雖是那般奇異，此刻滿街上卻連個竊竊私議的人都沒有，這顯然又是大出常情之事，但朱七七也只當沒有瞧見，尋了個客棧，下馬打尖。

那客棧規模甚大，想必是這沁陽城中最大的一家。此刻客棧冷冷清清，連前面的飯莊都寂無一人，已來到沁陽的行商客旅，都似乎已走得乾乾淨淨，還沒有來的，也似乎遠遠就繞道而行，這「沁陽」此刻竟似已變成了個「凶城」。

傍晚時朱七七方自一覺醒來。她雖然睡了個下午，卻並未睡得十分安穩，睡夢之中，她彷彿聽到外面長街之上，有馬蹄奔騰，往來不絕。此刻她一睡醒，別人可也睡不成了。

匆匆梳洗過，她便趕到隔壁一間屋外，在窗外輕輕喚道：「老八，老……」

第二聲還未喚出口來，窗子就已被推開，火孩兒穿了一件火紅短襖，站在臨窗一張床上，笑道：「我算準你也該起來了。」

朱七七悄聲道：「他呢？」

火孩兒皺了皺鼻子，道：「你睡得舒服，我可苦了，簡直眼睛都不敢闔，一直盯著他，他怎麼走得了，你瞧，還睡得跟豬似的哩。」

朱七七道：「不准罵人。」眼珠子一轉，只見對面床上，棉被高堆，沈浪果然還在高臥，朱七七輕笑道：「不讓他睡了，叫醒他。」

火孩兒笑道：「好。」凌空一個筋斗，翻到對面那張床上，大聲道：「起來起來，女魔王醒來了，你還睡得著麼？」

沈浪卻真似睡死一般，動也不動。

火孩兒喃喃道：「他不是牛，簡直有些像豬了……」突然一拉棉被，棉被中赫然還是床棉被，哪有沈浪的影子？

朱七七驚呼一聲，越窗而入，將棉被都翻到地上，枕頭也甩了，頓足道：「你別說人家是豬，你才是豬哩，你說沒有闔眼睛，他難道變個蒼蠅飛了不成？……來人呀，快來人呀……」

花蕊仙、黑衣大漢們都匆匆趕了過來，朱七七道：「他……他又走了……」一句話未說完，眼圈已紅了。

火孩兒被朱七七罵得噘起了小嘴，喃喃地道：「不害臊，這麼大的人，動不動就要流眼淚，哼，這……」

朱七七跳了起來，大叫道：「你說什麼？」

火孩兒道：「我說……我說走了又有什麼了不得，最多將他追回來就是。」

朱七七道：「快，快去追，追不回來，瞧我不要你的小命……你們都快去追呀，瞪著眼發啥呆？只怕……只怕這次再也追不著了。」突然伏在床上，哭了起來。

火孩兒嘆了口氣道：「追吧……」

突見窗外人影一閃，沈浪竟飄飄地走了進來。

罵。」

火孩兒又驚又喜，撲過去一把抓住了他，大聲道：「好呀，你是什麼時候走的？害得我挨罵。」

沈浪微微笑道：「你在夢裡大罵金不換時，我走的……」

三　死神夜引弓

火孩兒見飯堂中的客人俱都對朱七七評頭論足，氣得瞪起眼睛，道：「七姐，你瞧這些小子胡說八道，可要我替你揍他們一頓出氣。」

朱七七道：「出什麼氣？」

火孩兒怪道：「人家說你，你不氣麼？」

朱七七嫣然笑道：「你姐姐生得好看，人家才會這樣，你姐姐若是個醜八怪，你請人家來說，人家還不說哩，這些人總算還知道美醜，不像……」瞟了沈浪一眼：「不像有些人睜眼瞎子，連別人生得好看不好看都不知道。」

沈浪只當沒有聽見，朱七七咬了咬牙，在桌底下狠狠踩了他一腳，沈浪還是微微含笑，不理不睬，直似完全沒有感覺。

火孩兒搖著頭，嘆氣道：「七姐可真有些奇怪，該生氣的她不生氣，不該生氣的她卻偏偏生氣了。」

朱七七道：「小鬼，你管得著麼？」

火孩兒笑道：「好好，我怕你，你心裡有氣，可莫要出在我身上。」只聽眾人說得愈來愈起勁，笑聲也愈來愈響，目光更是不住往這邊瞟了過來，火孩兒皺了皺眉，突然跑出去將那八條大漢都帶了進來，門神般站在朱七七身後，八人俱面色鐵青，滿帶煞氣，眼睛四下一瞪，說話的果然少了。唯有左面角落中，一人筆直坐在椅上，始終不聲不響，動也未動，一雙冷冰的目光，瞬也不瞬地盯著門口，似是等著什麼人似的，目中卻滿含仇恨之意，他身穿藍布長衫，已經洗得發白，蒼白的面容沒有一絲血色，頷下無鬚，年紀最多不過二十五、六。

這時門外又走進一個人來，面容身材，都與這藍衫少年一模一樣，只是穿著的卻是一襲質料甚是華貴的衣衫，年紀又輕了幾歲，嘴角常帶笑容，與那藍衫少年冷漠的神情，大不相同，他目光在朱七七面上盯了幾眼，又瞧了瞧沈浪，便逕自走到藍衫少年身旁坐下，笑道：「大哥你早來了麼？」

藍衫少年雙目卻始終未曾自門口移開，華服少年似乎早已知道他不會答話，坐下來後，便自管吃喝起來，只是目光也不時朝門外瞧上兩眼。

另一張圓桌上幾條大漢眼睛都在悄悄瞧著他們，其中一人神情最是剽悍，瞧起人來，睥睨作態，全未將別人放在眼睛裡，此刻卻壓低聲音，道：「這兩人可就是前些日子極出風頭的丁家兄弟麼？」

他身旁一人，衣著雖極是華麗，但獐頭鼠目，形貌看來甚是猥瑣不堪，聞言陪笑道：「鐵大哥眼光，果然敏銳，一眼就瞧出了。」

那剽悍大漢濃眉微皺道：「不想這兩人也會趕來這裡，聽人說他兄弟俱是硬手，這件事有他兩人插入，只怕就不大好辦了。」

那鼠目漢子低笑道：「丁家兄弟雖扎手，但有咱們『神槍賽趙雲』鐵勝龍鐵大哥在這裡還

怕有什麼事不好辦的。」

鐵勝龍遂即哈哈一笑，目光轉處，笑聲突然停頓，朝門外呆望了半晌，嘶聲道：「真正扎手的人來了。」

這時滿堂群豪，十人中有九人都在望著門口，只見一男一女，牽著個小女孩子，大步走入，他兩人顯然乃是夫妻，男的熊肩猿腰，筋骨強健，看去滿身俱是勁力，但雙顴高聳，嘴角直似已咧到耳根，面貌煞是怕人。那女的身材婀娜，烏髮堆雲，側面望去，當真是風姿綽約，貌美如花，但是若與她面面相對，只見那芙蓉粉臉上，當中竟有一條長達七寸的刀疤，由髮際穿眉心，斜斜劃到嘴角。她生得若本極醜陋，再加這道刀疤也未見如何，但在這張俏生生的清水臉上，驟然多了這條刀疤，卻不知平添了幾許幽秘恐怖之意，滿堂群豪雖然是膽大包天的角色，也不覺看得由心裡直冒寒氣。她夫妻雖然嚇人，但手裡牽著的那小女孩子，卻是天真活潑，美麗可愛，圓圓的小臉，生著圓圓的大眼睛，到處四下亂轉，瞧見了火孩兒，突然做了個鬼臉，伸了伸舌頭，嘻嘻直笑。

火孩兒皺眉道：「這小鬼好調皮。」

朱七七笑道：「你這小鬼也未見得比人家好多少。」

滿堂群豪卻在瞧著這夫妻兩人，他夫妻卻連眼角也未瞧別人一眼，只是逗著他們的女兒，問她要吃什麼，要喝什麼？似是天下只有他們這小女兒才是最重要的。

朱七七笑道：「有趣有趣，怪人愈來愈多了，想不到這沁陽城，竟是如此熱鬧。」

沈浪道：「你可知這夫妻兩人是誰麼？」

朱七七道：「他們可知我是誰麼？」

沈浪嘆道：「小姐，這兩人名頭只怕比你要大上十倍。」

朱七七笑道：「當今武林七大高手也不過如此，他們又算得什麼？」

沈浪道：「你可知道江湖中藏龍臥虎，縱是人才凋零如此刻，但隱跡風塵的奇人還不知有多少，那七大高手只不過是風雲際會，時機湊巧，才造成他們的名聲而已，又怎見武林中便沒有人強過他們。」

朱七七笑道：「好，我說不過你，這兩人究竟是誰？」

沈浪道：「我也不知道。」

朱七七氣得直是跺腳，悄聲道：「若不是有這麼多人在這裡，我真想咬你一口。」

忽然間，只聽一聲狂笑之聲，由門外傳了進來，笑聲震人耳鼓，聽來似是有十多個人在同時大笑一般，群豪又被驚動，齊地側目望去，只見七八條大漢，擁著個又肥又大的和尚，走了進來。這七八條大漢，不但衣衫俱都華麗異常，而且腳步穩健，雙目有神，顯見得是武林中知名之士，但卻都對這和尚，恭敬無比。而這胖大和尚，看來卻委實惹人討厭，雖在如此嚴寒，他身上竟只穿了件及膝僧袍，犢鼻短褲，敞開了衣襟，露出了滿身肥肉，走一步路，肥肉就是一陣顫抖，朱七七早已瞧得皺起了眉頭。

火孩兒悄聲道：「七姐，你瞧這和尚像隻什麼？」

朱七七噗哧一笑，道：「小鬼，人家正在吃飯，你可不許說出那個字兒，免得叫我聽了，連飯都吃不下去。」

火孩兒道：「若說這胖子也會武功，那倒真怪了，他走路都要喘氣，還能和人動手麼？」

只見與這胖大和尚同來的七八條大漢，果然是交遊廣闊，滿堂群豪，見了他們，俱都站起身子，含笑招呼。只有那一雙夫妻，仍是視若無睹，那兄弟兩人，此刻卻一齊垂下了頭，只顧喝酒吃菜，也不往門外瞧了。

鐵勝龍拉了拉那鼠目漢子的衣袖，悄聲道：「這胖和尚是誰，你可知道？」

鼠目漢子皺眉道：「在江湖中只要稍有名頭的角色，我萬事通可說沒有一個不知道的，但此人我卻想不到他是誰。」

鐵勝龍道：「如此說來，他必是江湖中無名之輩了。」

萬事通沉吟道：「這……的確……」

鐵勝龍突然怒叱道：「放屁，他若是無名之輩，秦鏢頭、王鏢頭、宋莊主等人怎會對他如此恭敬，萬事通，這次你可瞎了眼了。」

這時大廳中已擠得滿滿的，再無空座，八九個堂倌忙得滿頭大汗，卻仍有所照應不及。但大廳堂卻只聽見那胖大和尚一個人的笑聲，別人的聲音，都被他壓了下去，火孩兒嘟著嘴道：「真討厭。」

朱七七道：「的確討厭，咱們不如……」

沈浪道：「你可又要惹事了？」

朱七七道：「這種人你難道不討厭麼？」

沈浪道：「你且瞧瞧，這裡有多少人討厭他，那邊兄弟兩人，眼睛一瞧他，目中就露出怨毒之色，哥哥已有數次想站起來，卻被弟弟拉住，還有那夫妻兩人，雖然沒有瞧過他一眼，但神情也不對了，何況那邊鐵塔般的大漢也有些躍躍欲試，只是又有些不敢……這些人遲早總會忍不住動手的，你反正有熱鬧好瞧，自己又何必動手。」

朱七七嘆道：「好吧，我總是說不過你。」

突聽那和尚大笑道：「來了來了。」

群豪望將過去，但見兩條黑衣大漢，挾著個歪戴皮帽的漢子，走了進來，這漢子一眼便可看出是個市井中的混混兒，此刻卻已嚇得面無人色，兩條黑衣大漢將他推到那胖大和尚面前，其中一人恭聲道：「這廝姓黃，外號叫黃馬，對那件事知道得清楚得很，這沁陽城中，也只有他能說出那件事來。」

胖大和尚笑道：「好，好，先拿一百兩銀子給他，讓他定定心。」立刻有人掏出銀子，拋在黃馬腳下。

黃馬眼睛都直了，胖大和尚笑道：「說得好，還有賞。」

黃馬呼了口氣，道：「小人黃馬，在沁陽已混了十多年……」

胖大和尚道：「說簡單些，莫要囉嗦。」目光四掃一眼，又大笑道：「說的聲音也要大些，讓大伙兒都聽聽。」

黃馬咳嗽了幾聲，大聲道：「沁陽北面，是出煤的，但沁陽附近，卻沒有什麼人挖煤，直到前半個多月，突然來了十來個客商，將沁陽北面城外的地全部買下了，又從外面僱了百多個挖煤的工人，在上個月十五那天，開始挖煤，但挖了半個月，也沒有挖出一點煤渣來。」他說的雖是挖煤的事，但朱七七、沈浪瞧到滿堂群豪之神情，已知此事必定與沁陽城近日所發生之驚人變故有關，也不禁傾聽凝神。

黃馬悄悄伸出腳將銀子踩住，嘴角露出一絲滿足之微笑，接道：「但這個月初一，也就是四天前，他們煤未挖著，卻在山腳下挖出一面石碑，那石碑上刻著……刻著……八個字……」

方自說了兩句話，他面上笑容已消失不見，而泛起恐懼之色，甚至連話聲也顫抖起來：「那八個字是：遇石再入，天限凶瞑。」

群豪個個在暗中交換了眼色，神情更是凝重，那胖大和尚也不笑了，道：「除了這八個字外，石碑上還有什麼別的圖畫？」

黃馬想了想，道：「沒有別的了，聽說那些字的每一筆，每一劃，都是一根箭，一共是七十根箭，才拼成那八個字。」

群豪不約而同，脫口輕呼了一聲：「箭。」聲音裡既是驚奇，又是詫異，顯然還都猜不出這「箭」象徵的是什麼。

黃馬喘了口氣，接道：「挖煤的人裡也有識字的，看見石碑都不敢挖了，但那些客商，見了石碑，卻顯得歡喜得很，出了三倍價錢，一定要挖煤的再往裡挖，當天晚上，就發現山裡面竟有一道石門，門上也刻著八個字：『入門一步，必死無赦』。似是用硃砂寫的，紅得怕人。」

大廳中一片沉寂，唯有呼吸之聲，此起彼落。只聽黃馬接道：「挖煤的瞧見這八個字，再也不敢去了，那些客商似乎早已算到有此一著，竟早就買了些酒肉，也不說別的，只說犒賞大家，於是大伙兒大吃大喝，喝到八九分酒意，客商們登高一呼，大伙兒再也不管門上寫的是什麼，群眾齊下，鋤開了門，衝了進去，但第二天……第二天……」

那胖大和尚厲聲道：「第二天怎樣？」

黃馬額上已沁出冷汗，顫聲道：「頭天晚上進去的人，第二天竟沒有一個出來，到了中午，他們的妻子父母，都趕到那裡，擁在礦坑前，痛哭呼喊，那聲音遠在城裡也可聽見，當真是淒慘已極，連小人聽了都忍不住要心酸落淚，但……但直到下午，礦坑裡仍是毫無回應。」他伸手抹冷汗，手指也已不住顫抖，喘了兩口氣，方自接道：「到後來終於有幾個膽子大的，結伴走進去，才發覺那些人竟都已死在石門裡一間大廳中，也瞧不見他們身上有何傷痕，但死狀卻是猙獰可怕已極，有的雙眼凸出，眼珠裡還留著臨死前驚駭與恐怖，進去的人那敢再瞧第二眼，狂呼著奔了出來，死者的家人悲痛之下，搶著要進去，幸好大多被人勸住，只選出幾個年輕力強之人，進去抬出了死者的屍身，趕緊掩埋，那知……那知到了第三天的午間，就連那些進去抬屍身的人也都突然死了。」他雖是市井之徒，但口才卻是不錯，將這件驚人恐怖之事，說得歷歷如繪，群豪雖然膽大，但聽到這裡，只覺手足冰冷，心頭發寒，十人中倒有九人，不知不覺拿起了酒杯，仰首一飲而盡。

坐在那和尚身側一個枯瘦老人，目光灼灼，舉杯沉吟半晌，道：「你可知道那些進去抬棺材的人，到了第三天是如何死的？」

黃馬道：「……」他嘴張了兩次，卻說不出一個字來，到了第三次，方自嘶啞著聲音道：「那些人第三天午間，有的正在吃飯，有的正在爲死者捻香，有的正在挑水，還有個人正彎著腰寫輓聯，但到了正午，這些分散在四方的人，竟不約而同突然見著鬼似的，平地跳起老高，口中一聲驚呼還未發出，便倒在地上，全身抽搐而死。」

枯瘦老人身子一震，「噹」地一聲將酒杯放到桌上，雙目呆望著屋樑，喃喃道：「子不過午，好厲害……好厲害……」目光中也充滿了驚恐之色，「噗」的一響，酒杯也被生生捏碎了。

朱七七在桌子上悄悄抓住了沈浪的手掌，花容失色，只有火孩兒睜大了眼睛，道：「難道那些人都是中毒死的？」

枯瘦老人說道：「不錯，毒……毒……那石門裡每一處必然都有劇毒，常人只要手掌沾上了石門、石壁，甚至只要沾上那些中毒而死的人，只怕都活不過十二個時辰……如此霸道的毒藥，老夫已有二十年未曾見過了。」

那胖大和尚道：「難道比你這『子午催魂』莫希所使的毒藥還厲害麼？」群豪聽得這老人竟是當今武林十九種歹毒暗器中名列第三之「子午催魂沙」的主人，面容都不禁微微變色。

莫希卻慘然笑道：「老夫所使的毒藥，比起人家來，只不過有如兒戲一般罷了。」

胖大和尚微一皺眉，竟突然放聲狂笑起來道：「各位只要跟著洒家保險死不了，再厲害的毒藥，在洒家眼中看來，也不過直如白糖一般而已。」笑聲一頓，厲聲道：「那入口可是被人封了？」

黃馬道：「那魔洞一日一夜間害死了二百餘人，還有誰敢去封閉於它，甚至連這沁陽城，行旅俱已改道而過，若還有人走近那魔洞去瞧上一眼，那人不是吃了熊心豹膽，想必就是個瘋子。」

胖大和尙仰天笑道：「如此說來，這裡在座的人，只怕都要去瞧瞧，難道全都是瘋子不成？」

黃馬怔了一怔，面色慘變，「噗」地跪了下來，叩首如搗蒜，顫聲道：「小人不敢，小人不……不是這意思。」

胖大和尙道：「還不快滾。」

黃馬如蒙大赦一般，膝行幾步，連滾帶爬地逃了，連銀子都忘在地上，火孩兒突然一個縱身，倒翻而出，伸手抄起了銀子，抛了過去，銀子「噹」地落在黃馬前面門外，火孩兒已端端正正坐回椅上，笑嘻嘻道：「辛苦賺來的銀子，可莫要忘了帶走。」

群豪見他小小年紀，竟露了這麼手輕功，都不禁爲之聳然動容，胖大和尙拊掌笑道：「好孩子，好輕功，是跟誰學的？」

火孩兒眼珠轉了轉，道：「跟我姐姐。」

胖大和尙道：「好，好孩子，你叫什麼？」

火孩兒道：「叫朱八爺，大和尙，你叫什麼？」

胖大和尙哈哈笑道：「朱八爺，哈哈，好個朱八爺，洒家名叫一笑佛，你可聽過麼？」大笑聲中，離座而起，緩緩走到火孩兒面前，全身肥肉，隨著笑聲不住的抖，看來眞是滑稽。

但朱七七與沈浪卻半點也不覺滑稽，一笑佛還未走到近前，兩人暗中已大加戒備，沈浪右掌，悄悄搭住了火孩兒後心。突然間，一笑佛那般臃腫胖大的身子，竟自橫飛而起，但卻並非撲向火孩兒，而是撲向坐在角落中那丁家兄弟兩人。這一著倒是出了群豪意料之外，只見一笑佛這一擊，雖然勢如雷霆，丁家兄弟出手亦是快如閃電。

藍衫少年丁雷身子一縮，便將桌子踢得飛了起來，反手自腰畔抽出一柄百煉精鋼軟劍，迎面一抖，伸得筆直。華服少年丁雨縱聲狂笑道：「好和尚，我兄弟還未找你，不想你倒先找來了。」兄弟兩人身形閃動間已左右移開七尺。

一笑佛身形凌空，眼見桌子飛來，竟然不避不閃，也不伸手去擋，迎頭撞了過去，只聽「砰」地一聲大震，一張桌子竟生生被他撞得四分五裂，木板、杯盞、酒菜，暴雨般四下亂飛，一笑佛百忙中還順手抄著兩條桌腿，大喝一聲，震起雙臂，著力向丁家兄弟掃出。他身形本大，雙臂又長，再加上兩條桌腿，縱橫何止一丈，但聞風聲虎虎，滿眼燭火飄搖，當真有如泰山壓頂而來，丁家兄弟俱都已在他這一擊威力籠罩之下，眼見已是無法脫身，群豪更被他這一擊之威所驚，有的變色，有的喝采，也有的暗爲丁家兄弟擔心。那知丁家兄弟身形一閃，竟自他袖底滑了過去，他兄弟若是後退閃避，縱然躲得開這一著，也必定被他後著所制。但這兄弟兩人年紀雖輕，交手經驗卻極豐，臨敵時判斷之明確迅速更是超人一等，竟在這間不容髮的剎那間，作了這常人所不敢作之決定，不退不閃，反而迎了上去，自一笑佛肋下，輕輕滑到他身後，要知兩肋之下，真力難使，自也是他這一擊攻勢最弱之一環。

一笑佛眼前一空，丁家兄弟已無影無蹤，但覺身後掌聲劃空襲來，顯然丁家兄弟頭也未回，便自反手一招擊出。這時正是一笑佛攻勢發動，威力上正俱巔峰之際，要想懸崖勒馬，撤招抽身，原是難如登天。

但這狂僧武功也實有驚人之處，左肘一縮，右臂向左揮出，左腿微曲右腿向左斜踢，巨大的身形，竟藉著這一揮、一踢之勢，風車般凌空一轉，竟自硬生生轉了身，左手桌腿，隨著臂肘一縮之力，巧妙地擋住了丁雷劍鋒，右腿卻已踢向丁雨肩胛之處。

方才他那一著攻勢，因是威不可當，但此刻這一招連踢帶打，攻守兼備，更是武林罕見之妙著，時間、部位拿捏之準，俱是妙到峰巔，不差分毫，誰也想不到如此笨重的身子，怎地使得出如此巧妙的招式來。

丁家兄弟冷笑一聲，頭也不回，飛掠而出，等到一笑佛身形落地，他兄弟兩人已遠在門外，只聽丁雷冷笑道：「要動手就出來。」

丁雨道：「他既已來了，還怕他不出來麼。」

自一笑佛攻勢發動，到此刻也不過是瞬息之事，雙方招式，俱是出人不意，來去如電，無一著不是經驗武功智慧，三者混合之精萃，群豪都不禁瞧得呆了，直等丁家兄弟語聲消失，方自情不自禁喝起釆來，釆聲中一笑佛面容紫脹，竟未追出。

「子午催魂」莫希陰惻惻道：「雷雨雙龍劍，壯年英發，盛名之下早無虛士，大師此後倒真要小心了。」

一笑佛突然仰天狂笑道：「這兩個小毛崽子，洒家還未放在眼裡，莫不是這檔子正事要緊，洒家還會放他們走麼？」笑聲突頓，目光四掃，大聲道：「那件事各位想必早已聽得清清楚楚，各位中若有並非為此事來的，此刻就請離座，只要是為此事來的，都請留在這裡，洒家和各位聊聊。」

朱七七冷道：「你憑什麼要人離座？」

一笑佛凝目瞧了她兩眼，哈哈笑道：「女檀越既如此說話，想必不是爲此事而來的了。」

朱七七暗暗忖道：「此人看來雖是有勇無謀，不想倒也饒富心計，果然是個厲害角色。」心裡雖已知道他是個厲害角色，可全沒有半點懼怕於他，冷冷一笑道：「你想錯了，本姑娘偏偏就是爲了此事來的。」說到這裡，情不自禁偷偷瞟了沈浪一眼，一笑佛目光也已移向沈浪。只見沈浪懶洋洋舉著酒杯，淺淺品嚐，這廳堂中已鬧得天翻地覆，他卻似根本沒有瞧上一眼。

這樣的人，一笑佛委實從未見過，呆了一呆，哈哈大笑道：「好……好……」轉身走向旁邊一張桌子，道：「你們呢？」

這張桌上的五條大漢，一齊長身而起，面上俱已變了顏色，其中一人強笑道：「大師垂詢，不知有何……」

話未說完，一笑佛已伸手抓了過去，這大漢明明瞧見手掌抓來，怎奈偏偏閃避不開，竟被一笑佛淩空舉起，「砰」地摔在桌面上，酒菜碗盞，四下亂飛，另四條大漢驚怒交集，厲叱道：「你……」

一個字方出口，只聽一連串「吧，吧」聲響，這四條大漢面頰上，已各各著了兩掌，頃刻間兩邊臉都腫了。

一笑佛哈哈笑道：「好沒用的奴才……」笑聲一頓，厲聲道：「辦事的人，固然愈多愈好，但此事若有你們這樣沒有用的奴才插身在其間，卻是成事不足，敗事有餘……咄，還不快滾？」

四個人扶起那條大漢，十隻眼睛，面面相覷，有的摸著臉，有的嘆著氣。也不知是誰說了句：「走吧。」五個人垂頭喪氣，果然走了。

一笑佛卻已轉身走向另一張桌子，這張桌子上四條大漢，早已在眼睜睜瞪著他，雙拳緊握，凝神戒備。此刻見他來了，四條大漢齊地暴喝一聲，突飛撲過來，八隻碗鉢般大小的拳頭，沒頭沒臉向一笑佛打了過去。一笑佛仰天一笑，左掌抓著一條大漢衣襟，右掌將一條大漢打得轉了兩個圈子，方自跌倒，肘頭一撞，又有一條大漢捧著肚子俯下身子，還剩下一條大漢，被他飛起一腳，踢得離地飛起，不偏不倚，竟似要跌倒在沈浪與朱七七的桌子上，沈浪頭也不回，微一招手，那大漢被他這輕輕一招，飛過桌子，竟輕輕落在地上站住了，他又是驚喜，又是駭然，轉首去望沈浪。沈浪仍是持杯品酒，對任何事都不理不睬。

一笑佛皺了皺眉，大喝一聲，將左掌抓著的大漢，隨手擲了出去，風聲虎虎，燈火又有一盞滅了。旁邊一張桌子，突也有人大喝一聲，站了起來，振起雙臂，雙手疾伸，將這大漢硬生生接住了，腳下雖也不免有些踉蹌，但身子卻仍鐵塔般屹立不動，正是那「神槍賽趙雲」鐵勝龍。

萬事通早已喝起采來。一笑佛哈哈笑道：「人道鐵勝龍乃是河北第一條好漢，看來倒不是吹噓之言。」

鐵勝龍面上神采飛揚，滿是得色，抱拳道：「不想大師竟也知道賤名，好教鐵某慚愧。」

一笑佛道：「似鐵兄這般人物，洒家正要借重，但別人麼……」轉目四掃一眼，只見滿堂群眾，懾於他的聲勢武功，十人中倒有七人站起身子，悄悄走了。

一笑佛哈哈笑道：「剩下來的，想必都是英雄，但洒家卻還要試一試。」銳利的目光，突然凝注到萬事通面上。

萬事通乾笑一聲，悄聲道：「隔壁桌上剩下的兩位，著紫衣的是『通州一霸』黃化虎，著花衫的是他義子『小霸王』呂光，再過去便是『潑雪雙刀將』彭立人、『震山掌』皇甫嵩、『恨地無環』李霸、『遊花蜂』蕭慕雲，抽旱煙的那位便是兩河點穴名家王二麻子。」他將這些武林名俠之名姓，說來如數家珍一般，竟無一人他不認識。

一笑佛頷首道：「好，還有呢？」

萬事通喘了口氣道：「在這桌上的兩位，乃是『賽溫侯』孫通孫大俠、『銀花鏢』勝瀅勝大官人，在下萬詩崇，別人唸起來，就唸成『萬事通』，至於那邊桌子上的姑娘，不是『活財神』朱府的千金，就是江南海家的小姐，只有……那夫妻兩位，小人卻認不出了。」

一笑佛大笑道：「如此已足夠，果然不愧爲萬事通，日後洒家倒端的少不得你這般人物。」

萬事通大喜道：「多謝佛爺抬舉……」

一笑佛道：「勝大官人，請用酒。」突然一拍桌子，那桌上酒杯竟平空跳了起來，直飛到勝瀅的面前。

勝瀅微微笑道：「賜酒拜領。」手掌一伸，便將酒杯接住，仰首一乾而盡，杯中酒一滴不漏。此人年輕貌秀，文質彬彬，看來只是個富家巨室的紈絝公子，但手上功夫之妙，卻端的不同凡俗。

一笑佛哈哈笑道：「好，好……孫大俠，酒家也敬你一杯。」出手一拍，又有隻杯子直飛對面的「賽溫侯」孫通。

這孫通亦是個俊少年，只有眉宇間微帶傲氣，見到酒杯飛來，也不伸手，突然張口咬了過去，酒杯果然被他咬住，孫通仰首吸乾了杯中美酒，只聽「咔」的一響，原來酒杯已被他咬破了，顯見他反應雖快，目力雖準，但內力修爲，卻仍差了幾分火候。

孫通面頰不禁微紅，幸好一笑佛已頷首笑道：「常言道：俊雁不與呆鳥同飛，在坐的四人果然都是英雄。」

孫通只當他未曾瞧見自己失態，方自暗道僥倖，那知一笑佛卻又放低聲音，道：「嘴唇若是破了，快用酒漱漱，免得給人看到。」

孫通苦笑一聲，垂首道：「多承指教。」

一笑佛仰天大笑幾聲，身軀突地一翻，兩道風聲，破空而出，原來他不知何時已抄起兩隻筷子在手裡，此刻竟以「甩手箭」中「一龍搶珠」的手法，直取那「小霸王」呂光的雙腳。

呂光似是張惶失措，來不及似的縱身躍起，眼見那雙筷子便要擊上他足趾，突見呂光後腿一曲，雙足淩空，連環踢出，將那雙筷子踢起五尺，車輪般在空中旋轉，呂光疾伸雙掌，將筷子抄在手裡，飄身落下，挾了塊白切雞在嘴裡，一面咀嚼，一面笑道：「多謝賜筷。」但是他面不紅，氣不喘，露的那一手卻當真是眼力、腰力、腿力、手力無一不足，輕功也頗具火候。

群豪瞧在眼裡，俱都暗暗喝采，「通州一霸」黃化虎卻是面容凝重，全神戒備，只等那一笑佛前來考較。

那知一笑佛卻只是大笑道：「有子如此，爹爹還會錯嗎？」大步走過，黃化虎鬆了口氣，暗暗地抹汗。

只見一笑佛大步走到「潑雪雙刀將」彭立人面前，上上下下，瞧了他幾眼，忽然沉聲道：「立劈華山。」

彭立人瞠目呆了半晌，方自會過意來，這一笑佛竟乃以口敘招式，來考較自己的刀法。他浸淫刀法數十年，這正如考官試題出到他昨夜唸過的範本上，彭立人不禁展顏一笑，道：「左打鳳凰單展翅，右打雪花蓋頂門。」這一招兩式，攻守兼備，果然不愧名家所使刀法。

一笑佛道：「吳剛伐桂。」

彭立人不假思索，道：「左打玉帶攔腰，右打玄鳥劃沙。」這兩招亦是一攻一守，正不失雙刀刀法中之精義。

一笑佛道：「明攻撥草尋蛇，暗進毒蛇出穴。」

要知刀法中「撥草尋蛇」一招，長刀成反覆蜿蜒之勢，變化雖繁複，卻失之柔弱，「毒蛇出穴」卻是中鋒搶進，迅急無儔，用的乃是刀法中極爲罕見的「制」字訣，是以兩招出手雖相同，攻勢卻大異其趣，對方若不能分辨，失之毫厘，便錯之千里。

彭立人想了想，緩緩道：「左打如封似閉，右打腕底生花，若還未接住，便將雙刀搭成十字架……不知成麼？」

一笑佛道：「好，我也以腕底生花攻你。」

彭立人呆了一呆，苦思良久，方自將破法說出，一笑佛卻是愈說愈快，三招過後，彭立人已是滿頭大汗。

一笑佛又道：「我再打『立劈華山』，你方才既使出『枯樹盤根』這一招，此刻便來不及再使『雪花蓋頂』了。」

彭立人皺眉捻鬚，尋思了幾乎盞茶時分，方自鬆了口氣，道：「左打『朝天一炷香』，右打『龜門三擊浪』攻你必救。」

一笑佛微微道：「好……揮手封喉。」

彭立人抹了抹汗珠，展顏笑道：「我既已攻你下盤小腹，你必須抽撤退步，怎能再使出這一招『揮手封喉』來？」

一笑佛道：「別人不能，洒家卻能……你瞧著。」突然一伸手，已將彭立人腰畔斜掛之長刀抽了出來，虛虛一刀「立劈華山」砍了下去，但招式未滿，突似遇襲，下腹突然向後一縮，肩不動腳不移，下腹竟似已後退一尺有奇，一笑佛刀鋒反轉，果然一招「揮手封喉」攻出，匹練般的刀光，直削彭立人咽喉，但刀鋒觸及他皮膚，便硬生生頓住。

一笑佛大笑道：「如何？」

彭立人滿頭大汗，涔涔而落，頓聲道：「大師若果真施出這一招來，小人腦袋已沒有了。」

一笑佛道：「但你也莫要難受，似你這般刀法，已是武林一流身手，若換了別人，在洒家那一招『腕底生花』時，便已送命了。」「嗆」的一聲，已將長刀送回鞘中，再也不瞧彭立人一眼，轉身走向皇甫嵩。

彭立人鬆了口氣，只覺雙膝發軟，遍體冰涼，原來早已汗透重衣，一陣風吹來，不禁機伶伶打了個寒噤，「潑雪雙刀」成名以來與人真刀真槍，立搏生死之爭戰何止千百次，但自覺若論驚心動魄，危急緊張之況，卻以此次舌上談兵爲最。

「震山掌」皇甫嵩、「恨地無環」李霸、「遊花蜂」蕭慕雲三人，似是早有商議，此刻不等一笑佛走到面前，李霸突然轉身奔出，將院中一方青石舉起，這方青石足有桌面般大小，其重何止五百斤，若非天生神力，再也休想將之移動分毫。

但李霸竟將之平舉過頂，一步步走了進來，只見他虎背熊腰，雙臂筋結虬現，端有幾分霸王舉鼎之氣概。

「震山掌」皇甫嵩輕喝道：「好神力。」身子一躍而起，右掌急揮而出，但聞「砰」地一聲，有如木石相擊，那方青石竟被他這一掌震出一道缺口，石屑四下紛飛，巨石挾帶風聲，向院外飛去。

「遊花蜂」蕭慕雲身子微微向下一俯，頎長瘦削的身形，突似離弦之箭一般，急射而出。巨石去勢雖快，但他身形竟較巨石尤快三分，眨眼間便已追及，伸手輕輕托住巨石，腳下絲毫不停，接連幾個起落，竟將這方巨石生生托出了院牆，過了半盞茶時分，只聽遠處「砰」的一響，又過了半盞茶時分，蕭慕雲燕子般一掠而回，面不紅，氣不湧，抱拳笑道：「那塊石塊擺在院中，也是惹厭，兄弟索性藉著皇甫大哥一掌之威，將它送到後面垃圾堆去了。」那垃圾堆離此地最少也有百餘丈遠近，「遊花蜂」蕭慕雲竟一口氣，將巨石送到那裡，雖是借力使力，有些取巧，但身手之快，勁力運用之妙，已遠非江湖一般武師所能夢想，正可與「恨地無環」

李霸之神力、「震山掌」皇甫嵩之掌功，鼎足而三，不分上下。

一笑佛微微笑道：「三位功夫雖不同，但異曲同工，各有巧妙，李兄出力多些，蕭兄唬的外行人多些，若論上陣與人交手，卻還是皇甫兄功夫有用得多。」

李霸面上微微一紅，轉過頭去，顯然有些不服，蕭慕雲伸手一拍皇甫嵩肩頭，似是要說什麼，卻未說出口來。

突聽那旱煙袋打穴，名震兩河的王二麻子哈哈大笑道：「大師立論精闢，果然不愧爲名家風範，但以在下看來，皇甫嵩的掌力與人動手時，也未必有用。」

一笑佛道：「何以見得？」

王二麻子道：「他掌力雖剛猛，但駁而不純，方才一掌擊下，落下的石屑，大小相差太過懸殊，擊出的巨石，亦是搖擺不穩，可見他掌力尙不足，掌上功夫，最多也不過只有五、六成火候。」

皇甫嵩面色微變，但對這王二麻子分析之明確，觀察之周密，目力之敏銳，亦不禁爲之暗暗心驚。

一笑佛微微笑道：「如此說來，王兄你一掌擊出，莫非能使石碎如飛，石出如矢不成？」

皇甫嵩厲聲道：「兄弟也正想請教。」

王二麻子拍了拍身上那件長僅及膝的黃銅色短褂，在桌沿磕了磕煙鍋，緩緩長身而起。只見他焦黃臉，三角眼，一臉密圈，一嘴山羊鬍子，連身子都站不直，搖搖晃晃，走到皇甫嵩面前，微微笑道：「你且打俺一掌試試？」

皇甫嵩沉聲道：「在下掌力不純，到時萬一把持不穩，有個失手將閣下傷了，又當怎的？」

王二麻子捋鬚笑道：「你打死了俺，也是俺自認倒楣，怪不了你，何況俺孤家寡人，想找個傳宗接代的都沒有，更沒有人會代俺報仇。」

皇甫嵩轉目四望，厲聲道：「這是他自家說的，各位朋友都可做見證……咄！」吐氣開聲，一聲大喝，長髯飄動間，一掌急拍而出，掌風虎虎，直擊王二麻子胸腹之間，聲勢果自不凡。

王二麻子笑道：「來得好。」手掌一沉，掌心反蹬而出，竟以「小天星」的掌力硬生生接下了這一掌。

雙掌相擊「蓬」的一響，「震山掌」皇甫嵩威猛的身形竟被震得踉蹌不穩，接連向後退了幾步，胸膛不住起伏，瞪眼瞧了王二麻子半晌，突然張口噴出一股鮮血，蕭慕雲駭然道：「皇甫兄，你……」方自前去扶他，但皇甫嵩卻甩開他的手掌，狠狠一頓足，反身向外奔去，蕭慕雲似待追出，但卻只是苦笑著搖了搖頭，全未移動腳步。

一笑佛哈哈笑道：「不怕不識貨只怕貨比貨，王兄你今日果然教洒家開了眼了。」

王二麻子一掌退敵，仍似無事一般，捻鬚笑道：「好說好說，只是大師將人比做『貨』卻有些叫人難受。」

這時廳堂中已是一片混亂，桌椅碗盞，狼藉滿地，只有朱七七與那夫妻兩人桌子，仍是完完整整，毫無所動。

沈浪猶自持杯淺啜，那種安閒之態，似是對任何事都不願理睬，也不願反抗，這種對生活的漫不經心與順良……還有些絕非筆墨所能形容之神情，便造成他一種奇異之魅力，這與其說是他已對生活失去興趣，倒不如說他心中藏有一種可畏的自信，是以便可蔑視一切別人加諸他的影響。朱七七只是癡癡地瞧著他，那夫妻兩人，只是含笑瞧著他們的孩子，但他們的孩子——那穿著綠衣衫的小女孩，卻不時回首向火孩兒去伸舌頭做鬼臉，火孩兒只作沒有瞧見，卻又不時皺眉，嘆氣，作大人狀——這六人似是自成一個天地，將別人根本未曾瞧在眼裡。

一笑佛早已走了過去，但那夫妻兩人仍是不聞不見。

朱七七悄聲笑道：「這胖和尚去惹他夫妻兩人，準是自討苦吃。」滿堂群豪，人人俱在瞧著一笑佛與這夫妻兩人，要瞧瞧一笑佛究竟是能將這夫妻兩人怎樣，還是碰個大釘子，自討沒趣。

那知一笑佛還未開口……突然間，遠處傳來一連串慘呼，一聲接著一聲，有遠有近，有的在左，有的在右，有的竟似就在這客棧房舍之間。呼聲淒厲刺耳，聽得人毛骨悚然。群豪面色俱都大變，但聞寒風吹窗，呼聲刺耳。一笑佛飛步掠到窗前，一手震開了窗戶，一陣狂風，帶著雪花捲入，僅剩的幾隻燈火，在狂風中一齊熄滅。

黑暗中忽地傳來一陣歌聲：「冷月照孤塚，貪心莫妄動，一入沁陽城，必死此城中……」歌聲淒厲，縹縹緲緲，若有若無，這無邊的酷寒與黑暗中，似乎正有個索命的幽魂，正在獰笑著長歌，隨歌而舞。

群豪只覺血液都似已凝固，也不知過了多久，只聽一笑佛厲喝道：「追！」接著黑暗中便響起一陣衣袂帶風之聲，無數修長人影穿窗而出。一笑佛當先飛掠，全力而奔，但聞「嗖」的幾聲，似乎有三、四條人影，自他身側飛過，搶在前面。

月黑風高，雪花撲面。

一笑佛也瞧不清他們的身影，但見這幾條人影三五個起落後，突然頓住腳步，齊地垂首而望，似已發現了什麼。掠到近前，才瞧出這三條人影正是沈浪與那夫妻兩人，面前的雪地上，卻倒臥著七八具屍身，正都是方自廳堂中走出的武林豪士。這些人身形扭曲，東倒西歪，似是猝然遇襲而死，連反抗都未及反抗，一笑佛駭然道：「是誰下的手？好快的手腳。」

能在剎那間將七、八個武林豪士一齊殺死，無論他用的是何方法，這分身手都已足駭人聽聞。突聽屍身中有人輕輕呻吟一聲。

那大漢手裡抱著的小女孩拍掌歡呼道：「還有個人沒有死。」

沈浪已將那人扶抱了起來，右掌抵住了他後心，一股真氣自掌心逼了過去，那人本已上氣難接下氣，此刻突似有了生機，深深呼吸了一口，顫抖著伸手指，指著心窩，道：「箭……冷箭……」

沈浪沉聲道：「什麼箭？哪裡來的？」

那人道：「是……」身子突然一陣痙攣，再也說不出話來，伸手一觸，由頭至腳，俱已冰冷，縱是神仙，也救不活了。

常人身死之後，縱在風雪之中，血液至少也要片刻才會冷透，而此人一死，立刻渾身冰涼，實是大違常理之事。

沈浪雙眉緊皺，默然半晌，道：「誰有火？」

這時群豪大都已趕來，立刻有數人燃起了火摺子。飄搖慘黯的火光中，只見這人滿面驚駭，雙睛怒凸，面容竟已變為黑色，而且浮腫不堪，那模樣真是說不出的猙獰可怖。群豪齊地倒抽一口冷氣，只聽「子午催魂」莫希顫聲道：「毒，好厲害的毒藥暗器……」

一笑佛俯下身子，雙手一分，撕開了那人的衣襟，只見他全身肌膚，竟也都已黑腫，當胸一處傷口箭鏃般大小，泊然流著黑水，也分不出是血，還是膿，但傷口裡卻是空無一物，再也尋不出任何暗器。再看其他幾具屍身，也是一般無二，人人俱是被一種絕毒暗器所傷，但暗器卻是蹤影不見，群豪面面相覷，哪有一人說得出話？

寒風呼嘯之中，但聞一連串「格格」輕響，也不知道誰的牙齒在打戰，別人聽了這聲音，身子不禁簌簌顫抖起來。一笑佛倒抽了口涼氣，沉聲道：「各位可瞧得出，這些人是被哪一種暗器所傷？」

沈浪道：「瞧這傷口，似是箭創。」

莫希嘶聲道：「箭！箭在哪裡？」

一笑佛沉吟道：「若說那暗中施發冷箭之人，將這些人殺了後又將箭拔走，這實是有些不近情理，但若非如此，箭到哪裡去了？……」

突然間，那淒厲的歌聲，又自寒風中傳了過來。「冷月照孤塚，死神夜引弓，燃燈尋白羽，化入碧血中……」

一笑佛大喝一聲：「追！」

但歌聲縹緲，忽前忽後，忽左忽右，誰也摸不清是何方向，卻教人如何追法？一笑佛聞聲立起也只有呆呆愣在那裡。突聽「哇」的一聲，那綠衫女孩放聲哭了起來，伸出小手指著遠處，道：「鬼……鬼……那邊有個鬼，一晃就不見了。」

那大漢柔聲道：「亭亭，莫怕，世上哪裡有鬼？」但目光也情不自禁，隨著她小手指瞧了過去，但見夜色沉沉，風捲殘花。

群豪雖也是什麼都未瞧見，卻只覺那黑暗中真似有個無形無影的「死神」，手持長弓，在狂風隨著落花飛舞，乘人不備，便「嗖」的一箭射來，但等人燃燈去尋長箭，長箭卻已化入碧血，尋不著了。

一笑佛突然仰天狂笑道：「這些裝神弄鬼的歹徒，最多不過只能嚇嚇小孩子，洒家卻不信這個邪，走，有種的咱們就追過去，搗出他老巢，瞧瞧他究竟是什麼變的？」

王二麻子悠悠道：「若是不敢去的不如就陪這位小妹妹，一齊回客棧吧，免得也被嚇哭了。」他話說得尖刻，但別人卻充耳不聞，不等他話說完，便有幾人溜了，那大漢將他女兒亭亭交給他妻子，道：「你帶著她回去，我去追。」

疤面美婦道：「你帶她回去，我去追。」

那大漢跺腳道：「咳！……你怎地……」亭亭突又放聲大哭起來，道：「我要爹爹、媽媽都陪著我……」那大漢長吁短嘆，百般勸慰，亭亭卻是不肯放他走，他平日本是性如烈火，但見了這小女兒，卻半點也發作不出。

沈浪道：「賢伉儷還是回去吧，追人事小，嚇了這位小妹妹，卻怎生是好？那當真是任何收穫都萬萬補償不來的。」

大漢夫妻齊地瞄了他一眼，目光已流露出一些感激之色，亭亭道：「還是這……這位叔好……」

疤面美婦嘆了口氣，道：「既是如此，咱們回去吧……」忽又瞪了王二麻子一眼，冷冷道：「若有誰以爲咱們害怕……哼哼！」玉手一拂，不知怎地已將王二麻子掌中旱煙袋奪了過來，一折爲二拋在地上，攜著她丈夫的手腕，揚長而去，竟連瞧也未瞧王二麻子一眼。

王二麻子走南闖北數十年，連做夢都未想到過自己拿在手裡的煙袋，竟會莫名其妙的被人奪走，一時之間，呆呆地愣在地上，目定口呆的瞧著這夫妻兩人遠去，連脾氣都發作不出。群豪亦自駭然，一笑佛道：「快，真快，這麼快的出手，洒家四十年來，也不過只見過一、兩人而已。」

王二麻子這才定過神來，乾咳一聲，強笑道：「她不過也只是手腳快些而已，俺若不瞧她是個婦道人家，早就……早就……」他雖在死要面子，硬找場面，但「早就給她難看了」這句話，卻還是沒有那麼厚臉皮說出來。

沈浪微微笑道：「只是手腳快些麼？卻未必見得。」

王二麻子滿腹怨氣，正無處發作，聞言眼睛一瞪，滿臉麻子都發出了油光，厲聲道：「不只手腳快些，還要怎樣？」

沈浪也不生氣，含笑指著地上，道：「你瞧這裡。」

群豪俯頭瞧去，這才發現那已折斷了的兩截旱煙管，竟已齊根而沒，只剩下兩點黑印，要知積雪數日，地面除了上面一層浮雪外，下面實已被凍得堅硬如鐵，那女子隨手一拋，也未見如何用力，竟能將兩截一尺多長的煙管一擲而沒，這分手力之驚人，群豪若非眼見，端的難以相信。

王二麻子道：「這……這……」伸手一抹汗珠，冷笑道：「果然不差。」口中說得輕鬆，但寒天雪地裡，他竟已沁出汗珠。

一笑佛嘆道：「這夫妻兩人，的確有些古怪……」仰天一笑，又道：「但咱們卻用不著去管他，還是快追。」

王二麻子乘機下台階，道：「不錯，快追。」

一笑佛瞧著沈浪，道：「不知這位相公可是也要追去麼？」

沈浪轉目四望，只見朱七七姐弟仍未跟來，他皺了皺眉，沉吟半晌，微笑道：「好，追。」

這些人本來非但互不相識，甚至彼此完全不對路道，但此刻同仇敵愾，倒變得親切起來。眾人口中雖未商議，但腳步卻是不約而同，向沁陽城北那「鬼窟」所在之地奔了過去，這其間輕功上下，已大有分別。

一笑佛一馬當先，「子午追魂」莫希緊緊相隨，沈浪是不即不離，跟在他兩人身後。王二麻子、「遊花蜂」蕭慕雲，兩人與沈浪相差亦無幾。鐵勝龍勉力追隨，也未被甩下。「賽溫侯」孫通、「銀花鏢」勝瀅雖落後些，但兩人一路低聲談笑，狀甚輕鬆，顯見未盡全力，過了半晌，「潑雪雙刀將」彭立人也趕上前來，笑道：「那黃化虎父子，看來倒是英雄，那知卻和萬事通一樣，悄悄溜了，看來當真是人不可貌相。」

勝瀅微微一笑，不加置評。

孫通卻道：「後面沒有人了麼？」

彭立人道：「還有個『恨地無環』李霸，但已落後甚多，唉，此人武功不弱，只是輕功差些……」話猶未了，突聽一聲淒厲的慘呼，自後面傳了過來。

彭立人駭然道：「李霸……」群豪亦都聳然變色，再不說話，轉身向那慘呼傳來之處，身形飛掠而去。

一笑佛沉聲喝道：「有傢伙的掏傢伙，身上帶有暗青子的，也將暗青子準備齊，只要看見有人，就往他身上招呼。」

幾句話說完，群豪已瞧見前面雪地中，伏著一條黑影。但四下卻絕無他人蹤影，孫通、勝瀅正待搶先奔上，突聽一笑佛厲叱道：「站住！燃起火摺子，先瞧瞧雪地上的足印。」

勝瀅、孫通對望一眼，暗道：「這一笑佛看來肥蠢，不想是心細如髮的老江湖。」兩人暗中都起了欽佩之心，再也不覺此人可厭。

彭立人、莫希、蕭慕雲三人已燃起火摺，這「遊花蜂」蕭慕雲本是個夜走千家的獨行盜，火摺製造得極是精巧，火光可大可小，撥到大處，竟如火把一般，照得周圍丈許地一片雪亮。只見伏地的黑影，果然正是「恨地無環」李霸，他身子前後，有一行足印，左右兩旁的雪地，卻是平平整整，一無痕跡。

一笑佛道：「各位請小心些走上前去，認自己腳印。」勝瀅當先認出，道：「這是我的。」用手在足印旁畫了個「×」，要知每人腳形有異，大小各別，輕功亦有上下，鞋子也有不同，是以個人要認別人足印雖然困難，要認自己足印卻甚是容易。

孫通亦自認出，道：「這是我的。」也畫了個「×」，話休煩絮，片刻之間，王二麻子、蕭慕雲、鐵勝龍、彭立人亦都認出了自己足印，彭立人這才發現自己足印最深，面上已有些發紅。

但眾人卻知此事關係重大，是以人人俱都十分仔細小心，縱然自己足印比別人深些，也無人敢胡亂指點。只見雪地上未被認出的足印，已只剩下兩個，火光照得清楚，這兩個足印雖最輕，也可看得出鞋底乃是粗麻所編就。

群豪情不自禁，都瞧了一笑佛足上所穿的麻鞋一眼，一笑佛道：「剩下的這個足印，正是洒家的，但……但相公你……」

群眾這才想起足印還少了一雙，又情不自禁轉目去瞧沈浪，沈浪微微一笑，道：「只怕在下身子瘦些，足印看不出來。」他說的可真是客氣，群豪卻仍不禁聳然動容，誰也未瞧出，這年紀輕輕，文文弱弱，受了氣也不還嘴的無名少年，竟然身懷「踏雪無痕」的絕頂輕功，群豪既是驚佩，又是懷疑——懷疑這少年怎麼會練成這等功夫，又懷疑這少年的身分來路，但此刻可沒有一人敢問出口來。

一笑佛哈哈笑道：「真人不露相，相公端的有本事。」笑聲一頓又道：「四面俱無他人足痕，亦無搏鬥之象，李霸顯見也是被暗器所傷，這次咱們可要瞧瞧，這暗器究竟是什麼？」扶起李霸屍身，但見他屍身亦已黑腫，撕開他衣襟，肩下也有個傷口，黑血源源在流……

但傷口還是瞧不見有任何暗器。群豪再次面面相覷，人人咬緊了牙關，自不聞牙齒打戰之聲，但心房「砰，砰」跳動，卻總得清清楚楚，莫希顫聲道：「那……那暗器莫非真不是人間所有？……否則又怎會化入血中？……」

要知屍身無翻動之痕，四下亦無他人足印，李霸前胸所中的暗器，便絕不可能是被別人取去的，反過來說，李霸前胸中了暗器，便撲面跌倒，無論是誰，也無法絲毫不留痕跡，便將暗器取回。

群豪反來覆去，左思右想，怎麼也想不出這其中道理，但覺身上寒氣，愈來愈重，彭立人顫聲道：「這莫非是種無形劍氣？……」

一笑佛冷笑道：「你是在做夢麼？」

彭立人似乎還想分辯，但轉目一望，卻又嚇得再也不敢開口，但見一笑佛滿面俱是殺氣，目中光芒閃動，似是隻已被人激怒的猛獸一般，突然反手扯下了身上穿著的那件寬大僧袍，精赤著上身，雪花飄落在他身上，他非但毫無畏寒之意，身上反而冒出一陣陣蒸騰熱氣。群豪俱都瞧得舌矯不下，只見他竟將那僧袍，撕成一條條三、四寸寬的布帶，纏在自己手臂、大腿、胸腹之上，將這些地方顫動的肥肉，都緊緊纏了起來，雪花化做汗水流下，浸濕了布帶，一笑佛長身而起，抬臂，伸了伸腿，試出舉動間果然已比先前更靈便，目光方才往眾人身上一掃，厲聲道：「要保命的快回去，要去的便得準備著不要命了。」

彭立人道：「去……去哪裡？」

一笑佛放聲狂笑道：「除了那鬼窟，還有哪裡？」抓起一團冰雪，塞入嘴裡，嚼得「格格」直響，振聲大喝道：「搗爛那鬼窟，有膽的跟著洒家走。」喝聲之中，當先飛奔而出。

勝瀅、孫通、莫希、王二麻子、鐵勝龍、蕭慕雲，俱是滿腔熱血沸騰，哪裡還計較安危生死，想也不想，跟著他一擁而去。

彭立人抬頭只見沈浪還站在那裡，垂首強笑道：「相公請，在下與李霸交情不錯，總不能瞧著他暴骨荒郊……唉，在下埋了他屍身，立刻就趕去。」沈浪微微一笑，等彭立人再抬起頭，他身形已只剩下一點黑影，彭立人見他去遠，暗中鬆了口氣，再也不瞧李霸屍身一眼，回身向客棧狂奔而回。

沈浪恍眼間便已追著勝瀅等人，但並未越過他們，只是遠遠跟在後面，這時他已是最後一人，若是再有冷箭射來，自然往他身上招呼，沈浪面帶微笑，非但毫不在意，反似在歡迎那「死神」再次出現，他也好瞧瞧那死神長弓裡射出來的鬼箭究竟有多麼神奇。

那知道一路上偏偏平安無事，眼看出城既遠，想必就已快到那「鬼窟」所在之地，沈浪方自失望地嘆息一聲，突聽前面一笑佛厲喝一聲，莫希一聲驚呼，人聲一陣騷亂，接著便是一笑佛的怒罵之聲，道：「有種的就過來與洒家一拚高下，裝神弄鬼，藏頭露尾的都是畜牲。」

沈浪微一皺眉，腳步加緊，箭也似的趕上前去，只見眾人身形都已停頓，一笑佛滿面神光，手裡緊抓著一塊白布，正在破口大罵，但四下既無人影，亦無回應，沈浪輕輕問道：「什麼事？」

一笑佛道：「你瞧這個。」將手中白布拋了過來，沈浪伸手接過，就著雪地微光，只見白布上寫著幾個鮮紅的血字。

「奉勸各位，及早回頭，再往前走，追悔莫及。」

沈浪道：「這是哪裡來的？」

一笑佛厲聲道：「方才洒家正在前奔……」

原來一笑佛方才當先而行，但見前面雪地一片空曠，那空曠的雪地裡突然揚起一大片冰雪泥沙，狂捲著撲向他的面門，一笑佛眼前一花，但覺這片冰雪中，竟似乎還夾帶著條白忽忽的人影，一頭撞了過來，卻又「呼」地自一笑佛頭頂上飛了過去，卻將這布條留在一笑佛手裡。

沈浪聽了，不禁皺眉這：「此人去了哪裡？各位爲何未追？」

一笑佛怒道：「那影子說他是人，委實又有些不像人，只有三尺長短，像是個狐狸，以洒家目力，在他未弄鬼前也未瞧出他伏在雪地裡，等到洒家能張開眼睛，四下去看時，卻又不見了。」

沈浪心念一動，暗道：「這手段豈非與『天魔迷蹤術』中的『五色護身障眼法』有些相似，聽他們說，這人影八成也像是花蕊仙，但花蕊仙與那『鬼窟』毫無關係，怎會來蹚這趟渾水？」

只聽一笑佛道：「相公莫要想了，無論這花樣是怎麼弄的，都還駭不倒洒家，只要相公肯與洒家開路，要莫兄與勝……勝什麼？」

勝瀅笑道：「瀅。」

一笑佛道：「對了，勝瀅與莫希斷後，咱們就往前闖。」

沈浪微一沉吟，道：「闖。」

勝瀅道：「好。」

群豪齊聲喝道：「闖，闖！」喝聲雖響，有的聲音裡卻已有些顫抖。

只是此時此刻，已是有進無退之局，硬著頭皮，也要往前闖，當下群豪又復前奔，但是腳步都已放緩許多，遠較方才謹慎。

只見遠遠山影已現，朦朧的山影中，似乎籠罩著一層森森鬼氣，群豪人人俱是惴惴自危，不知在這「鬼窟」中究要發現些什麼，他們本雖是為了算定那洞穴中必有珍寶，是以趕來，而此刻個人心中卻已都不再有貪得之念，沈浪暗嘆忖道：「幸而那位大小姐此番還老實，竟未跟來，否則……」

突聽前面暗影中傳來一聲脆笑，道：「各位此刻才來麼？」

彭立人腳步不停，氣也不敢喘，亡命般奔回客棧，客棧中也是一片驚亂，似乎還有人在往外抬著屍身，還有人嘆道：「唉，又是十幾條命……」彭立人看也不敢看，聽也不敢聽，一口氣奔回自己的房裡，砰地撞開房門，撞了進去，反手關上門，身子也靠了上去，用背脊抵住了門，這才鬆了口氣，喃喃道：「命可撿回來了，快回家吧，墓裡就是有成堆的寶貝，我也不……」

突覺有些不對，房裡不知誰燃起了燈。目光轉處，語聲突然停頓，血液亦似凝結，張開的嘴，再也合不攏，一雙腿卻簌簌顫抖起來。

只見房子中央，端端正正坐著個灰袍人，只是背向著門，彭立人也瞧不清他面目，但那灰滲滲的長袍，披散著的長髮，在這陰森黯淡，飄飄搖搖的燈光下，哪裡像個活人，直似方自墓中復活的幽靈。

彭立人顫聲道：「朋……朋友是誰？……」

那灰袍人咯咯一笑，一字字緩緩道：「冷月照孤塚……」

彭立人雙膝一軟，沿著門滑了下去，「噗」地坐到地上。

灰袍人道：「你怕死麼？你想回去麼？……」

彭立人道：「我……我想……」

灰袍人陰森森笑道：「已入沁陽城，必死此城中……」

彭立人咬了咬牙，突然奮起全身氣力，撲了上去，一掌拍向灰袍人頭頂，他成名多年，這一掌當非泛泛。

灰袍人頭也不回，長袖突然反揮而出，彭立人但覺一股陰柔之極，卻又強勁之極的內力，當胸撞了過來，胸前立時有如被千鈞巨錘重重一擊，震得他仰面飛了出去，「砰」地撞在門上，「噗」地跌倒，張口噴出了口鮮血，灰袍人冷冷道：「區區人力，也想與鬼爭雄。」

彭立人望著面前斑斑血跡，身子抖得再也不能停止，將房門帶得「咯咯」直響。

灰袍人緩緩道：「你想死還是想活？」

彭立人道：「……」張開了嘴，卻只是說不出話來。

灰袍人厲聲道：「快說。」

彭立人道：「……想……想……活……」他說了三次，才算將「活」字說清楚，身上冷汗已一連串落了下來。

灰袍人冷冷道：「你若想活，便得聽我吩咐。」

「各位此刻才來麼？」

這七個字雖然簡簡單單，普普通通，但群豪卻宛如夜聞鬼哭，身子齊地一震，鐵勝龍踉蹌後退了幾步，蕭慕雲險些跌在地上，一笑佛緊握雙拳，嘶聲大喝道：「什……什麼人？出來。」

只見暗影中飄飄然掠出一條白影，全身僵直，既不彎曲，也不動彈，更未看出他抬腿舉步，他只光直直地飄了出來。他由頂至踵，俱是慘白顏色，舉手以袖掩面，似乎不願讓別人瞧出他那猙獰的容貌，足下更是輕飄飄的，似乎離地還有一尺。

群豪只覺一股涼氣自腳底冒了上來，全身俱已冰冷，若說這白影是人，世上哪有人能如此行動。

一笑佛雖然膽大包天，此刻卻也不得不信這白影確是墓中的幽靈，駭得呆了半晌，突然厲喝道：「就算你是鬼，洒家也宰了你。」振起雙臂，飛身撲了上去，凌厲的掌風，直擊那白影胸膛。

那白影衣袂俱被震得飛起，冷笑一聲，身子竟平平向後移開兩尺，一笑佛又是一驚，咬緊牙關，正待再次撲上，那知身畔風聲一響，沈浪已掠到他前面，厲聲道：「朱七七，你玩笑還未開夠麼？」那白影忽然「噗哧」一聲，垂下衣袖，朧朦望去，但見她風姿綽約，顏如春花，不是朱七七是誰？

她足下也是哈哈一笑，道：「還是沈大哥厲害。」火孩兒笑嘻嘻鑽了出來，原來火孩兒方才在後面抱住了朱七七雙腿，朱七七身子自然不需彎曲，更不需抬腿，便能來去自如，群豪雖都是眼裡不揉沙子的老江湖，但在這鬼墓前，雪夜中，膽氣已先寒了，竟無一人瞧出這一手來。

一笑佛亦不知是驚是怒，卻只有頓足道：「姑娘，你這手未免露得太嚇人了。」

火孩兒笑道：「但這位大和尚的確有些膽氣，連鬼都駭不倒你。」

一笑佛仰天大笑道：「洒家雖非伏魔的羅漢，多少也總有些降鬼的本事。」所謂千穿萬穿，馬屁不穿，火孩兒輕輕一句話，便將一笑佛說得怒氣毫無，反向沈浪道：「他姐弟倆天真活潑，與大家取個樂子，相公也莫要生氣。」

朱七七瞟了沈浪一眼，道：「哼，他敢生氣麼？他揭穿我的把戲，我不生他的氣已經滿不錯了。」

一笑佛大笑道：「妙極妙極，這位相公委實未生氣……誰若能令這位相公生氣，那人的本事，也算不小了。」

朱七七也忍不住展顏一笑，道：「他呀，他……」悄悄走過去，悄悄擰了沈浪一把，道：「你是木頭人麼？說話呀。」

沈浪說道：「好，我說話，我且問你，你是怎麼來的？何時來的？可曾進去瞧過了麼？可曾瞧見那花……花夫人？」

朱七七笑道：「你瞧你，不說話也罷，一說話就像審問犯人似的……好，我告訴你，你們在瞧那些屍身時，我就來了，一直闖了進去，本想瞧個仔細，但是裡面實在太暗，我們又沒有火摺子，我雖不怕，老八卻嚇得直抖，我怕他嚇出病來，只得出來了。」

火孩兒道：「羞不羞，你不害怕麼，爲什麼緊緊拉著我的手，死也不肯放，我見你的手都嚇涼了，才……」

朱七七跺腳道：「小鬼，你再說。」

火孩兒哈哈笑道：「你不說我，我自然不說你……」

突聽前面山岩中，傳出一聲慘呼，自遠而近，呼聲雖低，但凄厲尖銳，懾人心魂，到後來聲音已嘶啞，一條人影，跌跌撞撞，自暗影中奔了出來，瞧見群豪，呆了一呆，伸手指了指，一個字還未說出，仆地跌倒。

群豪屢經驚駭，此刻竟似已有些麻木，還是沈浪一掠而出，扶起了那人，暗中一面以真力相濟，一面呼道：「兄台，醒來。」

那人得了沈浪傳過的一股陽和之氣，果然緩緩張開眼簾，四望一眼，突也輕喚道：「鐵……鐵兄……」

鐵勝龍走過去一瞧，駭然道：「原來是金兄，怎……怎會落得如此模樣？」

那人道：「我……我們五……五人……只剩下我……我也……」

鐵勝龍變色道：「莫非『安陽五義』，俱已喪……喪生在此？這……這……這究竟是誰下的毒手？」

那人面上泛起一絲慘笑，喃喃道：「那……裡面有……有鬼，進去不得……進去不得……進……」突然嘶聲大喝道：「不是鬼，是——」

沈浪連忙問道：「是什麼？兄台，是什麼？兄台醒來……醒來……」但那人雙目緊閉，再也醒不過來了。

沈浪緩緩長身而起，長嘆一聲，仰臉望天，群豪卻不禁都垂下頭去，望著自己的腳尖。一笑佛沉聲道：「此人乃是『安陽五義』中人麼？」

鐵勝龍黯然道：「此人正是『安陽五義』之首金林，想必也是聞得墓中藏寶，是以搶先趕來，不想竟……竟……」長嘆一聲，脫下一件外衣，蓋起了那金林的身子。

一笑佛突然叫道：「掀起衣衫。」鐵勝龍呆了一呆，一笑佛又道：「洒家要瞧瞧這位金兄是如何死的。」

莫希道：「他所受致命之傷，與李霸他們都不相同……」

四 冷日窺鬼舞

一笑佛撕開金林衣襟，前胸一無傷痕，但背後卻有個紫色的掌印，五指宛然，浸然入肉，莫希倒抽一口涼氣，道：「好厲害的掌力。」

一笑佛目光瞬也不瞬地瞧著那掌印，直有盞茶功夫，方自抬起頭來，望著沈浪，道：「相公可瞧出來了？」

沈浪道：「瞧出來了。」

朱七七跺腳道：「你瞧出來什麼？說呀！」

沈浪道：「紫煞手！」

朱七七身子一震，道：「這掌印是紫煞手，真、真的？」

一笑佛道：「半分不假，近五十年來，武林中有這功夫的，只有塞上神龍、毒手搜魂以及要命神丐三人而已，此外江湖中便無人具此掌力。」

莫希道：「但……但這三人豈非都已死了？」

一笑佛一字字緩緩道：「不錯，這三人正是都已死了。」

群豪對望一眼，情不自禁，各各移動腳步，靠到一起，朱七七嬌笑道：「哎喲，聽你們說的，倒實在有些怕人，既然再沒有別人會使這『紫煞手』，難道是那三人自墳墓裡爬出來將金……金林打死的麼？」笑聲愈來愈輕，轉眼四望，但見人人俱是面色鐵青，無人說話，她心頭也不覺泛起一陣寒意，再也笑不出來。

火孩兒聽朱七七說到死人，心中有些害怕，不自主的將身子靠近了沈浪，低聲道：「這……這裡不好玩，又……又冷得緊，咱們回去吧。」聲音已有些顫抖了。

沈浪道：「你們兩個回去吧。」

火孩兒道：「你呢？」

沈浪微微笑道：「我平生從未見過鬼魂，今日若能瞧瞧，倒也有趣得很……但瞧鬼的人，卻不可太多，否則就要將鬼駭跑了。」他平生不願說話，但等別人都已嚇得難以開口，他卻還能談笑自若。

一笑佛哈哈大笑道：「洒家這模樣也和鬼差不了許多，無論男鬼女鬼，見了洒家卻會當是同類來了萬萬不會跑的。」

沈浪笑道：「大師同去最好……」目光有意無意間，瞧了瞧「子午催魂」莫希和那「銀花鏢」勝瀅一眼。

勝瀅舉步而前，微微笑道：「在下追隨兄台之後。」

莫希亦自咯咯笑道：「江湖中人，都將在下喚作催魂鬼，今日看我這假鬼，要去會會真鬼了。」笑得雖勉強，卻終是大步走出。

沈浪道：「好，有四人便已足夠……」

朱七七道：「我呢？」

沈浪道：「你回去。」

朱七七道：「哼哼，你憑什麼能命令我，我偏不回去，老八，伸出脖子來，放大膽子，若鬼弄死咱們，咱們豈非也變成鬼了，有什麼可怕的？咱們先進去，看看有誰敢攔阻咱們。」

火孩兒道：「我……我……」眼珠一轉搖頭笑道：「我不去，我看你也莫要去了吧。」

朱七七恨聲道：「對鬼你怕了麼？」

火孩兒笑道：「我雖不怕鬼，可是我怕沈大哥，我可不敢不聽他的話。」悄悄一拉朱七七衣襟，耳語道：「你老是跟他作對，他怎會對你好，若是有人老和你作對，你會喜歡他麼？」

朱七七眼波一轉，嘆道：「小鬼，早知不帶你來了，帶了你來，又不能不看著你，好吧，回去就回去。」

火孩兒笑道：「這樣才是。」

群豪似乎還不肯走，沈浪笑道：「客棧之中，只怕也有變故，便全得仰仗各位大力前去鎮壓了。」

王二麻子道：「對！這裡雖危險，回去也未見輕鬆，咱們各辦各的事，誰也不能閒著。」

沈浪微微一笑，道：「正是如此。」轉身走向那神秘的「鬼窟」。

突聽朱七七道：「沈浪，你……」

沈浪回首道：「如何？」

朱七七咬了咬櫻唇，道：「你……你可莫真要被鬼捉了去。」

火孩兒笑道：「沈大哥，我姐姐還是關心你的，但要憑你的真本事，什麼鬼也捉不了你，我放心得很……」轉首瞧了王二麻子、蕭慕雲等人一眼，突又笑道：「你們早就想走了，還等什麼?走走，咱們一起走吧。」

沈浪、一笑佛、勝瀅，莫希四人，終於走入了那已不知奪去多少人性命的鬼窟之中，直到他四人身形全都沒入暗影之中，王二麻子等人，也都走了，朱七七猶在癡癡地瞧著，雙目之中，突然流下淚來。

火孩兒道：「你哭什麼，他又不是不回來了。」

朱七七垂首道：「不知怎地，我……害怕得很，老八！他……他若也……也……不……能……回來……」

火孩兒身子突也一陣顫抖，瞧著那鬼氣森森的山影，通紅的小臉已變得煞白，久久都說不出話來。突見朱七七身形一展，發狂地奔了進去。

火孩兒駭然大呼道：「姐姐……」

朱七七頭也不回，道：「你回去吧，去找花婆，我……我要去瞧瞧他……」窈窕的白衣身影閃了兩閃，便瞧不見了。

火孩兒轉目四望，但見四下風吹枯木，宛如幢幢鬼影，在漫天雪花中猙獰起舞，火孩兒活到現在，這才知道害怕是什麼滋味，忍不住放聲大叫道：「姐姐等我一等……等我一等……」放足狂奔而去。

山巖下，那漆黑漆黑的洞窟，一如妖魔張開的巨口正待擇人而噬，四下亂石高堆，石上滿積冰雪，漆黑的洞窟，襯著皚皚白雪，更顯得陰森黝黯，深不見底，單只「鬼窟」兩字，實還不足形容此地之恐怖。朱七七卻毫不遲疑，一躍而進，去後是生是死，她已全都不管，只因縱然死了，也比在外面等著沈浪時那種焦急的滋味好些。

突聽火孩兒在後面大呼道：「姐姐……等我一等……」喚了兩聲，似是跌了一跤，呼聲突然停頓，但他顯然立刻便自爬起，又自呼道：「等我一等……」這次呼聲中的驚懼之意，更是濃重，連聲音都已嘶啞，他膽子縱然大極，但終究也不過只是個孩子。

朱七七有心不等他，卻又不忍，頓住身形，恨聲道：「小鬼，叫你回去不回去……小心些，莫又摔著了……」

黑暗中只見火孩兒身形果然又是一個踉蹌，跌跌撞撞衝了進來，朱七七趕緊扶住了他，道：「摔疼了麼？」

火孩兒道：「不疼。」嘴裡說不疼，聲音卻已疼得變了，戴著鹿皮手套的小手，緊緊抓住朱七七的纖掌，再也不肯放鬆。

朱七七嘆了口氣，喃喃道：「我真不知爹爹怎肯放你出來的……唉，還是沒有火摺子，你可得小心著走。」姐弟兩人，雙手互握，一步步走了進去，入窟愈深，便愈是黑暗，端的是伸手不見五指。

沈浪等四人，已不知去向，但聞洞外寒風呼嘯，到後來風聲也聽不見了，四下一片死寂，唯有一陣陰濕之氣，撲鼻而來。忽然間，一個冷冰冰、黏濕濕的東西撞了過來，朱七七駭得尖叫起來，全力一掌揮出，那東西「吱」一聲，又飛了過去，朱七七道：「老八，莫……莫怕，那……那只……是蝙蝠。」她雖叫別人莫怕，自己卻又怕得渾身直抖。

突見前面人影一閃，一條人影，急掠而來，朱七七顫聲道：「什……什麼人？」

那人影道：「是七七麼？我是沈浪。」

朱七七大呼一聲，整個人撲了上去，緊緊抱住了沈浪，冰冷的臉，貼在他溫暖的胸膛上，但身子猶在不停的抖。

沈浪忍不住輕輕一撫她頭髮，嘆道：「要你莫來，你偏要來，駭成這個樣子……唉！這是何苦？」

朱七七突然狠狠推開了他，跺腳道：「是我該死，誰要我救了你這個死鬼，我若讓你死了，現在怎麼……怎麼會受這種苦？」

遠處火光閃動，映得她面上淚痕閃閃發光，她趕緊轉過頭去，這倔強的女孩子，眼淚雖是爲沈浪而流的，卻也不願讓沈浪瞧見她面上淚光。但沈浪又怎會瞧不見，呆了半晌，柔聲笑道：「你瞧，老八多乖，他倒像個大人，你卻像個孩子。」

朱七七道：「你才像個孩子哩……」瞪了沈浪一眼，卻已破涕爲笑，這一笑之間，實是含蘊著無限溫柔，無限深情，便是鐵石人瞧了也該熱心，但沈浪卻轉過頭去。

只見「一笑佛」手持火摺，大笑道：「是朱姑娘麼，洒家就知道你定會趕來的……前面便是石門了，兩位快過來吧。」洪亮的笑聲，震得地道四下回應不絕，使得這死氣沉沉的「鬼窟」，也突然有了生氣。

朱七七精神一震，拭去淚痕，大聲道：「不是兩位，是三位。」一手拉著沈浪，一手拉起火孩兒，大步向前奔去。

一笑佛目光閃動，眼見火孩兒臉上又戴起了那火紅鬼面，不禁大笑道：「好，好孩子，將這鬼臉兒戴起了，真的鬼來了，也要被你駭上一跳。」

沈浪接過了勝瀅手中的火摺子，左手高舉，當先而行。

閃動的火焰，將窟道中四面岩石，映得說不出的猙獰可怖，看來那一方方岩石，都似是不知名的妖魔。正待隨著地底的陰風，飛舞而出，一道石門，擋住了眾人去路，石門上毫無浮雕裝飾，但卻高大無比，眾人立身其下，仰首望去，幾乎瞧不見頂。

剎那之間，人人心中，都不禁突然感覺自身之渺小，而對這神秘之墓窟，更加深了幾分敬畏恐懼。

只見兩扇沉重的石門，當中微開一線，石門上雖有斧鑿之痕跡，但這兩扇厚達尺餘，重逾千斤的門戶，卻顯然絕非被人強行打開。

沈浪頓住了腳步，轉首沉吟道：「首批發現此地之掘礦伕，他們是如何進去的？不知那黃馬可說清楚了！」

一笑佛兩道濃眉，緊緊皺在一起，沉聲道：「據黃馬所敘，那掘礦伕乃是在酒酣耳熱之際，合力破門而入的。」

沈浪嘆道：「但這門戶卻顯然不是被人力破開的，黃馬所述，顯然也有不盡不實之處。」

眾人面面相覷，默然半晌，朱七七顫聲道：「門戶既非被人力破開，莫……莫非是墓中的幽靈，自己出來開門的不成？」這句話人人雖然都曾想過，但此刻被朱七七說出口來，眾人也不由自主打了個寒噤。

火孩兒道：「但……但……」他聲音也被駭得嘶啞，也咳了兩聲，才能接著說道：「但這墓中鬼魂，既禁止別人闖入，如何又要開門，莫……莫非是他們在……這墓中嫌太寂寞了，所以故意騙幾個人進去送死，好多有些新鬼陪他們？」

這句話更無異火上加油，朱七七嗔道：「小……小鬼，胡……說八道。」聲音也在不住地抖。

「子午催魂」莫希更似已駭得站不住身子，道：「不……不如先停下來等天亮了再……再進去吧。」

一笑佛冷冷道：「子午催魂走南闖北數十年，在江湖中也可算是有頭有臉的人物，今日怎地說出這樣的話來？」

莫希道：「但……但……」終於只是垂下頭來，一個字也未說出。

沈浪輕輕一嘆，代他接了下去，道：「但這墓窟之中，怪事委實太多，莫兄此刻不願進去，實也並非無理。」

一笑佛怒道：「既已來到這裡，還有誰能不進去？」

沈浪沉聲道：「不然，此刻無論是誰，只要跨入這石門一步，此後生死禍福，便無人能預料，你我縱可勉強他人做他不願意做之事，但卻萬萬不可勉強他人，平白送他自己的生命。」

一笑佛怔了一怔，還未答話，沈浪卻已接口道：「莫兄若不願進去，儘管請回……」

一笑佛突然大笑道：「他一個人行路，只怕也休想活著回去。」

莫希身子一震咬了咬牙，忽然厲喝道：「進去就進去。」飛身闖入了石門，猶自厲聲大呼道：「墓裡的鬼魂，有種的就出來與我莫三太爺拚個你死我活，……出來……出來呀……咯咯，哈哈，不敢麼？你不敢麼？……哈哈……」淒厲的笑聲，激蕩在窟道間，震得石屑灰粉簌然而落。

朱七七喃喃道：「這廝莫非已駭瘋了？」

沈浪微微皺眉，閃身而入，只見莫希手舞足蹈，果然有如瘋狂一般，沈浪出手如電扣住他的脈門，沉聲道：「莫兄如此，難道不要命了麼？」

莫希身子又是一震，黯然垂首發起愣來。這時眾人已相繼而入，但見石門之中，乃是個圓形大廳，四周又有九重門戶，圓形的拱頂，高高在上，似是繪有圖畫，只是拱頂太高，火摺光焰終究不及，是以也瞧不清那上面畫的是什麼。

廳中空空蕩蕩，唯有當中一張圓桌，什麼也沒有了，這空寂而寬闊，使此間更顯得異樣的陰森，朱七七等人置身其中，宛如置身於一片空曠的荒墳墓地一般，那圓形拱頂有如蒼穹高高在上，而四下鬼影幢幢陰風森森……

朱七七這：「這……這究竟會是誰的陵墓？」

勝瀅道：「只怕是古代一位帝王亦未可知。」突似發現了什麼，一步掠到那孤零零的石桌旁，伸出手來。

沈浪輕叱道：「住手。」

勝瀅回首道：「這桌上有……」

沈浪道：「此間無論有什麼，你我俱都不能用手觸摸，此點勝兄務必要切切記牢……」

朱七七道：「為什麼？」

沈浪嘆道：「你莫忘了那些人是怎麼死的麼，此間任何一處都可能附有劇毒，你我只要伸手一摸，便休想……」

突聽火孩兒慘然驚呼一聲，道：「鬼果然來了。」

眾人齊地大驚，轉頭望去，只見火孩兒左邊的一道門戶外，果然有火光一閃而沒，碧磷磷的火花，赫然正與鬼火一般無二。

一笑佛厲聲道：「追。」

沈浪又自輕叱道：「且慢，這陵墓之中，必定有秘道交錯，大師若是輕易陷身其中，只怕也無法覓路而回，是以你我切切不可輕舉妄動。」

勝瀅嘆道：「兄台說的的確不錯，據小弟所知，古代陵墓之中秘路，除能尋得當時建墓時之原圖外，誰也無法來去自如……」無意中回首瞧了一眼，面色突又慘變，伸手後面石桌，手指不住顫抖，口中嘶嘶作聲，卻說不出一個字。

一笑佛變色道：「什麼事如此驚惶？」

勝瀅定了定神，道：「方才小弟曾親眼見到，這石桌上有塊黑黝黝的鐵牌，那知就在這轉眼之間，竟……竟已沒有了。」

莫希大駭道：「你……你可瞧……瞧清楚了？」

勝瀅道：「小弟自七歲時候便在暗室之中，凝視香火，至今已有十五年，目力雖非極佳，但三丈內一蚊一蟻都休想逃得過小弟雙目……方……方才小弟瞧得清清楚楚，萬萬不會錯的。」

要知「銀花鏢」勝瀅乃是中原武林，暗器世家「勝家堡」門下子弟中最最傑出之一人，勝氏子弟目力之佳，手法之準，已是江湖公認之事，此刻勝瀅既然說得如此肯定，那是萬萬不會錯的。

莫希額角之上，汗如雨下，顫聲道：「此事玩笑不得，鐵牌究竟是誰取去的，還請快快說出，免得大家擔心。」

眾人面面相望，俱是面色凝重，卻無一人說話，莫希嘶喝道：「沒有誰來拿，難道那鐵牌是自己生了翅膀飛走的麼？」

四下迴音，有如雷鳴一般，隆隆不絕，自近而遠，又自遠而近，顯然，這陵墓實是深邃廣大已極。但迴音響過，眾人還是無人說話。

朱七七望著莫希冷笑暗忖道：「這廝獐頭鼠目，裝模作樣，說不定就是他在暗中弄鬼也未可知。」

莫希瞧著勝瀅，暗暗忖道：「難道他根本什麼都沒有瞧見，口中卻故意說瞧見了？好教別人疑神疑鬼，他便可從中取利？」

勝瀅冷眼瞧著一笑佛，忖道：「這一笑佛武功不弱，但江湖中卻從未聽過此人名聲，莫非也是這陵墓裡鬼堂中的一人，故意將大伙誘來此地送死？若是如此，這鐵牌自也是他拿去的。」

一笑佛似有幾次想開口說話，卻又不敢說出口來，只瞧著沈浪忖道：「哼，這小子來歷實在可疑，年紀這麼輕，武功卻是這麼高，這些可驚可疑的事，莫非都是他在暗中搗鬼。」眾人彼此之間，卻起了懷疑之心，情不自禁，各自退後了幾步，你留意看我的神情是否變化？我留意看你的手掌究竟會有何動作？

唯有沈浪卻是神色自若，一點也不著急，只聽火孩兒道：「門外有鬼，鐵牌也被鬼拿去了，這地方實在耽不得，咱們還是趕緊回去吧。」

話猶未了，莫希突地慘呼一聲，仆地跌了下去。眾人更是悚然大驚，一笑佛、勝瀅似待趕過去扶起他，但方自邁出三步，又不禁齊地頓住了腳。

沈浪扶起了莫希，只見他面色慘白，目中充滿驚駭之意，但一雙眼珠子，還能轉來轉去，胸膛也還在不住起伏；沈浪見他未死，不禁為之鬆了口氣，道：「莫兄沒有什麼事吧？」

莫希道：「有……有……有事。」

沈浪笑道：「什麼事？」

莫希道：「方……方才有……有人在我背後打了一拳。」

朱七七冷笑道：「你背後哪裡有人，你莫非是在做夢？」

莫希嘶聲道：「明明有人打了我一下，我此刻背後還在隱隱作痛，我……我若有半句虛言，管教天誅地滅，不得好死。」

眾人再次面面相望，非但沒有人說話，連喘氣的人都似也沒有了。

勝瀅冷笑暗忖道：「哪有什麼人打他，這不過是他故意如此說罷了，好教別人疑神疑鬼，他便可從中取利了。」

朱七七忖道：「這究竟是誰在搗鬼？莫非是這胖和尚？」

一笑佛忖道：「非但這小子可疑，便是這女子，只怕也不是什麼好來路，我莫要著了這兩個人的詭計。」

於是眾人心中疑懼之心更重，彼此懷疑，彼此提防，目光灼灼，互相窺望，火光閃動下，眾人面上俱是一片鐵青，眉宇間都已泛起了殺機。

死一般靜寂中，只聽莫希喃喃道：「這一拳是誰打的？是誰打的？……」突然大喝一聲，撲向勝瀅，厲聲笑道：「方才只有你站得離我最近，那一拳莫非是你在暗中施的手腳不成？」

勝瀅怒道：「你自己裝神弄鬼，卻來血口噴人。」

莫希怒喝道：「放屁……」迎面一拳，擊了過去。

勝瀅翻身退出數尺，一手已摸入鏢囊之中，莫希喝道：「你勝家堡暗器雖然厲害，我『子午催魂』莫非還怕了你不成？來來來，莫某倒要瞧瞧，是你銀花鏢厲害，還是我催魂針厲害。」兩人俱是箭拔弩張，一觸即發，這兩人暗器功夫，在武林中俱是卓有聲譽，這一發之下，必定不可收拾。

但此時此刻，別人又怎會坐山觀虎鬥，一笑佛厲喝著拉住莫希，沈浪也勸住勝瀅，沉聲道：「此時此刻，兩位怎能自相殘殺，豈非教暗中敵人瞧見了……」

莫希顫聲道：「暗中哪有什麼人？」

沈浪沉聲道：「若是無人，那拳是誰打的。」

火孩兒銳聲道：「鬼……鬼……一定是鬼……」

突聽「噗」的一響，一笑佛手中火摺子竟忽然熄了，四下更是黝黯，眾人心頭寒意更重。

一笑佛嘶聲笑道：「好，好，打吧，你們打吧，反正今日咱們誰也不想活著出去了，索性看你們打個痛快。」

他雖然放鬆了莫希的手臂，但莫希手掌顫抖，哪裡還敢出手？

勝瀅大聲道：「你我是進是退，此刻需得快些決定，要麼就衝過去，縱然死了，也比留這裡等死得好。」

話猶未了，忽見沈浪張口吹熄了手中火摺子，四下立時變得一片漆黑，當真是伸手不見五指。眾人齊地大叫，一笑佛道：「相……相公你這是作什麼？」

沈浪沉聲道：「這火種此刻已是珍貴已極，你們無論進退，都少它不得，豈能讓它在此白白浪費，等你我作了決定，那時已無火可照，又當如何是好？」

眾人想到若無火照路時的情況，都不禁倒抽一口涼氣。

勝瀅嘆道：「還是相公想得周到……若是火種燃盡，你我進既不得，退又不能，便當真要被活活困死在這裡了……」

忽然間，黑暗中，只聽得火孩兒的聲音，大喝一聲，嘶聲呼道：「七姐你擰我一下作什麼？」

朱七七道：「我……我哪有擰你？」

火孩兒道：「不……不是你，是……是誰？」

沈浪、勝瀅、莫希、一笑佛齊地脫口道：「也不是我。」

話一說完，立刻頓住話聲，人人心上，俱是毛骨悚然，想到黑暗中不知道有什麼人會在自己身上擰上一把，打上一拳，眾人但覺一粒粒寒慄自皮膚裡冒了出來，衣衫涼颼颼的，也已被冷汗濕透。

火孩兒顫聲道：「走……走吧，再遲就走……」

話聲突又停頓，黑暗中，只聽一陣輕微的腳步聲，蹬！蹬！蹬……一步接著一步，隱隱傳來，每一腳都似踩在眾人心上。

眾人情不自禁，俯下身子，嘶聲道：「什……什麼人？」

只聽外面一人沉聲道：「你是什麼人？」

一笑佛、朱七七雙拳護胸，勝瀅、莫希掌中緊緊捏著暗器，但見一道火光，自門外照射而入。足聲突然停留在門外。

微弱的火光中，一笑佛閃身掠到門後，向勝瀅打了個手式，勝瀅乾咳一聲，道：「門外的朋友請進來。」

外面黯然半晌，突有一隻手掌自門後伸出，一掌擊在石門上，只聽「砰」的一聲大震，那沉重的石門，竟被震得移開數尺，一笑佛自也無法在門後藏身，凌空後掠數尺，石門豁然而開。門外人影一閃，「子午催魂」莫希悶聲不響，揚手一把毒針撒出。但聞一片叮叮輕響，毒針全都打在石門上，這稱雄一世的暗器名家「子午催魂」，此刻心虛手軟，竟連暗器也失了準頭。

火光閃動間，一條大漢，高舉火把當門而立。身形有如金剛般挺得筆直，被身後無盡的黑暗一襯，更顯得威風凜凜。不可逼視。眾人這才瞧清，此人便是那鳶背蜂腰，鷹目闊口的大漢，顯見他將妻女送回客棧後，便又去而復返。

莫希喘了口氣，道：「原來是你。」

那大漢冷冷道：「朋友不分皂白，便驟下毒手，不嫌太魯莽了麼？」

莫希咯咯乾笑一聲，道：「這……」

一笑佛忽然厲聲道：「此時此刻，人人性命俱是危如累卵，自是先下手的爲強，縱然錯了，也比被人取了性命得好，朋友你若還不肯說出姓名來歷，我等不辨敵友，還是難免要得罪的。」

那大漢怒道：「某家難道也是這古墓中的幽魂不成？」

一笑佛道：「這也難說得很。」

那大漢仰天笑道：「你定要瞧瞧某家來歷，也未嘗不可，但我卻先要問你，可知道昔年大悲上人臨去時所唸的四句偈語麼？」

一笑佛忖思半晌，面色又變，沉聲道：「莫非是，白雲重出日，紫煞再現時，莽莽武林間，大亂從此始！」

那大漢厲聲道：「不錯，這一代高僧，十年前便似已能預見武林今後之災難，是以唸出這最後四句禪偈，方自含淚而去，其意乃是說只要紫煞手重現江湖，武林中的大亂之期便又要到了。」

一笑佛大喝道：「這與你又有何關係？」

那大漢狂笑道：「你且瞧瞧這是什麼。」

狂笑聲中，緩緩伸出手掌，火光閃動下，只見他一隻手掌，五指竟似一般長短，掌心赫然竟是深紫顏色，發出一種描敘不出的妖異之光。

眾人齊地大驚，脫口道：「紫煞手。」

那大漢一字字深深地道：「不錯，亂世神龍紫煞手……」

莫希嘶喝道：「好賊子，安陽五義原來竟是被你殺死的。」手掌疾揚，又是一把暗器撒出。

那「亂世神龍紫煞手」厲喝一聲，揮手之間，便將暗器全部劈落，口中厲喝道：「你瘋了麼？胡說什麼？」

莫希咬牙切齒，怒道：「安陽五義明明是死於紫煞手下，除你之外，還會有誰能使紫煞手？你……你還他們五人性命來吧。」怒喝聲中便自和身撲上，一掌拍向那大漢胸膛，但掌勢還未發出，便被沈浪輕輕托住了手肘，莫希嘶喝道：「你……要做什麼？」

沈浪道：「莫兄請冷靜一些，仔細想想，安陽五義被害之時，這位兄台正與你我同在一起，又怎能分身前來這裡？」莫希呆了一呆，手掌垂落。

那大漢怒道：「這究竟怎麼回事？這廝來到這裡，莫非已被駭瘋了不成？」

沈浪抱拳笑道：「不敢請教兄台，據聞昔年塞上神龍柳大俠，有位獨生愛女，自幼生長於塞外萬里大漠之間，卻不知與閣下……」

大漢截口道：「那便是拙荊。」

沈浪道：「不想閣下竟是柳大俠高婿，失敬失敬。」語聲微頓又道：「武林中人人俱知紫煞手陽剛之勁，舉世無傳，但必需純陽男子之體才能練成，而昔年毒手搜魂師徒同時遇難，要命神丐生性孤僻，更無後人，塞上神龍柳大俠也唯有一女，是以江湖間都只當威名赫赫的『紫煞手』，已將從此絕傳，卻不想柳大俠的千金自身雖不能練得此等掌力，卻將練功秘訣相授於兄台，武林絕技，從此得傳，當真可賀可喜。」

那大漢嘴角微露笑容，緩緩道：「兄台年少英俊，敘及武林掌故，如數家珍一般，想必亦屬名門子弟。」

沈浪道：「在下沈浪，小卒耳，兄台高姓？」

那大漢道：「鐵化鶴。」

沈浪拊掌笑道：「亂世現神龍，斯人已化鶴，名士自有佳名。」

鐵化鶴哈哈笑道：「兄台言詞端的風雅得很。」眉宇間一股肅殺之氣，在沈浪三言兩語中便已消失無形。

沈浪斂去笑容，沉聲道：「但當今江湖之中，除了鐵兄之外，必定還有一人亦自身懷『紫煞手』秘技，只是兄台尚不知情而已。」

鐵化鶴皺眉道：「怎見得？」

沈浪當下便將安陽五義中大義士金林，身中「紫煞手」而死之事，一一說了出來，鐵化鶴面色立時大變，厲聲道：「不想這古墓之中，竟有如許怪事，毒手搜魂一門死絕，要命神丐亦無後人，那麼這『紫煞手』乃是自哪裡學來的，某家今日好歹也得探個明白。」高舉火把，大步走了進去。

一笑佛大笑道：「對，還是這位鐵兄夠膽氣，不入虎穴，焉得虎子？」與鐵化鶴並肩走入了右面第一道門戶，回首道：「莫希、勝瀅，你們敢來麼？」

莫希、勝瀅對望一眼，終於硬著頭皮走了進去。

朱七七瞧著沈浪，道：「咱們呢？」

沈浪舉目望去，只見鐵化鶴等四人身形都已轉入門後，火光漸漸去遠，嘴角突然泛起一絲奇異之笑容，瞧著火孩兒道：「你說怎樣？」

火孩兒顫聲道：「咱們還是走吧，這裡必定有……」

「鬼」字還未說出，沈浪突然出手如風，拇、食、中三指，緊緊扣住了火孩兒脈門間穴道經脈，左掌一抬，拍了他肘間曲池大穴。

朱七七大駭道：「你這是做什麼？」

沈浪道：「你還當這是你八弟麼？」左手晃起火摺，交給朱七七，厲聲又道：「你瞧瞧他是誰。」隨手扯下了「火孩兒」面具，露出一張雞皮鶴髮的面孔——原來火孩兒入洞之時，便已變做花蕊仙了。

朱七七更是大驚失色，道：「八弟呢？你……你將他怎樣了？」

花蕊仙驟然被制，亦是滿面驚惶，垂首道：「老八被我點了暈穴，用皮裘包住，藏了起來，一時間絕不會出事。」

朱七七這才想起自己入洞之時，火孩兒隔了半晌方自追來，在洞外便曾驚呼一聲，想必在那時便已被花蕊仙做了手腳，入墓後她雖也發現「火孩兒」聲音有些變了，只當他是受驚過甚，又著了涼，聲音難免嘶啞，是以竟未曾留意。

此刻她驟然發現花蕊仙竟如此相欺於她，心中自是驚怒交集，頓足道：「你……你爲何要對他如此？你瘋了麼？」花蕊仙頭垂得更低，朱七七道：「你說話呀，說話呀……我倒要聽聽，你爲了什麼竟使出這種手段對付我。」

沈浪沉聲道：「她對付的又不止是你一人，方才門外有綠火一閃，也是她弄的手腳，等到別人目光都被吸引時，她便將桌上的鐵牌藏起了，然後又悄悄打了那莫希一拳，別人都將她當做個孩子，自不會疑心到她，至於她在黑暗中大嚷有人擰了她一下，那自然更是她自己在故弄玄虛……」語聲微頓，一笑又道：「也就因爲這最後一次，才被我看出破綻，試想她面上根本戴著面具，又有誰能在她臉上擰一下？」

朱七七更是聽得目定口呆，呆了半晌，方自長長喘了口氣，道：「原來是她，全是她，倒真的險些把我駭死了。」

沈浪微微笑道：「險些被她駭死了的，又何止你一個？」

朱七七道：「我們全家一直待她不薄，她如何反倒要幫這古墓中的怪物來駭我們？還把老八也制住了……」愈說愈是氣惱，忽然反手一掌，摑在花蕊仙臉上：「你說，爲什麼？爲什麼？爲什麼？」

花蕊仙霍然抬起頭來，凝目望著朱七七，目光中散發著一種懷恨而怨毒的光芒，但卻仍然緊緊閉著嘴，絕不肯說出一個字來。朱七七與她相處多年，從未見到她眼神如此狠毒，只覺心頭一寒，突見花蕊仙嘶吼一聲，拚盡全力，飛起兩足，踢向沈浪下腹。

沈浪輕輕一閃，便自躲過，花蕊仙似已被朱七七一掌激發了她兇惡的本性，此刻竟有如一隻發狂的野獸般，拳打足踢，怎奈脈門被制，連沈浪衣袂也沾不到，花蕊仙張嘴露出了森森白牙，一口往沈浪手背咬了下去，沈浪反手一提，便已將她手臂拗在背後。

花蕊仙縱有通天的本事，此刻也無法再加反抗，但面上所流露出的那種乖戾兇暴之氣，卻仍然叫人見了心寒。

沈浪柔聲道：「我知道你在古墓中故意造成一種恐怖意境，只是要我們快些退出此地，但這是爲了什麼？莫非這古墓中有什麼秘密，你不願讓我們知道？莫非你竟和這古墓有什麼關係？只要你好生說將出來，我絕不會難爲你。」

花蕊仙嘶聲道：「你放手，我說。」

沈浪微笑道：「我放了手，便再難抓住你了。」

花蕊仙低吼一聲，身子倒翻而起，雙足自頭頂上反踢而出，直踢沈浪胸膛，但沈浪手掌一抖，便又將她雙足甩了下去，花蕊仙咬牙切齒，道：「好，你折磨我，我要教你死無葬身之地，我要將你舌頭拔出，眼睛挖下，牙齒一隻隻敲碎，頭髮一根根拔光……」

朱七七駭得驚呼一聲，顫聲道：「住口……你……你莫要再說了。」

花蕊仙獰笑道：「我說說你就害怕了麼，等我真的做出了，你又當如何，快叫他放手，否則……」

朱七七頓足道：「你受傷將死，我家收容了你，你被人冤曲，我想盡法子替你出氣，你昔日作孽作得太多，有時半夜會做惡夢，我晚上就陪著你，那知……那知我換來竟是如此結果……」說著說著語聲漸漸咽哽，兩行清淚，自雙目中奪眶而出。

花蕊仙怔了一怔，垂下頭去，乖戾的面容上，露出一絲慚愧之色，張口似乎要說什麼，但終於還是一個字沒有說出。

沈浪緩緩道：「你爲何如此做？你爲何直到此刻還不肯說？莫非這古墓中有個什麼人，你必定維護著他，這人莫非是你的姐妹兄弟……」

花蕊仙厲喝一聲，叫道：「你怎會知道？」語聲出口，才發覺自己說漏了嘴，怒罵道：「小畜牲，你……你休想再自我口中騙出一個字來。」

沈浪臉色微變，但仍是心平氣和，緩緩說：「想不到花夫人你竟還有兄弟姐妹活在世上，你爲著他們，也該說的，說出來後，我也可幫你設法，否則今日縱被你將我們騙出去了，但這古墓的秘密，既已傳說出去，遲早總有一日，要被江湖豪傑探個明白，那時你後悔只怕也來不及了。」他語聲雖平靜，卻帶著種奇異的懾人之力。

火光下，只見花蕊仙雙目之中，突也流下淚來，頓聲道：「我說出來，你會幫著我麼？」

沈浪道：「我若不幫著你，方才爲何不當著別人揭穿你的秘密，你是聰明人，這道理難道還想不通？」

花蕊仙咬一咬牙，道：「好，我說，二十年前，我們就知道這裡有個藏寶的古墓，那時我

十三天魔雖正值橫行武林之際，但時時刻刻都得防備著仇家追蹤，是以也無暇前來挖寶，後來衡山一役，十三魔幾乎死得乾乾淨淨，我也只有將這古墓的秘密，永遠藏在心底，想不到這秘密終於被人發現了。」

朱七七動容道：「你爲了維護這古墓的秘密，不讓別人染指，所以就使出這手段來麼？」

花蕊仙蒼老的面容，起了一陣抽搐，道：「不是。」

朱七七訝然道：「那又是爲了什麼？」

花蕊仙道：「只因……只因我發覺在古墓中這些中毒被殺的人，全是被『立地銷魂散』毒死的，而這『立地銷魂散』，卻是我花家的獨門秘方，普天之下，只有我大哥『銷魂天魔』花梗仙能夠配製。」

沈浪、朱七七陡然地聳然變色，朱七七駭然道：「銷魂天魔花梗仙，豈非早已在衡山一役中喪命了麼？」

花蕊仙道：「衡山一役，到了後五天中，情況已是大亂，每日裡都有許多不同之謠言傳出，但誰也不知道真象如何，那時當真是人心惶惶，每個人都已多少有了些瘋狂之徵象，我十三天魔本自分成兩幫覓路上山，到後來卻已四零八散，我只聽得大哥花梗仙死在亂雲澗中，卻始終沒有見到他的屍首。」

朱七七道：「如此說來，你大哥死訊可能是假的。」

花蕊仙緩緩道：「想來必是假的。」

朱七七道：「如……如此說來，莫非你大哥此刻便在這古墓中不成？」

花蕊仙垂眉斂目，冷冷道：「想來必是如此，『立地銷魂散』既在這古墓中出現，『銷魂天魔』自然也在這裡了。」

沈浪突然微笑道：「那『立地銷魂散』，說不定乃是你大哥的鬼魂在墓中煉製的亦未可知。」

花蕊仙身子一震，但瞬即獰笑道：「在這古墓中，縱是我大哥的鬼魂，我也要幫著他的，絕不能容外人前來騷擾。」突然用左手自懷中掏出一面鐵牌，又道：「你又認得這是什麼？」

沈浪就著朱七七手中火摺光亮，凝目瞧了兩眼，只見那黝黑的鐵牌上，竟似隱隱有煙波流動，瞧得愈是仔細，感覺這小小一塊鐵牌上，竟似含有蒼穹險暝，雲氣開闔之勢，變化萬端，不可方物，沈浪不禁微微變色道：「這豈非昔年天下第一絕毒暗器『天雲五花綿』的主人，雲夢仙子之『天雲令』麼？」

花蕊仙道：「果然有些眼光。」

朱七七駭然道：「威震天下之『天雲令』突然重現，雲夢仙子那女魔頭莫非也未死麼？」

花蕊仙緩緩道：「別人之生死，我雖不敢斷定，但這雲夢仙子昔年死在『九州王』沈天君『乾坤第一指』下時，我卻是親眼見到的。」

朱七七變色道：「死人的東西，怎……怎會在這裡？」

花蕊仙冷冷道：「『紫煞手神功』、『立地銷魂散』、『天雲令』，這些有哪件不是死人的東西？而如今卻都在這古墓中出現，可見這古墓中鬼魂非只一人，我與他們生爲良朋，死爲鬼友，豈容他們靈地爲外人所擾，你們還是快快出去吧，否則也要與一笑佛、鐵化鶴他們同樣的下場了。」

沈浪悚然道：「他們如何下場？」語聲未了，突然發覺一笑佛、鐵化鶴這些人走進去的那扇門戶，竟已不知在何時無聲無息地關了起來，沈浪等專神留意著花蕊仙，竟未發現。

朱七七不禁駭然大呼道：「這……這扇門……」

花蕊仙縱聲大笑道：「你們此刻才發覗麼？……這古墓之中，又添了幾個義鬼，我留在這裡，怎會寂寞？……但念在昔日之情，我勸你們還是快快走吧……」淒厲的笑聲，聽來當真令人毛骨悚然。

沈浪目光轉動，斷定這八扇門戶，確是依「八卦」之理所建，不禁皺眉道：「他們走的這扇乃是生門，怎會成爲絕地？」拉著朱七七掠過去，全力一掌，拍在門上，只聽「砰」地一聲大震，石門紋風不動，顯見這石門之沉厚，卻非任何人力所能開啓。

石門的震擊聲，淒厲的狂笑聲，四下回應，有如雷鳴。

忽然間，十餘個身持火把，腰佩利刃的大漢，自門外一擁而入，原來四下迴聲，掩住了他們的腳步聲，是以直到他們入門後，沈浪與朱七七方才發覺，齊地駭然回顧，只見當中兩人，竟是那彭立人與萬事通。

沈浪道：「彭兄居然真的來了，倒教在下……」

一句話未曾說完，彭立人身後突有幾人狂吼而出，道：「小賤人，原來你在這裡，爺倒追你追得好苦呀。」這幾人正是那「穿雲雁」易如風、「撲天鵰」李挺、「神眼鷹」方千里，與那「威武鏢局」之總鏢頭展英松。

原來他幾人一路追至沁陽，雖未追著朱七七，卻見到了彭立人，彭立人與他們才是素識，一見他們之面，就忙著將這古墓的秘密說出，而且定要催著他們到古墓中一瞧究竟，方千里與展英松等人本是好事之徒，被彭立人萬事通再三鼓動，便齊地來到這裡。

朱七七眼波一轉，悄聲道：「不好，對頭找上門來了……」身形突然斜斜掠起，閃入了另一重門戶，卻偏偏還要回首笑道：「這裡面可全都是厲鬼冤魂，你們可敢過來麼？」眼角有意無意間向沈浪一瞟，沈浪暗中跺了跺腳，只得拉著花蕊仙，相隨而入。

「撲天鵰」李挺怒喝道：「你就算跑到鬼門關，李某也要追去。」長刀出鞘，身形乍展，卻已被方千里一把拉住。

但見白衣飄拂，朱七七已沒入黑暗中。

沈浪追過去，沉聲道：「你好大的膽子，怎地如此輕易闖入？」

朱七七輕笑道：「一不做二不休，花蕊仙說得愈是怕人，我愈是要看個清楚，反正咱們有她陪著，她哥哥無論是人是鬼，總得給咱們留下點情面，何況，與其叫我落入方千里那群人手中，還不如索性被鬼弄死得好。」

沈浪嘆道：「你這樣的脾氣，只怕連鬼見了都要頭疼。」

突聽「嘩」地輕輕一響，身後的石門，又緊緊關起，將門外的人聲與火光，一齊隔斷，朱七七手中火摺已熄，四下立時被黑暗吞沒。

門外的「撲天鵰」李挺正在向方千里厲聲道：「大哥怎地不讓我追，莫非又要眼見這賤人逃走了不成。」

方千里冷笑道：「他們走的乃是『死門』，反正也休想活著回來了，咱們追什麼？」話猶未了，果然有一道石閘落下，隔斷了門戶。

李挺悚然道：「好險，若非大哥還懂得奇門八卦之學，小弟此刻只怕也被關在裡面了。」

方千里兩眼一翻，冷冷道：「話又說回來了，這古墓中所藏如若是人，奇門八卦之術自然有用，這古墓中所藏若是鬼魂……嘿嘿，只怕縱然諸葛武侯復生，也一樣要被困在絕路之中。」

「穿雲雁」易如風沉聲道：「那丫頭既已被逼得走入絕路，咱們這口怨氣總算已出，不如就此全身而退，也免得多惹事故。」

展英松等人俱都沉吟不語，顯見心裡已有些活動，要知這些人雖然俱是膽大包天的角色，但見了這古墓中之森森鬼氣，仍不覺有些心寒。

萬事通與彭立人偷偷交換了個眼色，彭立人突然大聲道：「這古墓中藏寶之豐，冠於天下，咱們入了寶山，可不能空手而回，無論這裡藏的是人是鬼，咱們這些人也未見怕了他們。」

萬事通悠悠道：「各位若是怕了，不妨退去，但我與彭兄麼……嘿！好歹都是要闖上一闖的。」

展英松怒道：「誰怕了，我『威武鏢局』門下，從無臨陣退縮之人，咱們闖。」立有七八人哄應一聲，搶步而出。

神眼鷹方千里冷冷道：「我『風林三鳥』，也未必是怕事的人，但卻也不是單逞匹夫之勇的魯莽之徒，咱們縱然要闖，也得先要有個通盤之計，展總鏢頭，你說愚兄可有道理？」

展英松道：「依方兄之意又待如何？」

方千里道：「咱們這些人，正好分做兩撥，一撥前去探路，一撥留此接應，一面連以長索，以免探路的人迷失路途，走不回來。」

彭立人拊掌道：「方兄果然計慮周詳，但，誰去探路？」

方千里道：「待我與展總鏢頭猜枚定賭局，負者探路。」

展英松道：「就是這麼說。」

方千里將一隻手藏在背後，道：「總鏢頭請猜我手指單雙。」

展英松沉吟半晌，道：「單。」

方千里微微一笑，伸出兩根手指，道：「雙。」

展英松厲聲道：「好，咱們去探路，威武門下，跟著我來。」

彭立人冷忖道：「這方千里當真是個老狐狸，他手掌藏在背後，展英松賭單，他便伸出兩指，展英松賭雙，他便伸出五指，如此賭法，賭到明年，展英松也休想勝上一盤，只是……今日你們既已入了古墓，便休想有一個人直著走出去，勝負又有何兩樣？」當下大聲道：「小弟陪展兄一同探路。」

方千里取出一盤長索，將繩頭交給了展英松，道：「總鏢頭且將繩頭縛在身上，長索盡時，無論走到哪裡，總鏢頭都必須回來，一路上也必須留下標誌，如若半途有變，總鏢頭只需將長索一扯，我等立去接應。」

展英松道：「知道了。」將繩頭繫在腰間，大喝道：「跟我來。」高舉火把，大步當先，走入了一重門戶，隨行之鏢頭中，突有一人顫聲道：「這道門若是也落下來，咱們豈非要被關在其中？」

李挺道：「這個無妨，此門若有石閘落下，我與易三弟還可托住一時，那時展大哥扯動繩索，各位便可趕緊回來。」

展英松大笑道：「人道『撲天鵰』非但輕功卓絕，而且還具有一身神力，看來此話果然不虛……如此，就有託李兄了。」聲落，和彭立人及手下鏢頭，九人魚貫而入，九隻火把，將門內石道照得一切通明。

直待九人身形去遠，李挺叫道：「展英松倒也是條漢子。」

方千里冷冷道：「只可惜太蠢了些。」

展英松當先而行，腳步亦是十分沉穩，但是這秘道頂高兩丈，四面皆石，曲折綿長，似無盡頭。石道兩旁也有著一扇扇門戶，但都緊緊關閉，推之不開。

彭立人卻遠遠壓在最後，手持雙刀，面帶微笑，一副心安理得之態，似乎深信這些人都死光了，他也絕不會有任何兇險。走了段路途，彭立人長刀突展，將繩索割斷，前行之人，自然誰也沒有瞧見，彭立人這才趕上前去，沉聲道：「展兄有何所見？」

展英松搖頭嘆道：「想不到這古墓竟有這般的大……」突見前路一扇門戶，竟開啓了一半，門裡竟似隱隱有火光閃動，展英松心頭一震，駭然道：「這裡莫非還有人在？」一步掠了過去，探首而望。

只見門裡乃是一間六角石室，六角分放著六具銅棺，當中竟還有一盞銅燈，發出像鬼火般光芒，此外別無人蹤，這銅燈也不知是何人燃起的，何時燃起的，綠慘慘的火光映著綠慘慘的銅棺，一種詭秘恐怖之意，令人幾將窒息。

展英松長長喘了口氣，道：「進不進去？」

彭立人沉吟道：「你我不如拉動繩索，讓方兄等人進來再作商議。」

展英松道：「好。」反手扯著繩索，扯了一陣，只覺繩索空蕩蕩的，毫無著力之處，展英松面色微變，猛力收索，突見繩頭又現，這才發現長索竟已斷了，眾人齊地驚呼，一人道：「咱們快退吧，」

彭立人跺足道：「這……這是誰弄的手腳？此刻事變已生，再退也來不及了，不如索性往裡面闖一闖，好歹瞧個究竟。」

展英松沉吟半晌，猛一頓足咬牙道：「生死由命，富貴在天，展英松今日若要死在這裡……唉，就死吧，闖。」身形一閃，入了石室。

彭立人道：「我來守著這道門戶，各位請進。」眾人面色蒼白，腳步猶疑，彭立人目光一閃又道：「那銅棺之中，說不定便是寶藏所在之地……」話猶未了，眾人已蜂擁而入，彭立人嘴角泛起一絲獰笑，腳步一縮，突然將那石門一推，門裡暗藏機簧，「咯」的一聲，便關得死死的了。

門內人發現不好，驚呼出聲時，石門已閉，瞬即將驚呼之聲隔斷。這時石道中突有一條灰影閃出，行動間了無聲息，彭立人還未覺察，只是獰笑低語道：「展英松，你莫怪我，這……」

突聽身後響起一個冷冰冰的語聲，陰惻惻截口道：「這件事你辦得不錯，現在，快回去扯動那根斷索，好教方千里等人進來送死。」

彭立人辨出這語聲正又是那灰袍人發出的，雙膝雖已駭得發軟，但仍勉強顫抖著舉步而行。只聽那鬼魅般語聲又道：「一直走，別回頭，對你自有好處，你若想回頭偷看，便教你與他們一般下場。」

在外面，方千里目光凝注著長索，李挺、易如風，緊立在展英松走入的那扇門戶兩旁。長索漸盡，突然不再動了。方千里自不知繩索已斷，只是皺眉沉吟道：「展英松爲何不往前走了，莫非已發現了什麼……」

眾人屏息靜氣，等候動靜，只覺這時間實是過得緩慢無比，眾人手腳冰冷，呼吸漸漸沉重，也不知過了多久……突見繩索被扯動三下，過了半晌，又扯動三下，李挺聳然道：「裡面有變，咱們去接應。」

方千里冷笑道：「你真要去接應麼，莫非要陪他送死？」

李挺呆了一呆，道：「這……」

萬事通目光一轉，突然說道：「展英松只怕在裡面發現了藏寶亦未可知，各位不去，在下卻要進去的。」展動身形，掠了進去。

方千里陰沉的面色，亦已動容，默然半晌，突也大聲道：「咱們與展某雖無交情，但江湖道義卻不可不守，走，進去助他一臂。」率領手下，亦是一擁而入，李挺、易如風雙雙斷後。

萬事通暗笑忖道：「老狐狸，滿腹陰險，滿口仁義，明明是貪得寶藏，偏偏還要嘴上賣乖，但這次也要叫你這老狐狸有進無出。」眾人方自走出一箭之地，身後門戶已然緊緊關閉。

易如風首先發覺，大喝道：「不好，咱們中計了。」

方千里自也大駭，反身察看，但集眾人之力，也休想將那石門動彈分毫，方千里悚然道：「今日你我已是有進無退，索性往裡闖吧。」又走了兩箭之地，便赫然發現那已被斬斷的繩頭。

眾人更是大驚失色，李挺顫聲道：「展……展英松他們到哪裡去了？莫非已遭了毒手？」

方千里面寒如鐵，閉嘴不答，目光凝注著前方一步步走了進去，眾人雖然心寒膽怯，但事已至此，只得跟在他身後。突然一道緊閉著的石門前，有隻已熄滅的火把，火把雖滅，猶有餘溫，可見熄滅還未多久。方千里拾起火把，容顏更是駭人，緩緩道：「這正是他們拿進來的，看來……」戛然住口，再向前行。

他話雖未說出，但眾人自已知他言下之意，正是說展英松已是凶多吉少，人人心中除了恐懼之外，又不覺加了一分悲痛。但此時多言亦無益，眾人只有閉著嘴巴，硬著頭皮前行，前面突然發現出三條岔路，三岔路口上，赫然竟有條血淋淋的手臂，鮮血猶未凝固，手掌緊握成拳，唯有食指伸出，指著左面一條路。右面一條路上，火光可照之處，一路竟都是枯骨，有的完整，有的震散，有的枯骨手中，還握著刀劍，閃閃寒光，森森白骨，襯托出一種淒迷詭異之畫面，有如人們在噩夢中所見景象一般。

李挺倒抽口冷氣，道：「還……還往前走麼？」

方千里道：「不走又如何？」

李挺道：「但前面也似是……死……死路一條。」

方千里冷冷道：「本就是死路一條。」

李挺嘶聲道：「這古墓中人，爲何定要將咱們全都置之死地？」

方千里沉聲道：「此番被誘入這古墓之人，來歷不同，互相亦毫無關係，但古墓中人卻要將這些人置之死地，可見絕非爲了仇怨……」

易如風道：「卻又是爲了什麼？」

方千里道：「依我看來，這古墓中必定蘊藏著一個絕大陰謀，這陰謀也似乎正是武林動亂之前奏，你我便都成了這次陰謀中之祭品。」

萬事通道：「方兄已認定這古墓是人非鬼麼？」

方千里冷笑道：「世上哪有什麼鬼魂，除非……」突聽身後傳來一聲冷笑，方千里毛髮立時爲之悚然，一齊轉身望去。

但見後面石道空蕩蕩，哪有一條人影，再回頭時，那條血淋淋的手臂，已改變了方向，手指赫然已指著中央一條道路。眾人再也忍不住，放聲驚呼起來，也不知是誰，顫聲呼道：「這……這……這不是鬼是什麼？」

方千里飛起一步，將斷臂踢開，大喝道：「是鬼我也要鬥一鬥。」展動身形，向中央一條道路衝了過去。

萬事通面上泛起一絲詭秘之笑容，悄悄俯下身子，抹去了足尖一點血跡——這血跡自是他在暗中將斷臂踢得方向改變時留下的。只見「風林三鳥」與門下弟子都已奔入中央那條秘路，萬事通方自舉步跟去，突有一條手臂，扯住了他衣角，一個灰衣人，自石壁間走出，站到他身後，陰惻惻笑道：「你也要跟去送死麼？」

萬事通渾身發抖，道：「小……小人……」

灰衣人道：「你還有用，我怎會要你死？記著，往右面那條滿佈枯骨的路上走去，你那朋友彭立人自會來接應於你。」

萬事通道：「知……知道了……」突聽中央道路那方，傳來「風林三鳥」等人一聲驚呼，但慘厲的呼聲方自發出，又被一齊隔斷，萬事通身子足抖了盞茶時分，漸漸平息，四面靜寂如死，火光下，那血淋淋的手臂更是淒艷可怖，萬事通忍不住偷偷回望一眼，身後哪有人影？那灰衣人鬼魅般出現，此刻竟又鬼魅般消失了。

「風林三鳥」與門下弟子奔入中央那條通路，方自彎過兩個轉折，突見前面一間石室，洞開的門戶中，隱隱有珠光寶氣映出。方千里精神一振，喜道：「看來咱們這條路果然選對了！」當先掠入門戶，但見石室之中，並排放著四口石棺，棺蓋俱已掀開，四口石棺之中，竟滿堆著不知名的奇珍異寶，輝映著奇異的光采。

「風林三鳥」雖也都是大秤分金的武林豪強，但一生中卻也未曾見過這許多珍寶，目光瞥過，忍不住脫口驚呼出聲來。風林門下弟子，更是驚得目定口呆，呆了半晌，突然齊地歡呼一聲，飛撲過去，各自伸手攫起了成串的珠寶。

那知珠寶入手，突然碎裂，一連串多采的水珠，自碎裂的珠寶中飛激而出，濺在風林門下弟子們的身上、手上、面上，風林門下弟子只覺水珠觸處，有如火炙一般，慘呼一聲，翻身跌倒。但見只要是水珠所濺之處，無論衣衫、肌肉、毛髮，在剎那之間，便已完全腐爛，直爛入骨，而風林弟子也在這一剎那間，便已疼得滿地翻滾，全身痙攣，那模樣當真是慘不忍睹。風林三鳥雖是滿心驚怖，卻又生怕也被毒汁所染，竟不敢伸手去觸及他們弟子的身子。只見弟子們掙扎漸停，呼聲漸微，終於在一陣劇烈的顫抖之後，動也不再動了，而那入骨的腐爛，卻已蔓延更廣，幾個精壯剽悍的小伙子，眼見在轉眼間便要化做一堆白骨，方千里又是驚心，又是心疼，嘶聲道：「好毒……好毒……」突然一聲輕響，回首望處，他們身後的石門也關上了。

且說沈浪、朱七七與花蕊仙三人，自石門落下後，便置身一片黑暗中，咫尺之間也難見對方面目。沈浪更是緊抓住花蕊仙手腕不放，朱七七卻伸手勾住了沈浪的脖子踮起足尖，嬌靨貼上了沈浪的面頰，輕輕嘆息一聲，道：「真好……」

花蕊仙冷笑道：「人都快死了，還好什麼？」

朱七七悠悠道：「我能在這夢一般的黑暗中，相依相偎，縱然死了，也是好的。」輕輕一擰沈浪耳朵，道：「我不要有第三人在我們身旁，你……你放開她的手，讓她走吧。」

沈浪道：「小姐，你雖然想死，我卻還沒有活夠，我不放她的。」

朱七七轉過頭，狠狠咬了他一口，恨聲道：「你這個無情無義，不解風情的小畜牲，我恨死你了，我……我真想咬死你。」

花蕊仙冷冷道：「快咬快咬，愈快愈好。」

沈浪扳開朱七七的手，道：「拿來。」

朱七七道：「拿什麼？」

沈浪道：「火摺子。」

朱七七道：「沒有了。」

沈浪緩緩道：「我瞧見你將火摺熄滅，藏在左面懷裡，還用一塊白色的手帕包著，是麼？」

朱七七連連跺足道：「死鬼，死鬼，……拿去死吧。」掏出火摺子，擲了過來。

雖在黑暗之中，但沈浪伸手一接，便將火摺接住，一晃即燃，只見朱七七雙頰嫣紅中，眼波中流露的也不知是恨？是愛？

沈浪微微一笑，道：「有了火光，便可往裡闖了，走吧。」

朱七七道：「誰要跟你走。」跺著腳，轉過身子，過了半晌，還是忍不住偷偷回眼一瞟，卻見沈浪已拉著花蕊仙走了。

朱七七咬一咬牙，大聲道：「好，你不管我，你走吧，我，……我就死在這裡，看你怎麼樣。」

沈浪頭也不回，笑道：「你瞧你身後有個什麼人？莫要被他……」話未說完，朱七七已「嚶嚀」一聲，奔了過去，舉起粉拳，在沈浪肩上搥了十幾拳，口裡雖連聲罵著：「死人，我掐死你。」但落手卻是輕輕的，口裡雖在說：「我偏不跟你走。」但腳下還是跟他走了。

三人走了半晌，但見一重門戶半開，門裡有棺，棺上有燈，朱七七道：「這裡莫非有人，我進去瞧瞧。」方自舉步，還未入門。

突聽沈浪輕叱道：「進去不得。」

朱七七道：「爲什麼，我就偏要進去。」

沈浪嘆道：「姑娘，你難道還瞧不出這是對方誘敵的陷阱？你若進去，門戶立刻就會關上。」

朱七七轉了轉眼波，突然「噗哧」一笑，道：「算你聰明。」

三人再往前行，又走了半晌，但見前面三條岔路，路口一條血淋淋的斷臂指著左方，右方的道路，隱隱可見死人白骨。

朱七七眨了眨眼睛，道：「咱們往中間這條路走。」

沈浪一沉吟，道：「常言道：實中有虛，虛中有實，右面這條路，看來雖兇險，但是通向這古墓中央的唯一道路，而這古墓的秘密樞紐，也必定是在墓之中央，中間這條路，是萬萬走不得的。」

朱七七道：「外面爲何卻有八道門戶？」

沈浪道：「如今我已看出，外面那八道門戶，俱是疑兵之計，這八條道路非但全都一樣，而且必是通向同一終點，只是每條道路上，必有許多岔路，也必有許多陷阱，只要我等能避開陷阱，踏上正路，便必能探出此間最終之秘密。」說話之間，三人俱已走入了右面那條道路。

花蕊仙冷笑道：「花梗仙行事從來最是謹慎小心，你們萬萬不會探出他之秘密的，還是快回去吧，又何必要送死？」

沈浪非但不睬她，根本瞧也不瞧她一眼，突聽朱七七一聲歡呼，道：「對了……對了，咱們必定走對了。」只見她手指一處，光華燦爛，一間石室中，竟滿是奇珍異寶。

花蕊仙臉色大變，朱七七雖然生長在大富之家，但無論哪一個年輕的少女，見著這麼多珠寶，總難免由心底深處發出一種喜愛之情，忍不住奔過去要抓起那些珠寶，輕輕撫摸，仔細瞧瞧，哪知她手掌方伸出，又被沈浪一把拉住。

朱七七道：「拉我手做什麼?」

沈浪道：「你生長大富之家，難道未看出世上哪有光華如此燦爛之珠寶?這其中必有古怪之處，你若想活著探出此間之秘密，還是莫要動它得好。」

朱七七咬了咬嘴唇，道：「好，再聽你一次。」

花蕊仙又自冷笑道：「算你聰明，這一手又是花梗仙的拿手好戲，這珠寶外殼乃是他秘方所製，其中滿貯毒汁，無論是誰，一觸即死……嘿嘿，但你也莫要得意，花梗仙素來心靈手巧，你縱能識破他這一手，他還不知有多少花樣在等著你哩，我看你不如快些放開我，他瞧我的面子，只怕還可放過你們。」

她嘮嘮叨叨說了一大套，沈浪還是不理她，再往前行，轉折愈多，忽然間，一條人影自左方掠出，右方隱沒。就在這身形一閃間，他已揚手發出四道灰慘慘的光華，夾帶風聲，直擊沈浪、朱七七與花蕊仙三人。

兩人相距既近，又是驟出不意，再加上秘道黝黯漫長，縱有火摺微光映照，仍是朦朧不明，這四道來勢如此迅急之暗器，本非任何人所能抵擋，那知沈浪右手突然劃了個圓弧，竟似有一種無形無影之引力，將這三道暗器，全都吸了過來，「噗，噗，噗」三聲，三通灰光，俱都投入沈浪袖中。

朱七七又驚又佩又喜，定了定神，眼角一瞥，已瞧出這三道暗器，竟是三枝打造奇特，灰光閃閃的九寸短箭。這下朱七七再也忍不住，顫聲道：「箭……箭……莫非這就是那……那死神手中射出來的？」

沈浪撕下片衣袖，墊在手裡，把三根箭一根根拔出來，雖然中間隔了塊布，但沈浪觸手之處，仍覺一片奇寒徹骨。他面上雖不動聲色，但心中又已不禁充滿驚異，就著火摺微光，注目瞧了幾眼，雙眉立刻展開，長笑道：「原來如此。」

朱七七面上神情，亦是又驚又喜，竟已拍起手來，道：「原來如此……原來這死神弓中射出的鬼箭，看來雖是那般神妙，其實也不過如此而已。」

只聽甬道曲折間，隱隱約約，又傳來那懾人的歌聲，「冷月照孤塚，死神夜引弓，燃燈尋白羽，化在碧血中。」這歌聲方才聽來，確實充滿了陰森恐怖詭異之意，但沈浪此刻聽了，卻再也忍不住放聲大笑起來，道：「什麼鬼箭，只不過是幾根冰箭而已。」這人人再也猜想不出的秘密，說穿了其實不值一文——原來這死神弓中射出的鬼箭，竟是以寒冰凝結而成，加上內家真力，自可穿肌入膚，但被人體中沸騰的熱血一激，立刻又必將溶化爲水，是以等人燃燈去尋時，自然什麼也瞧不見了。

朱七七喘息著笑道：「真虧這些人想出的鬼花樣，若不揭破，當真要被他嚇得半死，但若非如此天寒地凍之時，他這花樣也休想要得出來。」

沈浪道：「只是你也莫要將這瞧得太過簡單，凝成這冰箭的水中，必定含有極爲厲害之毒汁，一遇人血，立刻溶化，散佈四肢，方能立即致人於死。」說話之間，隨手一拋，將那三枚「鬼箭」，俱都遠遠拋了出去。

朱七七撇了撇嘴，道：「但無論如何，我們總算將這古墓中的鬼花樣全都識破了，我倒要看看，他們究竟還有些什麼……」話猶未了，她身後平整的石壁，突然開了一線，一股濃煙，急湧而出，朱七七還未來得及閉住呼吸，頭腦已覺一陣暈眩，人已倒了下去，什麼都不知道了。

五　古墓多奇變

等朱七七醒來之時，頭腦雖然仍是暈暈沉沉，有如宿酒初醒一般，但眼前已可瞧出自己乃是坐在一間充滿了濕腐之氣的石室角落中，四肢雖然未曾束縛，但全身卻是軟綿綿的不能動彈。

轉眼一瞧沈浪與花蕊仙竟也在她身旁，身子也是動也不能動，朱七七又驚又駭，嘶聲呼道：「沈浪，你……你怎麼也會如此了？」她對自身之事倒並不如何關心，但瞧見沈浪如此可真是心疼如裂。

沈浪微微一笑，搖頭不語，面色仍是鎮靜如常。

花蕊仙面上卻不禁現出得意之色，緩緩道：「這迷香也是花梗仙獨門秘製，連我都不知道，其名為『神仙一日醉』，就算是神仙，只要嗅著一絲，也要醉上一日，神智縱然醒了，四肢還是軟綿綿的不能動彈，你們此刻若是肯答應此後永不將有關此事的秘密說出去，等下我見著花梗仙時，還可為你們說兩句好話。」

朱七七用盡平生之力，大叫道：「放屁，不想你這忘恩負義的老太婆，竟如此混帳，怪不得武林中人人都想宰了你。」

花蕊仙怒道：「好潑辣的丫頭，此刻還敢罵人……」

突見石門緩緩開了一線，一道眩目的燈光，自門外直照進來，花蕊仙大笑道：「好了好了，我大哥來了，看你這小姐脾氣還能發狠到幾時。」

燈光一轉，筆直地照在沈浪、朱七七與花蕊仙三人臉上，這眩目的光亮，也不知是自哪種燈裡發出來的，委實強烈已極，沈浪等三人被燈光照著，一時間竟難以張開眼睛，也瞧不見眼前的動向。

但此刻已有一條灰衣人影翩然而入，大模大樣，坐在燈光後，緩緩道：「三位遠來此間，在下未曾遠迎，恕罪恕罪。」

他說的雖是客套之言，但語聲冰冷，絕無半分人情味，每個字發出來，都似先已在舌尖凝結，然後再自牙縫裡迸出。

花蕊仙瞇著眼睛，隱約瞧見有條人影閃入，只當是她大哥來了，方自露出喜色，但聽得這語聲，面目又不禁爲之變色，嗄聲道：「你是什麼人？可是我大哥花梗仙的門下？還不快些解開我的迷藥？」

那灰衣人似是根本未曾聽到她的話，只是冷冷道：「三位旅途奔波，既已來到這裡，便請安心在此靜養，三位若是需要什麼，只管吩咐一聲，在下立時著人送來。」

朱七七早已急得滿面通紅，此刻再也忍不住大叫道：「你究竟是誰？將我們騙來這裡是何居心，你……你究竟要將我等怎樣？要殺要剮，你快說吧。」

灰衣人的語聲自燈光後傳來：「聞說江南朱百萬的千金，也不惜降尊紆貴，光臨此地，想就是這位姑娘了？當真幸會得很。」

朱七七怒道：「是又怎樣？」

灰衣人道：「武林中成名的英雄，已有不少位被在下請到此間，這原因是爲了什麼，在下本想各位靜養好了再說，但朱姑娘既已下問，在下又怎敢不說，尤其在下日後還有許多要借重朱姑娘之處……」

朱七七大聲道：「你快說吧。」

此刻她身子若能動彈，那無論對方是誰，她也要一躍而起，與對方一決生死，但那灰衣人卻仍不動聲色，還是冷冷道：「在下將各位請來此間，並無絲毫惡意，各位若要回去，隨時都可回去，在下非但絕不攔阻，而且還必將設酒餞行。」

朱七七怔了一怔，忖道：「這倒怪了……」

一念還未轉完，那灰衣人已經接口道：「但各位未回去前，卻要先寫一封簡短的書信。」

朱七七道：「什麼書信？」

灰衣人道：「便是請各位寫一封平安家書，就說各位此刻俱都十分安全，而對於各位的安全之責，在下卻多多少少盡了些微力，是以各位若是稍有感恩之心，便也該在家書中提上一筆，請各位家裡的父兄姐妹，多多少少送些金銀過來，以作在下辛苦保護各位的酬勞之資。」

朱七七顫聲呼道：「原來你……你竟是綁匪！」

灰衣人喉間似是發出了一聲短促、尖銳，有如狼嗥般的笑聲，但語聲卻仍然平平靜靜。

那是一種優雅、柔和，而十分冷酷的平靜，只聽他緩緩道：「對於一位偉大之畫家，姑娘豈能以等閒匠人視之，對於在下此等金銀收集家，姑娘你也不宜以『綁匪』兩字相稱。」

朱七七道：「金銀收集家……哼哼，狗屁。」

灰衣人也不動氣，仍然緩緩道：「在下花了那麼多心思，才將各位請來，又將各位之安全，保護得這般周到，就憑這兩點，卻只不過要換各位些許身外物，在下已覺十分委屈，各位如再吝惜，豈非令在下傷心？」

沈浪忽然微微一笑，道：「這話也不錯，不知你要多少銀子？」

灰衣人道：「物有貴賤，人有高低，各位的身價，自然也有上下不同，像方千里、展英松那樣的凡夫俗子，在下若是多要他們的銀子，反而有如抬高了他們的身分，這種事在下是萬萬不屑做的。」

他明明是問人家要錢，但他口中卻說得好像是他在給別人面子，朱七七當真聽得又是好氣，又是好笑，忍不住問道：「你究竟要多少？」

灰衣人道：「在下問展英松要的不過只是十五萬兩，但姑娘麼……最少也得一百五十萬兩……」

朱七七駭然道：「一百五十萬兩？」

灰衣人緩緩道：「不錯，以姑娘如此冰雪聰明，以姑娘如此身分，豈非高出展英松等人十倍，在下要的若是再少過此數，便是瞧不起姑娘了，想來姑娘也萬萬不會願意在下瞧不起姑娘你的，是麼？」

朱七七竟有些被他說得愣住了，過了半晌，方自怒目道：「是個屁。你……你簡直是個瘋子，豺狼黑心鬼……」

但這時灰衣人的對象已轉為沈浪，她無論罵什麼，人家根本不理，灰衣人道：「至於這位公子，人如玉樹臨風，卓爾不露，心如玲瓏七竅，聰明剔透，在下若要個一百五十萬，也不算過分……」

沈浪哈哈笑道：「多謝多謝，想不到閣下竟如此瞧得起我，在下委實有些受寵若驚，這一百五十萬兩銀子又算得了什麼。」

灰衣人尖聲一笑，道：「公子果然是位解人，至於這位花……花……」

花蕊仙大喝道：「花什麼？你難道還敢要我的銀子？」

灰衣人緩緩道：「你雖然形如侏儒，老醜不堪，但終究也並非一文不値……」

花蕊仙怒罵道：「放屁，畜牲，你……你……」

灰衣人只管接道：「你雖看輕自己，但在下卻不能太過輕視於你，至少也得問你要個二、三十萬兩銀子，略表敬意。」

朱七七雖是滿胸急怒，但聽了這種話，也不禁有些哭笑不得，花蕊仙額上青筋，早已根根暴起，大喝道：「畜牲，我大哥少時來了，少不得要抽你的筋，剝你的皮，將你碎屍萬段。」

灰衣人道：「誰是你的大哥？」

花蕊仙大聲道：「花梗仙，你難道不知道麼？裝什麼糊塗。」

灰衣人冷冷道：「花梗仙，不錯，此人倒的確有些手段，只可惜遠在衡山一役中，便已死了，在下別的都怕，鬼卻是不怕的。」

花蕊仙大怒道：「他乃是主持此事之人，你竟敢……」

灰衣人截口道：「主持此事之人，便是區區在下。」他語聲雖然平靜輕緩，但無論別人說話的聲音多麼大，他只輕輕一句話，便可將別人語聲截斷。

花蕊仙身子一震，但瞬即怒罵道：「放屁，你這畜牲休想騙我，花梗仙若是死了，那易碎珠寶、神仙一日醉，卻又是自哪裡來的？」

灰衣人一字字道：「乃是在下手中做出來的。」

花蕊仙面色慘變，嘶聲呼道：「你騙我，你騙我……世上除了我大哥外，再無一人知道這獨門秘方……花梗仙……大哥，你在哪……」

突然一道風聲穿光而來，打在她喉下鎖骨左近的「啞穴」之上，花蕊仙「哪裡」兩字還未說完，語聲突然被哽在喉間，再也說不出一個字來，這灰衣人隔空打穴手法之狠、準、穩，已非一般武林高手所能夢想。

灰衣人道：「非是在下無禮，只是這位花夫人聲音委實太大，在下怕累壞了她，是以只好請她休息休息。」

朱七七冷笑道：「你倒好心得很。」

灰衣人道：「在下既已負起了各位安全之責，自然處處要爲各位著想的。」

朱七七被他氣得快瘋了，氣極之下，反而縱聲大笑起來。

沈浪瞑目沉思已有許久，此刻忽然道：「原來閣下竟是快活王座下之人，瞧閣下如此武功，如此行徑，想必是酒、色、財、氣四大使者中的財使了？」

他忽然說出這句話來，灰衣人面色如何，雖不可見，但朱七七卻已不禁吃了一驚，脫口道：「你怎會知道？」

沈浪微微一笑，道：「花梗仙的獨門秘方，世上既無旁人知曉，而此刻這位朋友卻已知曉，這自然唯有一個理由可以解釋。」

朱七七道：「我卻連半個理由也想不出。」

沈浪道：「那自是花梗仙臨死前，也曾將這獨門秘法留給了玉關先生，這位朋友既是金銀收集家，自然也必定就是玉關先生快活王門下的財使了。」

朱七七完全被驚得怔住，許久說不出一個字。

沈浪又道：「還有，花梗仙既然早已知道這古墓的秘密，那時必也將此秘密與他所有獨門秘法一齊留下，是以玉關先生便特令這位財使東來掘寶，那知這古墓中藏寶之說，只不過是謠言，墓中其實空無所有，財大使者一急之下，這才想到來打武林朋友們的主意，他將計就計，正好利用這古墓，作爲誘人的陷阱。」

朱七七道：「但……但他既要將人誘來此間，卻又爲何又要作出那些駭人的花樣，威嚇別人，不許別人進來？」

沈浪微笑道：「這就叫欲擒故縱之計，只因這位財大使者，深知武林朋友的毛病，這地方愈神秘，愈恐怖，那些武林中的知名之士，愈是要趕著前來，這地方若是一點也不駭人，來的便必定多是些貓貓狗狗，無名之輩，這些人家裡可能連半分銀子也沒有，卻教財大使者去問他要什麼？」

朱七七喘了幾口氣，喃喃道：「不錯，不錯，一點也不錯……唉！為什麼總是他能想得起，我就偏偏想不起？」

灰衣人默然良久，方自緩緩道：「閣下大名可是沈浪？嘿……沈兄你果然是位聰明人，簡直聰明得大出在下意料之外。」

沈浪笑道：「如此說來在下想必是未曾猜錯了。」

灰衣人道：「古人云，舉一反三，已是人間奇才，不想沈兄你竟能舉一反七，只聽得花蕊仙幾句話，便能將所有的秘密，一一推斷出來，除了在下之名，財使金無望，那是我的徒兒阿堵，還未被沈兄猜出外，別的事沈兄俱都猜得絲毫不差，宛如目見。」原來他身後還跟著一個童子。

沈浪道：「金兄倒也坦白得很。」

財使金無望道：「在沈兄如此聰明人的前面，在下怎敢虛言，但沈兄豈不聞，聰明必遭天忌，是以才子夭壽，紅顏薄命。」

沈浪微微笑道：「但在下今日卻放心得很，金兄既然要在下的銀子，那想必是萬萬不會又要在下的命了，是麼？」

金無望冷冷道：「但在下平生最最不喜歡看見世上還有與在下作對的聰明人，尤其是像沈兄你這樣的聰明人。」

朱七七顫聲道：「你……你要拿他怎樣？」

金無望微笑著露出了他野獸般的森森白齒，緩緩道：「在下今日縱不能取他性命，至少也得取他一手一足，世上少了沈兄這般一個勁敵，在下日後睡覺也可安心了。」

朱七七駭極失聲，沈浪卻仍然微微笑道：「金兄如此忍心？」

金無望道：「莫非沈兄還當在下是個慈悲爲懷的善人不成？」

沈浪道：「但金兄今日縱是要取在下身上的一根毫髮，只怕也不容易。」

金無望冷笑道：「在下且來試試。」緩緩站起身子，前行一步。

沈浪突然仰天大笑起來，道：「在下本當金兄也是個聰明人，那知金兄卻未見得多麼聰明。」

笑聲突頓，目光逼視金無望：「金兄當在下真的已被那『神仙一日醉』所迷麼？」

金無望不由自主，頓住了腳步。

沈浪接道：「方才濃煙一生，在下已立刻閉住了呼吸，那『神仙一日醉』縱然霸絕天下，在下卻未嗅入一絲。」

金無望默然半晌，唇間又露出了那森森白齒，道：「這話沈兄縱能騙得到別人，卻未見能騙得到在下，沈兄若未被『神仙一日醉』所迷，又怎肯做我金無望的階下之囚了？」

沈浪道：「金兄難道連這道理都想不通麼？」

他面上笑容愈見開朗，接道：「試想這古墓中秘道千奇百詭，在下縱然尋上三五日，也未見能尋得著此間中樞所在，但在下此刻裝作被迷藥所醉，卻可舒舒服服的被人抬來這裡，天下可還有比這更容易更方便的法子麼？」

金無望面色已微微變了，但口中仍然冷笑道：「沈兄說詞當真不錯，但在下……」

沈浪截口道：「但金兄怎樣？」

一句話未曾說完，身子已突然站起。

金無望早已有如死灰般的面色，此刻變得更是可怖，喉間「咯」的一響，腳下情不自禁後退了一步。

沈浪目中光芒閃動，逼視在他臉上，緩緩道：「今日在下能與金兄在這裡一決生死，倒也大佳，你我無論是誰戰死在這裡，都可不必再尋墳墓埋葬了。」

金無望閉口不語，冰冷的目光，也凝注著沈浪。兩人目光相對，誰也不曾眨一眨眼睛，沈浪目中的光芒更是無比的冷靜，無比的堅定……

朱七七面上再也忍不住露出狂喜之色，道：「沈浪，你還是讓他三招吧，否則他怎敢和你動手。」

沈浪微微笑道：「若是讓三招豈非等於不讓一般。」

朱七七笑道：「那麼……你就讓七招。」

沈浪道：「這才像話，在下就讓金兄七招，請！」

金無望面上忽青忽白，顯然他必須努力克制，才忍得住沈浪與朱七七兩人這一搭一檔的激將之計。

朱七七笑道：「怎麼，他讓你七招，你還不敢動手？」

金無望突然一個翻身，倒掠而出，大廳石門「咯」的一聲輕響，他身子便已消失在門外。

朱七七嘆息：「不好，讓他逃了。」

沈浪微笑道：「逃了最好……」突然翻身跌倒。

朱七七大駭道：「你……你怎樣了？」

沈浪苦笑道：「那神仙一日醉是何等厲害，我怎能不被迷倒，方才我只不過是以體力殘存的最後一絲氣力，拚命站起，將他駭走而已。」

朱七七怔了半晌，額上又已沁出冷汗，顫聲道：「方才他幸好未曾被激，否則……否則……」

沈浪嘆道：「但我卻早已知道金無望這樣的人，是萬萬不會中別人的激將之計的……」話聲未了，突聽一陣大笑之聲自石門後傳來。

笑聲之中，石門又啓，金無望一步跨了進來。

朱七七面色慘變，只聽金無望大笑道：「沈兄果然聰明，但智者千慮，終有一失，沈兄千算萬算，卻未算出這石室之中的一舉一動，室外都可看得清清楚楚的。」

笑聲頓處，厲聲道：「事已至此，你還有什麼話說。」

沈浪長長嘆息一聲，閉目不語。

金無望一步步走了過來，獰笑道：「與沈兄這樣的人爲敵，當真是令人擔心得很，在下不得不先取沈兄一條手臂，來安安心了。」

說到最後一句，他已走到沈浪面前，獰笑著伸出手掌……

朱七七又不禁嘶聲驚呼出來。

那知她呼聲未了，奇蹟又現，就在金無望方自伸出手臂的這一剎那之間，沈浪手掌突地一翻，已扣住了金無望的穴道。

這變化更是大出別人意料之外，朱七七在片刻之間連經極驚、極喜幾種情緒，更是目定口呆，說不出話來。

沈浪緩緩站起身來，右手扣住金無望腕脈間大穴，左手拍了拍衣衫上的塵土，微微笑道：「這一著金兄未曾想到吧？」

金無望額角之上，汗珠一粒粒湧現。

朱七七這才定過神來，又驚又喜，忍不住嬌笑著道：「這……這究竟是怎麼回事？」

沈浪道：「其實在下並未被迷的，這點金兄此刻想已清楚得很。」

朱七七道：「你既未被迷，方才又爲何……」

沈浪笑道：「方才我與金兄動手，實無十足把握，而且縱能戰勝金兄，也未必能將金兄擒住，但經過在下此番做作之後，金兄必將已對我毫無防範之心，我出其不意，驟然動手，金兄自然是躲不開的。」

朱七七喜動顏色，笑著道：「死鬼，你……你呀，方才不但騙了他，也真將我嚇了一跳，少時我少不得還要找你算帳的。」

金無望呆了半晌，方自仰天長長嘆息一聲，道：「我金無望今日能栽在沈浪你這樣的角色手上，也算不冤，你要我怎樣，此刻只管說吧。」

沈浪笑道：「如此就相煩金兄先將在下等帶出此室，再將今日中計被擒的一些江湖朋友放出，在下必定感激不盡。」

金無望深深吸了口氣，道：「好！隨我來。」

沈浪揹負朱七七，手擒金無望，出了石室，轉過幾折，來到另一石室門前，朱七七全身無力，但雙手勾住沈浪的脖子，而且勾得很緊，此刻大聲問道：「這裡面關的是些甚麼人？」

金無望目中似有詭異之笑意一閃，緩緩道：「神眼鷹方千里、撲天鵰李挺、穿雲雁易如風以及威武鏢局展英松，共計四人之多。」

朱七七怔了一怔，道：「是這四人麼……」

金無望道：「不錯，可要放他？」

朱七七突然大喝道：「等等……放不得。」

沈浪皺眉道：「爲何放不得？」

朱七七嘆了口氣，道：「這四人都是我的仇家，他們一出來，非但不會感激我們，還要找我拚命的，怎能放他？」

金無望目光冷冷的看著沈浪，道：「放不放全憑相公作主……」

朱七七大怒道：「難道我就作不得半點主麼？我此刻全身沒有氣力，若是放了他們，豈非等於要我的命……他四人動起手來，沈浪你可也攔不住。」

金無望目光仍是看著沈浪，冷冷道：「到底放不放？」

沈浪長長嘆了口氣，道：「放……不放……這可把我也難住了……他四人難道未被那『神仙一日醉』所醉倒？」

金無望冷笑道：「神仙一日醉雖非什麼靈丹妙藥，但就憑方千里、展英松這幾塊材料，還配不上來被此藥所醉。」

沈浪道：「石門如何開啓？」

金無望道：「石門暗扣機關，那一點石珠便是樞紐，將之左轉三次，右轉一次，然後向上推動，石門自開。」

沈浪微微頷首，不再說話，腳步卻已向前移動。

朱七七面上立時泛出喜色，俯下頭，在沈浪耳背重重親了兩下，媚笑道：「你真好……」

金無望卻又冷冷笑道：「我只當沈相公真是大仁大義，救苦救難的英雄豪傑，哪知……嘿嘿，哈哈。」仰首向上，不住冷笑。

那阿堵年紀雖小，但心眼卻不小，眼珠子一轉，接口道：「常言道：英雄難過美人關，英雄爲了美人，自然要將一些老朋友俱都放到一邊，這又怎怪得了沈相公？」居然也冷嘲熱諷起來。

沈浪充耳不聞，只作沒有聽見，朱七七卻忍不住又罵了起來，只見沈浪拖著金無望，轉了一個彎，突然在暗處停下腳步，沉聲道：「這古墓中的秘密，金兄怎能知道的？」

金無望道：「先父是誰，你可知道？」

沈浪道：「答非所問，該打。」

金無望沉聲道：「先父人稱金鎖王。」

沈浪展顏一笑，道：「這就是了，江湖傳言，金鎖王消息機關之學，天下無雙，金兄家學淵源，這古墓中的秘密自瞞不了金兄耳目，快活王將金兄派來此間，正是要用金兄所長。」語聲微頓，又道：「金兄既說這古墓中再無他人走動，想來是必無差錯的了。」

金無望道：「有無差錯，閣下當可判斷得出。」

沈浪笑道：「好。」指尖一顫，突然點了金無望身上三處昏睡之穴，反手又點了那阿堵肋下三處穴道。

他出手雖有先後，但手法委實快如閃電，金無望、阿堵兩人，看來竟是同時倒下，朱七七奇道：「你這是做甚麼？」

沈浪反臂將她抱了下來，輕輕倚在石壁上，柔聲道：「你好好在這裡等著，古墓中已別無敵蹤，你大可放心。」

朱七七瞪大了眼睛，道：「你……你要去放……」

沈浪含笑道：「不錯，我先去將那四人放了，令他們即刻出去，這也用不著多少時候，盞茶功夫裡我就會回來的。」

朱七七本是滿面驚怒，但瞬即長長嘆了口氣，道：「我早就知道你若不放了他們，就像身上刺滿了針，一時一刻也不能安心。」

沈浪笑道：「我就去就回。」方自轉身。

朱七七突又輕喚道：「等等。」

沈浪道：「還等什麼？」

朱七七道：「你……你……」抬起目光，目光中有些恐懼之情，也有些乞憐之意，顫抖的語聲，輕輕道：「不知怎地，我……我突然害怕了起來，彷彿……彷彿有個惡鬼，正在暗中等著要……要害我。」

沈浪微微一笑，柔聲道：「傻孩子，金無望與阿堵都已被我制住，你還有什麼好怕的——乖乖的等著，我就回來。」揮了揮手，急步而去。

朱七七望著他身影消失，不知怎地，身上突然覺得有一陣徹骨的寒意，竟忍不住輕輕顫抖了起來。

石門上的樞紐被沈浪左旋三次，右旋一次，再向上推動後，石門果然應手而開，門裡一盞銅燈燈油將竭，昏黃閃跳的火焰末端，已起了一股黑色的輕煙，在空中猶如惡魔般裊娜起舞。

光焰閃動中，石室裡竟是空無一人，哪有方千里、展英松他們的影子，沈浪一驚一怔，凝目望去，只見積滿塵埃的地面上，卻有四處頗爲乾淨，顯然方才有人坐過，但此刻已不見，他們去了何處？難道他們竟能自己設法脫身？還是已被人救走了？救他們的人是誰？此刻在哪裡？

沈浪心念數轉，心頭突也泛起一陣寒意，霍然轉身，向來路急奔而回，心中輕輕呼喚道，「朱七七，你沒事麼？……」

奔到轉角處，身形驟頓，血液也似已爲之凝結，全身立時冰冰冷冷——放在轉角處的朱七七、花蕊仙、金無望與阿堵，就在這盞茶時刻不到的功夫裡，竟已全都失蹤，宛如真的被惡鬼吞噬了一般。

沈浪被驚得呆在當地，額上汗珠，有如葉上朝露，一粒粒迸發而出，突然，一個嘶啞的語聲自他身後傳來，獰笑著道：「沈相公，久違了。」

這語聲一入沈浪之耳，沈浪嘴角、頰下之肌肉，立時因厭惡與驚慄，起了一陣扭曲，有如聞得響尾蛇震動尾部時之絲絲聲響一般。

他暗中吐了一口氣，極力使心神仍然保持冷靜，真力保持充盈，以準備應付此後之艱險。只因此人現身後，無論任何一種卑鄙、兇毒、陰惡之事，便隨時俱可發生，等到沈浪確信已準備充分，他仍不回身，只是放聲一笑，道：「兩日未見，金兄便覺久違，難道金兄如此想念小弟。」

那嘶嘶的語聲哈哈笑道：「委實想念得緊，沈相公你何不轉過身子，也好讓在下瞧瞧你這兩日來是否消瘦了些。」

沈浪微笑道：「多承關心……」突然旋身，身形一閃，已掠至語聲發出之處，眼角方自瞥見一團黑影，手掌已抓了過去，出手之快與目光竟然相差無幾，那黑影哪能閃避得開，立時被他一把抓在手裡。

那知陰影中卻又發出了哈哈的笑聲，笑聲一起，火光閃亮，那「見義勇爲」金不換斜斜地倚靠著石壁，一副悠哉游哉，好整以暇的模樣，左掌裡拿著一隻方自點燃的火摺子，右手拿著根短木杖，杖頭挑著件皮裘——被沈浪一手抓著的，竟是他杖頭之皮裘。

金不換滿面俱是得意之色，哈哈笑著道：「這件皮裘乃是沈相公相贈於在下的，莫非相公你此刻又想收回去了麼？」

沈浪方才已當得手，此刻才知這金不換實在不愧是個大奸大猾之徒，早已步步設防，沈浪心中雖失望，口中卻大笑道：「我只當這是金兄，方想過來親熱親熱，那知卻是塊狐狸皮。」伸手在皮毛上輕輕撫摸了幾下，笑道：「幸好在下出手不重，還未傷著金兄的皮毛，金兄快請收回去，日後莫教別人剝去了。」

金不換亦自大笑道：「沈相公真會說笑，在下身上哪有皮毛……相公莫忘了，這塊狐狸皮本是在下自相公你身上剝下來的。」順手將狐皮披在肩上，又道：「但沈兄的狐皮，卻端的暖和得很。」

沈浪暗罵：「這傢伙竟連嘴上也不肯吃虧。」口中卻笑道：「常言說得好，寶劍贈於烈士，紅粉贈於佳人，這塊狐狸皮，自然唯有金兄才配消受了。」

兩人嘻嘻哈哈，針鋒相對，你刺我一句，我刺你一句，誰也不肯饒誰，但沈浪竟絕口不提，朱七七失蹤之事，金不換卻實在有些憋得發慌，終於忍不住道：「朱姑娘蹤影不見，沈相公難道不覺奇怪麼？」

沈浪微微笑道：「朱姑娘有那徐若愚徐少俠在旁照顧，怎用得著在下著急……」

金不換大笑道：「沈相公果然神機妙算，竟算準我徐老弟也來了，不錯，我那徐老弟天生是個多情種子，對朱姑娘必定是百般照顧，百般體貼，他們小倆口子，此刻……」哈哈一笑，戛然住口，目光卻在偷偷的瞧沈浪是否已被他言語激怒。

那知沈浪仍是滿面微笑，道：「但金兄怎會來到這裡，又怎會對這裡的機關如此熟悉？這兩點在下委實覺著有些奇怪了。」

金不換目光一轉，笑道：「沈相公且隨我來瞧瞧……」轉身帶路而行，沈浪不動聲色，相隨在後，火光閃閃爍爍，照著金不換身上的皮裘。

沈浪忍不住暗中嘆了口氣，忖道：「這廝身上穿的是我的皮毛，袋裡裝的是我的銀子，卻想盡千方百計要來害我，這樣的人，倒也真是天下少有。」

一時之間，心裡也不知是好氣還是好笑。

兩人走進這間石室，門戶本是開著的。室中燈光甚是明亮，朱七七、花蕊仙、徐若愚、金無望、阿堵果然俱在室中。

金無望穴道未被解，朱七七正在咬牙切齒的罵不絕口，徐若愚已被她罵得遠遠躲在一旁，但見到沈浪來了，立刻一個箭步，竄到朱七七身旁，以掌中長劍，抵住了朱七七的咽喉。

朱七七看到沈浪，登時一個字也罵不出來了，心中卻是滿腹委屈，撇了撇嘴，忍不住哭了，道：「我……我叫你莫要走的，現在……現在……」

終於還是忍不住流下淚來，徐若愚悄悄掉轉頭，似乎不忍見她流淚。

金不換以身子隔在朱七七與沈浪間，指著遠處角落中一張石凳，道：「請坐。」

沈浪面帶微笑緩步走過去，安安穩穩的坐下。

金不換伸手一拍徐若愚肩頭，笑道：「好兄弟，那位沈相公只要一動，你掌中劍也不妨動一動，憐香惜玉的事，我們不如留在以後做。」

徐若愚道：「我有數的。」

金不換道：「但沈相公心裡幾件糊塗事，咱們不妨向他解說解說，他心裡委實太過難受……沈相公，我演齣戲給你看看，好麼？」突然伸手，拍開金無望身上三處昏睡穴，卻隨手又在他腰下點了一指。

沈浪一時間倒揣摸不透金不換此舉又在玩甚麼花樣，只見金無望乾咳一聲，翻身而起，目光四掃，先是狠狠瞪了沈浪一眼，忽然看見金不換，面上立時佈滿驚怖之色，厲喝一聲，似待躍起，卻又慘喝著倒了下去。

原來金不換方才一指，正是點了他腰下「章門大穴」。

這「章門穴」，在大橫肋外，季脅之端，又名「血囊」，乃是足厥陰肝經中大穴之一，若是被人以八象手法點了這穴道，下半身非但無法動彈，而且痠軟麻癢不堪，當真有如千萬蟲蟻在雙腿中亂爬亂咬一般，金無望雖也是鐵錚錚的漢子，在這一動之下，竟也不禁痛出了眼淚。

沈浪冷眼旁觀，見到金無望面上神情，恍然忖道：「原來這兩人昔日是冤家對頭，但金不換此刻竟以此等陰損狠毒的手段來對付他，卻也未免太殘酷了些。」

六　患難顯眞情

只見金不換遠遠伸出木杖，將金無望身子挑起，笑道：「大哥在這裡見著小弟，是否也會覺得有點奇怪？」

這一聲「大哥」，當真把沈浪叫得吃了一驚，他再也想不到這兩人竟是兄弟，不禁暗忖道：「金不換用那手段來對付仇家，已嫌太過殘忍，如今他竟用來對付他親生手足，那真是畜牲不如了。」

金不換笑道：「我大哥只當這古墓中消息機關，天下再無人能破，卻忘了他還有個兄弟，也是此道老手。」

金無望咬牙切齒，罵道：「畜牲……畜牲，你怎地還不死？」

金不換道：「似小弟這樣的好人，老天爺怎捨得讓我死，但大哥你一見面就咒我死，也未免太不顧兄弟之情了。」

金無望怒道：「我爹爹將你收爲義子，養育成人，又傳你一身武藝，哪知你卻爲了爹爹遺下的些許產業，就想出千方百計來陷害於我，將我迫得無處容身，流亡塞外，歷經九死一生……」說到後來，他已氣得聲嘶力竭，無法繼續。

金不換微微笑道：「你可知道如今我已是江湖中之仁義大俠，人稱『見義勇爲』，你卻是那惡賊快活王手下，爲搜刮金銀的奴才，你胡亂造些謠言來誣害我，江湖中又有誰相信？我縱然將你殺了，江湖中人也必定要讚我大義滅親……哈哈，那時『大氣滅親，見義勇爲』金不換這名字被人喚將起來，便要更加響亮了。」居然愈說愈是高興，索性仰天大笑起來。

金無望破口大罵，朱七七也忍不住罵道：「惡賊，畜牲……」

沈浪忽然道：「方千里、展英松等人，可是被金兄放了？」

金不換道：「不錯，沈相公你怎會猜到？」

沈浪微笑道：「金兄將那些人放了，盡快退出古墓，那些人非但要對金兄感激不盡，還要將金兄當做普天下最大的英雄，日後非要在各地爲金兄宣揚俠名，而且金兄再去尋他們時，自也是要銀子有銀子，要人有人，那豈非比在此間勒索於他們強得多了……唉，只可惜那一位金兄身在快活王屬下，縱然想到此點，也不能用，只好眼睜睜地瞧著被你這位金兄專用了。」

金不換仰天大笑道：「生我者父母，知我者沈相公也。」

沈浪拍掌道：「這齣戲金兄你演得當真精彩已極，小弟委實嘆爲觀止，但卻不知金兄眼巴巴地要小弟來瞧這齣精彩好戲，爲的是甚麼？」

金不換道：「只因在下深知沈兄既然瞧得歡喜，少不得便要賞我這演戲的些小彩頭，在下此刻正等著領賞哩。」

沈浪大笑道：「小弟早知道這齣戲萬萬不是白看的，金兄有何吩咐，但請說出來便是。」

金不換道：「沈相公端的是聰明人，只是……」咯咯一笑，接道：「卻未免太聰明了些，是以在下一見沈兄之面，便對自己言道：既生金不換，何生沈相公？江湖中既有沈相公這樣的人在，你金不換還有甚麼好混的？」

沈浪道：「多蒙誇獎，感激感激。」

金不換道：「在下雖非惡人，但爲了往後的日子，也不能不存下要害沈相公之心，只是憑在下這份德行，卻又害不到沈相公。」

沈浪笑道：「金兄快人快語，端的可佩。」

金不換道：「但到了今日，在下卻有個機會來了。」

突然掠到朱七七身側，微笑接道：「沈兄請看，這位朱姑娘既有百萬的身家，又是這般的冰雪聰明，花容月貌，卻偏偏又對相公如此傾心，這豈非相公你上一輩子修得來的，此刻朱姑娘若是有了個三長兩短，豈非可惜得很。」

沈浪故意笑道：「朱姑娘好端端在這裡坐著，又有徐少俠這樣的英雄在一旁保護，怎會有什麼三長兩短，金兄說笑了。」

金不換道：「不錯，在下正在說笑。」

身子突然一倒，撞在朱七七身上，朱七七下頦便撞著了徐若愚掌中劍尖，雪白粉臉的肌膚之上，立時劃破了一道血淋淋的創口，朱七七咬牙不語，徐若愚有些失色，金不換卻大笑道：「原來在下方才不是在說笑，沈相公可看見了麼？天有不測風雲，人有旦夕禍福，在下方才那一跤若是跌得再重些，朱姑娘這一副花容月貌，此後只怕就要變作羅刹半面嬌了。」

沈浪道：「好險好險，幸虧……」

金不換面色突地一沉，獰笑道：「事到如今，你也不用再裝糊塗了，你若要朱七七平平安安走出這裡，便得乖乖的答應我三件事。」

沈浪仍然笑道：「金兄方才對小弟那般深情款款，此刻卻翻臉便似無情，豈非要小弟難受得很。」

金不換冷冷一笑，也不說話，反手一掌，摑在朱七七臉上。

沈浪面色一變，但瞬即笑道：「其實金兄的吩咐，縱無朱姑娘這件事，小弟必定答應的，金兄又何苦如此來對付一個柔弱女子？」

金不換冷冷道：「你聽著，第一件事，我要你立誓永不將今日所見所聞說出去。」

沈浪道：「這個容易，在下本就非長舌婦人。」

金不換道：「第二件事，我要你今世永不與我作對……這個也答應麼？」

「好！」

面上突又興起一絲詭秘的笑容，接道：「但你答應得卻未免太容易了些，在下委實有些不放心，金某一生謹慎，這不放心的事，是萬萬不會做的。」

沈浪道：「金兄要如何才能放心？」

金不換突然自懷中掏出一把匕首，拋在沈浪面前，冷冷道：「你若死了，在下自然最是放心得過，但我與你無冤無仇，怎忍要你性命，自是寬大爲懷。」

語聲微頓，目光凝注沈浪，一字一字地緩緩道：「此刻我只要你一隻執劍的右手，你若將右臂齊肘斷下，我便將朱七七平平安安，毫髮不傷地送出這古墓。」

朱七七臉上鮮血淋漓，面頰也被打得青腫，但自始至終，都未曾皺一皺眉頭，此刻卻不禁駭極大呼道：「你……你千萬莫要答應他……」

話猶未了，金不換又是一掌摑在她面上。

朱七七嘶聲喊道：「打死我……要他打死我……你千萬不要管，快快走吧……這些畜牲攔不住你的。」

沈浪腮旁肌肉，不住顫抖，口中卻緩緩道：「身體髮膚受之父母，在下豈可隨意損傷，何況在下右臂若是斷去，金兄豈非立時便可要了在下性命？這個在下還……」突然一躍而起。

但他身子方動，金不換左手已一把抓住朱七七頭髮，右手衣袋裡一抖，掌中又多了柄匕首，匕首直逼朱七七咽喉，冷冷地道：「這位徐老弟還有些憐香惜玉之心，但我卻是個不解風情的莽漢，只要手一動，這活生生的美人兒，便要變得冷冰冰的死屍了。」

沈浪雙拳緊握，但腳下卻是一步也不敢逼近。

只見朱七七身子已被扯得倒下，胸膛不住起伏，一雙秀目中，也已痛得滿是淚光，但口中卻仍嘶聲呼道：「不要管我……不要管我……你……你快走吧……」

沈浪但覺心頭如被針刺，情不自禁，頹然坐回椅上。

金不換獰笑道：「你也心軟了麼？……朱七七曾救過你一條性命，你如今拿條手臂來換她性命，又有何不可？」沈浪木然而坐，動也不動。

金不換道：「你若不答應，我自也無可奈何，只有請你在此坐著，再瞧一齣好戲……」

刀鋒一落，朱七七胸前本已繃緊了的衣衫，突然兩旁裂開，露出了她那晶瑩如玉的胸膛，胸膛中央，一道紅線，鮮血絲絲沁出，朱七七慘呼已變作呻吟，金不換刀鋒卻仍在向下劃動，冷冷道：「答應麼？……」

朱七七呻吟著嘶聲道：「你……千萬莫要答應，你……你手若斷了……他們必定不會放過你性命的……走吧……」

金不換獰笑道：「你忍心見著你這救命恩人，又是情人這般模樣？你忍心……」

口中說話，刀鋒漸下，已劃過朱七七瑩白的胸膛，漸漸接近了她的玉腹香臍……那絲絲沁出的鮮血，流過了她豐滿而顫抖的肌膚……雪白的肌膚，鮮紅的血，交織著一幅凄艷絕倫，慘絕人寰的圖畫。

沈浪突然咬一咬牙，俯身拾起了那柄匕首道：「好！」

金無望仰天大笑道：「你還是服了。」

朱七七嘶聲慘呼：「不要……不要……你的性命……」

就連金無望都已閉起眼睛不忍看，只因沈浪手掌已抬起，五指緊捏著匕首，指節蒼白，青筋暴現，手掌不住顫抖，額上亦自佈滿青筋，一粒粒黃豆般大小的汗珠，自青筋中迸出。

忽然間刀光一閃，「噹」的一聲發出，朱七七放聲嘶呼……慘呼聲中，竟是金不換掌中匕首被徐若愚一劍震脫了手。

金不換怒喝道：「你……瘋了麼？」

徐若愚面色鐵青，厲聲道：「我先前只當你還是個人，那知你卻是個豬狗不如的畜牲，我徐若愚乃是頂天立地的漢子，豈能隨你作這畜牲一般的事。」

語聲不絕，劍光如虹，剎那間已向金不換攻出七劍。

沈浪這驚喜之情自是非同小可，只見金不換已被那匹練般的劍光迫得手忙腳亂，當下一步竄到朱七七身側，掩起她衣襟，朱七七驚魂初定，得入情人懷抱，再也忍不住放聲痛哭起來。

金不換又驚又怒大罵道：「小畜牲，吃裡扒外，莫非你忘了我們這次的雄圖大計，莫非你忘了只要沈浪一死，朱七七還是你的……住手，還不住手。」

徐若愚緊咬牙關，一言不發，非但不住手，而且一劍快過一劍，他既有「神劍手」之名自非倖致，此番激怒之下，竟施展出他平時向不輕使之「搜魂奪命追風七十二劍」起來，顧名思義，這一路劍法自然招招式式俱是煞手，雪片般的劍光撒將開來，當有攫魂奪命之威。

但金不換人雖奸猾，武功卻也非徒有虛名之輩可比，方才雖在驚怒下失卻先機，此刻將丐幫絕技「空手入白刃，十八路短截手」一施展開來，周旋在徐若愚怒濤般的劍光中，居然猶可反擊。

但見劍光閃動，人影飛舞，壁上燈光，被那激蕩的劍風震得飄蕩閃爍，望之有如鬼火一般。

朱七七忍住哭聲，抽咽著道：「你……先莫管我，去將金不換那惡賊拿下……我……我要將他抽筋剝皮，才能出口氣。」

沈浪柔聲道：「好，你等著……」方自飛身而起，但金不換急攻三招，退後三步，大喝道：「住手，聽我一言。」

徐若愚道：「你已是甕中之鱉，網中之魚，還有甚麼話說？」

金不換笑道：「我告訴你，你總有一日，要後悔的……」

身子忽然往石壁上一靠，只聽「咯」的一聲，石壁頓開，金不換一個翻身，便滾了出去，等到徐若愚一劍追擊而出，石壁已闔，鋒利的劍刃，徒在石壁上劃出一道火花。

沈浪頓足道：「該死，我竟忘了他這一著。」

徐若愚道：「咱們追……」

忽聽金無望緩緩道：「這古墓秘道千變萬化，你們追不到的。」

徐若愚怒道：「你既然早知如此，方才爲何不說出來？」

金無望冷冷道：「你是我的兄弟，還是他是我的兄弟？」

沈浪苦笑一聲，道：「不錯……這個徐兄也不可怪他……」

徐若愚仰天長嘆，「噹」的一聲，長劍垂落在地。

朱七七道：「都是你不好，你若不先來顧我，他怎逃得了。」

沈浪苦笑著擁起她的肩頭，柔聲道：「你放心，總有一天，我要將此人擒來，放在你腳下，任你處置，讓你出一出今天受的氣。」

朱七七依偎在他懷中，眨了眨眼睛，忽道：「其實，我現在已不大怎麼恨他了……非但不恨他，甚至……甚至還有些要感激於他。」

沈浪奇道：「這可連我也不懂了。」

朱七七道：「若非他如此對我，我怎知你對我這麼好，你平日對我那麼冷冰冰的，但今日卻肯爲了我死……我只要知道這一點，就算再吃些苦，也沒關係。」

緩緩闔起眼簾，長長的睫毛上，還掛著晶瑩的淚珠，但微泛嫣紅的嬌靨上，卻已露出了仙子般的微笑。

徐若愚見她才經那般險難屈辱，此刻便已似乎忘懷，顯見她全心全意，都已放在沈浪身上，只要沈浪對她好，她便已心滿意足，至於別人如何對她，對她是好是壞，是兇是惡，她根本全不在意。

一念至此，徐若愚不禁更覺黯然，垂首走到沈浪面前，長嘆一聲道：「兄弟一念之差，以致爲奸人所愚，此刻心中實是……」

沈浪朗聲一笑，截斷他的話，道：「徐兄知過能改，這勇氣豈是常人能及，從今之後，必成江湖一代名俠，小弟今日能得徐兄爲友，實是不勝之喜。」

徐若愚道：「既是如此，小弟……」目光掃了朱七七一眼，突然住口不語，轉過身子，大步快奔而出。

沈浪急呼道：「徐兄留步。」

徐若愚道：「山高水長，後會有期，但願沈兄與朱姑娘白頭偕老……」語聲未了，人已走得瞧不見了。

朱七七嫣然笑道：「這倒是個好人，將來我們要好好幫幫他的忙……」

沈浪苦笑道：「你不要別人來幫你，已算不錯了。」

金無望忽然冷冷道：「別人都已走了，如今你無論要拿我怎樣，是殺是剮，都請快快動手吧……」

沈浪微微一笑，右手拉起他左腕，左手卻點開了他的穴道。

金無望反而怔住，沈浪微笑道：「在下從不願失禮於天下豪傑，金兄既是英雄，在下自當以禮相持。」

金無望目中閃過一絲感激之色，但口中卻冷冷道：「我已是階下之囚，還論甚麼英雄？」

沈浪微笑不語，卻連抓住他左腕的手也放開了。

朱七七吃了一驚，失色道：

「你……你……你不怕他跑了麼？」

這句話還未說出，便被沈浪使了個眼色止住。

但見金無望木立當地，竟然毫無逃跑之意，只是面上神色，忽青忽白，陰晴不定，突然咬了咬牙，大聲道：「我雖知你如此相待於我，必有所求，但你既以英雄之禮待我，我又怎能以小人之行徑回報於你，你要我怎樣，只管說吧。」

沈浪含笑道：「相煩兄台帶路出了這古墓再說。」

金無望不再說話，拍開阿堵的穴道，取下壁間一盞銅燈，轉身大步行去。

沈浪揹起朱七七，朱七七終於還是忍不住在他耳邊低語道：「你不怕他逃走？」

沈浪道：「此時此刻，他萬萬不會逃走的。」

朱七七嘆了口氣，道：「你們男人的所作所為，有時當真是莫名其妙，就連我……我都有些愈瞧愈糊塗了。」

沈浪微笑道：「你們女子的心意，世上又有幾個男人知道？」

朱七七眨了眨眼睛，道：「一個也沒有，連你在內，但……但我對你的心，你是真不知道，還是假不知道呢？」

沈浪彷彿沒有聽到，朱七七張開嘴，又想去咬他，但櫻唇碰到他耳朵，卻只是親了親，幽幽嘆道：「快些走吧。」

這句話說的雖比那句話輕得多，沈浪卻聽到了，笑道：「還有個人在這裡，你忘了麼？」

朱七七瞪住那被金無望點住穴道，暈臥在角落中的花蕊仙一眼，恨聲道：「這種忘恩負義的人，死在這裡最好……」

過了半晌，但見沈浪身形不動，突又推了一下：「發甚麼呆，還不抱起她？」

沈浪失笑道：「既然恨得她要死，卻又要救她，有時愛得人發瘋，卻恨不得他快死……這就是你們女子的心意，誰能弄得懂？」托起花蕊仙，大步而出，金無望手持油燈，果然還在前面呆立相候。

朱七七目光一轉，瞧不到阿堵，皺眉道：「那小鬼呢？」

話猶未了，突聽身後有人笑道：「小鬼在這裡。」

阿堵自轉角處急奔而出，手上已多了個似是十分沉重的青布包袱，背後斜著一張奇形長弓，弓身幾乎比他身子還長，那包袱也比他腰圍粗得多多，但阿堵行走起來，卻仍然輕巧無比，顯見得輕功也頗有根底。

朱七七微笑忖道：「好個鬼精靈的孩子，老八見到他必定歡喜得很……」

一想到老八，心裡不覺又是擔心，又是氣憤，恨恨道：「老八若是有了三長兩短，我不活活剝下花蕊仙的皮才怪。」她一氣憤起來，總是要剝別人的皮，其實真有人在她面前剝皮，她跑得比什麼人都快。

金無望手持油燈，當先而行，對這古墓之間的密道，自是熟得很，燈光照耀下，沈浪這才看到古墓之中，建造的當真是氣象恢宏，不輸人間帝王的宮殿，那內部機關消息之巧妙，密室地道之繁複，更是匪夷所思。

沈浪念及當初建造古墓工程之浩大，喟然嘆道：「這又不知是哪一位帝王的手筆？」

朱七七道：「你怎知道這必定是帝王陵墓？」

沈浪嘆道：「若要建起這樣一座陵墓，不但耗費的財力、物力必定十分驚人，而且還不知要犧牲多少人的性命，且看這裡一石一柱，甚至一盞油燈，有哪一件不是人類智慧、勞力與血淚的結晶，除了人間至尊帝王之外，又有誰能動用這許多人力物力，又有誰下得如此狠心……」

金無望突然冷冷道：「你錯了。」

沈浪怔了一怔，道：「莫非這不是帝王陵墓？」

金無望道：「非是人間帝王，而是武林至尊……」語聲微頓，沉聲接道：「九州王沈天君這名字你可聽過？」

沈浪道：「聽……聽過。」

金無望道：「當今武林中人，只知道沈家乃是武林中歷史最悠久的世家巨族，沈家子弟，兩百年來，經歷七次巨大災禍，而又能七次中興家道的故事，更是膾炙人口，卻不知百年前江湖中還有一世家，不但威望、財勢、武功都不在沈家之下，而且歷史之悠久，竟可上溯漢唐。」

沈浪脫口道：「兄台說的，莫非是中原高氏世家。」

金無望道：「不錯，這陵墓正是高家最後一代主人的藏靈之地。」

沈浪道：「最後一代主人？……莫非是高山青？」

金無望道：「正是此人，此人才氣縱橫武功絕世，中原高家傳至他這一代，更是興旺絕倫，盛極一時，那知此人到了晚年，竟忽然變得孤僻古怪，而且迷信神佛，以致廢寢忘食，非但不惜耗費千萬，用以建造這古墓，而且還不令他後代子弟知道這古墓所在之地。」

朱七七忍不住道：「這又是為的什麼？難道他不想享受後輩的香火？」

金無望道：「只因他迷信人死之後，若是將財產帶進墓中陪葬，下世投身為人時，便仍可享受這些財寶，是以他不願後輩子孫知道他藏寶之地，便是生怕他的子孫們，將他陪葬之財寶盜去花用。」

朱七七奇道：「但……但埋葬他的人，總該知道……」

金無望截口道：「他未死之前，便已將全部家財，以及高家世代相傳的武功秘笈，全部帶入了古墓，然後將古墓封起，靜靜躲在墓中等死……」

朱七七駭然道：「瘋子，此人簡直是個瘋子。」

金無望長長嘆息一聲，道：「但那相傳數百年，歷經十餘年代，威望之隆，一時無二的武林世家，便就此斷送在這瘋子手上，後代的高家子弟，為了尋找這陵墓所在地，非但不願再事生產，就連武功也荒廢了，為此而瘋狂的，兩代中竟有十一人之多，傳到高山青之孫時，高家人已將僅存的宅園林木典當乾淨，富可敵國的高姓子弟，竟從此一貧如洗，淪爲乞丐，威赫武林的高門武功，也漸漸消失，漸漸絕傳。」

說到這裡，朱七七抬眼已可看到古墓出口處透入的天光，她深深吸了口氣，心中非但無舒暢之意，反覺悶得十分難受。

沈浪心中不覺也是感慨叢生，長嘆一聲，黯然道：「這只怪高家後代子弟，竟不思奮發，方至淪落至此。」

朱七七道：「若換了是我，知道祖先陵墓中有無窮盡之寶藏，我也甚麼事都不想做了，這才是人情之常，怎怪得了他們。」

沈浪唯有嘆息搖頭，走了兩步，突又停下，沉聲道：「百年以來，可是從來無人入過這古墓？」

金無望道：「我設計令人來開掘這古墓時，曾留意勘察，但見這古墓絕無外人踏入的痕跡，那高山青的靈柩，棺蓋猶自開著一線，顯見他還未完全闔起，便已氣絕，高山青屍身早已成爲枯骨，但棺木旁卻還有他握在手中，死後方才跌落摔破的一隻玉杯，他手掌還攀附著棺蓋，最重要的是，墓中消息機關，亦無人啓動過的痕跡……由此種種，我俱可判定百年間絕無人來過這裡。」

沈浪皺眉道：「既是如此，那些財物珠寶、武功秘笈，必定還留在這古墓之中，只是金兄未曾發現罷了。」

金無望冷笑道：「這個倒可請閣下放心，墓中如有財寶，我必能找到，我此刻既未尋得任何財寶，這古墓中必是空無一物。」

沈浪默然良久，長嘆道：「若是別人來說此話，在下必定不會相信，但金兄如此說話，那想必再無疑問，只是……那些財寶究竟到哪裡去了？莫非他根本未曾帶入墓中？莫非他錢財全已用來建造這陵墓，根本已無存留？……」

他突然仰天一笑，朗聲道：「別人的財寶，我辛苦想他作甚？」緊隨金無望之後，一躍而出了古墓之外，風雪已霽，一輪冬日，將積雪大地映照得閃閃發光，有如銀妝玉琢一般。

朱七七嬌笑道：「你就是這點可愛，無論甚麼事你都能提得起，放得開，別人定必要苦苦想上十年八年的事，你卻可在轉瞬間便已不放在心上……」

語聲方住，突又嬌呼道：「但你可不能將我的老八也忘記了，快，快，快拍開花蕊仙的穴道，問問她究竟將老八藏到哪裡去了？」

花蕊仙穴道解開後，身子仍是站立不穩，顯見那「神仙一日醉」藥力猶存，朱七七厲喝道：「老八在哪裡，快還給我。」

雪霽時，大地最是寒冷，朱七七身上感覺到那刺骨的寒意，心裡就不禁更爲火孩兒擔心。但她愈是著急，花蕊仙卻愈是慢吞吞的，冷冷道：「此刻我腦中昏昏沉沉，怎能想得起他在哪裡呢？」

朱七七又驚又怒，道：「你……你……我殺了你。」

花蕊仙道：「你此刻殺了我也無用，除非等我藥力解開，恢復清醒，否則……」

沈浪突然截口道：「你只管將老八放出來，在你功力未曾恢復之前，我必定負責你安全無恙……」

他早已看出花蕊仙老謀深算，生怕交出火孩兒後，朱七七等人縱不忍傷害於她，但她氣力全無時，若然遇敵，性命也是不保，而她在未交出火孩兒之前，朱七七與沈浪自然必定要對她百般維護。

此刻沈浪一句話說破了她的心意，花蕊仙面色不禁爲之一變，目光數轉，尋思半晌，冷冷又道：「我功力恢復之後又當如何？」

朱七七道：「功力恢復後，你走你的路，我走我的路，誰還留你不成。」

花蕊仙微一沉吟，但卻冷冷道：「隨我來。」

經過半日時間，她藥力已漸消失，此刻雖仍不能任意行動，但已可掙扎而行，朱七七自也能下來走了，但她卻偏偏仍伏在沈浪背上，不肯下來，雙手有了些勁兒，反而抱得更緊了。

金無望相隨而行，面上毫無表情，似是全無逃跑之意，阿堵緊緊跟在他身後，一雙大眼睛轉來轉去，不時自言自語，喃喃道：「要是我，早已走了，還跟著別人作什麼？等著人宰割不成？」

金無望也不理他，只當沒有聽到。

花蕊仙沿著山崖走了十餘丈遠近，走到一方巨石旁，方自頓下腳步，道：「搬開這石頭裡面有個洞，你那寶貝老八就在裡面……哼！可笑我還用那白狐氅將他裹得好好的，豈非冤枉。」

朱七七見這洞穴果然甚是安全嚴密，暗中這才放了心，口中卻仍冷笑道：「冤枉什麼？你莫忘了那白狐氅是誰給你的……沈浪，推呀。」

沈浪轉首向金無望一笑，還未說話，金無望已大步行來，揮手一掌，向大石拍出，這一掌看來似是毫未用力，但那重逾三百斤的巨石，竟被他這輕描淡寫的一掌，震得直滾了出去，沈浪脫口讚道：「好掌……」

「力」字還未說出，語聲突然頓住，朱七七失聲驚呼，花蕊仙亦是變色——洞穴中空無一人，哪有火孩兒的影子？

朱七七嘶聲道：「鬼婆子，你……你敢騙我。」

花蕊仙也有些慌了，道：「我！我明明將他放在這裡……」

朱七七厲聲道：「你明明什麼！老八明明不在這裡，你……將老八藏到哪裡去了？……給我。快還給我。」

花蕊仙也急了，大聲道：「我爲何要騙你，難道我不要命了……莫……莫非是他自己弄開了穴道，推開石頭跑出去了。」

金無望冷冷道：「他若是自己跑走，爲何還要將洞口封起？」

朱七七道：「是呀，何況他小小年紀，又怎會自己解開穴道……沈浪，殺了她，快爲我殺了這鬼婆子。」

沈浪沉聲嘆道：「此刻殺了她也無濟於事，何況依我看來，花蕊仙倒也未曾說謊，你八弟只怕……唉！只怕已落入別人手中。」

花蕊仙嘆道：「還是沈相公主持公道……」

朱七七道：「那……那怎麼辦呢，你快想個法子呀。」

沈浪道：「此刻著急也無益，唯有慢慢設法……」

朱七七嘶聲道：「慢慢設法？老八小命只怕已沒有了……你……你好狠的心，竟說得出這樣的話……」說著說著，又是泣不成聲，終於放聲大哭起來。

金無望微微皺眉，道：「她也可以睡了。」

沈浪嘆道：「看來也唯有如此……」

金無望袍袖一揚，袖角輕輕拂在朱七七「睡穴」之上，朱七七哭聲漸漸低沉，眼簾漸漸闔起，片刻間便已入睡了。

一連串淚珠，落在沈浪肩頭，瞬息便自凝結成冰。

金無望目光冷冷瞧著花蕊仙，一字字緩緩道：

「沈兄要將她如何處置？」

花蕊仙看到他這冰冷的目光，竟不由自主，機伶伶打了個寒噤，此刻在日色之下，她才瞧清這金無望之面容，當真是古怪詭異已極。

他耳、鼻、眼、口若是分開來看，也與別人沒什麼不同，但雙耳一大一小，雙眉一粗一細，鼻子粗大如膽，嘴唇卻薄如利刃，兩隻眼睛，分開了一掌之寬，左眼圓如銅鈴，右眼卻是三角形狀——看來竟似老天爺造他時，一個不留意，竟將本該生在五六個不同之人面上的器官，同時生在他一個人面上了，婦人童子只要瞧他一眼，半夜睡覺時也要被噩夢驚醒。

花蕊仙愈是不想瞧他，愈是忍不住要多瞧他一眼，但愈多瞧他一眼，心頭寒意便愈重一分，她本待破口大罵金無望多管閒事，卑鄙無恥，但一句話到了嘴邊，竟再也說不出來。

阿堵睜大了眼睛，吃驚地瞧著他的主人，似乎在奇怪這平日從來未將任何人瞧在眼裡的金老爺，如今居然會對沈浪如此服貼。

沈浪微微一笑，道：「金兄若是換了在下，不知要將她如何處置？」

金無望冷冷道：「殺之無味，帶著累贅，不如就將她留在此地。」

花蕊仙大駭道：「你……若將我留在此地不如殺了我吧。」

要知她此刻全身無力，衣衫單薄，縱無仇家再尋她的麻煩，但她無力禦寒，只怕也要活活凍死。

金無望冷笑道：「原來掌中天魔，也是怕死的……接著。」

隨手扯下了腰間絲縧，長鞭樣拋了出去，花蕊仙伸手接過，卻不知他此舉究竟是何用意。

沈浪微笑道：「金兄已饒了你性命，快把絲縧綁在手上，金兄自會助你一臂之力。」

金無望道：「沈兄既無傷她之心，在下也只有帶她走了。」

沈浪大笑道：「不想金兄竟是小弟知己，竟能猜著小弟的心意。」

這時花蕊仙已乖乖的將絲縧綁著手腕，她一生傷人無算，只當自己必然不至怕死，但此番到了這生死關頭之際，她才知道「不怕死」三字，說來雖然容易，做來卻當真是艱難已極。

金無望道：「自古艱難唯一死，花蕊仙怕死，在下何嘗不怕，沈兄放過在下一命，在下怎能忘恩負義？沈兄要去哪裡，在下願相隨盡力。」

沈浪笑道：「在下若非深信金兄是恩怨分明的大丈夫，又怎會對金兄如此放心？……在下領路前行，先遠離此間再說。」

轉身急行，金無望拉著花蕊仙相隨在後，兩人雖未施展輕功，但是腳步是何等輕健，只可憐花蕊仙跟在後面，還未走出一箭之地，已是嘴唇發青，面無血色。

四野冷寂，鳥獸絕蹤，但雪地上卻滿是雜亂的腳印，顯見方千里、展英松等人必定走得甚是狼狽。

沈浪凝目望去，只見這些足印，來時痕跡極淺，而且相隔距離最少也有五六尺開外，但足尖向著去路的痕跡，入雪卻有兩寸多深，相隔之距離也短了許多，又顯見方千里等人來時腳步雖輕健，但去時卻似受了內傷，是以舉步甚是艱難。

沈浪微一沉吟，回首笑道：「金兄好高明的手段。」

金無望怔了一怔，道：「相公此話怎講？」

沈浪笑道：「在下本在擔心方千里等人去而復返再來尋朱姑娘復仇，如今他們既已被金兄所傷，在下便放心了。」

金無望道：「在下並未出手傷了他們。」

沈浪不覺吃了一驚，忖道：「此人既然如此說話，方千里等人便必非被他們傷，那……那卻又是誰將他們傷了的？憑金不換的本事，又怎傷得了這許多武功高手？」他愈想愈覺奇怪，不知不覺間放緩了腳步。

但一路行來，終是走了不少路途，突見一條人影自對面飛掠而來，本只是淡淡灰影，眨眼間便來到近前，竟是那亂世神龍之女，鐵化鶴之妻，面帶傷疤的半面美婦，她懷抱著愛女亭亭，滿面俱是惶急之色，一瞧見沈浪，有如見到親人一般，驟然停下腳步，喘息著問道：「相公可曾瞧見我家夫君了麼？」

沈浪變色道：「鐵兄莫非還未回去？」

牟面美婦傖急道：「至今未有消息。」

沈浪道：「方千里、勝瀅、一笑佛等人……」

他話未說完，牟面美婦已截口道：「這些人豈非都是跟著相公一同探訪墓中秘密去了，他們的行蹤妾身怎會知道？」

沈浪大駭道：「這些人莫非也未曾回去。」

他深知鐵化鶴關心愛妻幼女，一獲自由，必先趕回沁陽與妻女相會，此番既未回轉，其中必然又有變故，何況方千里等數十人亦是不明下落，他們不回沁陽，卻是到哪裡去了？那牟面美婦瞧見沈浪面上神情，自然更是著急，一把抓住沈浪的衣襟，頓聲道：「化鶴……他莫非已……」

沈浪柔聲道：「夫人且莫著急，此事……」目光動處，語聲突頓。

那雪地之上，赫然竟已只剩下足尖向古墓去的腳印，另一行足尖向前的，竟已不知在何時中止了。

沈浪暗道一聲不好。也顧不得再去安慰那牟面美婦，立時轉身退回，金無望面沉如水，牟面美婦目光瑩然，亭亭緊勾著她的脖子，不住啼哭——

一行人跟在沈浪身後，走回一箭之地，突聽沈浪輕呼一聲：「在這裡了。」

金無望凝目望去，但見那行走向沁陽去的零亂腳印，竟在這裡突然中斷，那老老少少幾十個人，竟似在這裡突然平地飛上天去了。

半面美婦嘶聲道：「這……這是怎麼回事？」

沈浪沉聲道：「鐵兄與方千里、一笑佛等人俱都已自古墓中脫險，一行人想必急著趕回沁陽，但到了這裡……到了這裡……」

那一行人到了這裡怎會失蹤？究竟遇著什麼驚人的變故，沈浪亦是滿頭霧水，百思不解，只得長嘆一聲，住口不語。

那半面美婦究竟非同凡婦可比，雖在如此惶恐急痛之下，眼淚並未流出，但她凝目瞧了雪地上足印幾眼，只見這行足印既未轉回，亦未轉折，果然似自平地升天一般——她雖然鎭定，卻也不禁愈瞧愈是奇怪，愈瞧愈是驚惶，連手足都顫抖起來，駭極之下，反而一個字都說不出來。

金無望與沈浪對望一眼，這兩人平日都可稱得上是料事如神之輩，但此刻竭盡心力，用盡智慧，卻也猜不出是怎麼回事來。

兩人平日若是迷信鬼神，便可將此事委諸於鬼神之作祟，他兩人平日若是愚鈍無知，也可自我解說爲：「此事其中必有古怪，只是我想不出來罷了。」

但兩人偏偏卻是頭腦冷靜，思慮周密之人，片刻間已想過無數種解釋，其中絕無任何一條理由能將此事解釋得通。

他兩人既不迷信鬼神，又深信此事自己若不能想通，別人更絕計想它不出，這才會愈想愈覺此事之詭異可怕，兩人對望一眼，額上都不禁沁出了冷汗。

到了這時，那半面美婦終於也忍不住流下淚來，垂首道：「賤妾方寸已亂，此事該如何處理，全憑相公作主了。」

沈浪笑道：「這其中必定有個驚人的陰謀，在下一時間也想不出該如何處理，但望夫人此刻且莫作無謂之傷悲，且與在下……」

突聽一聲嘶啞的呼喝，道：「鐵大嫂莫聽這人的鬼話，他身旁那廝便是快活王的門下，也就是這次在古墓中搗鬼的人，姓沈的早就與他串通好了，鐵大哥、方大俠以及數十位武林朋友們，卻早已被這兩人害死了，我見義勇爲金不換可以作證。」

這嘶啞的呼聲，正是金不換發出來的，他躲在道旁遠遠一株樹下，正指手畫腳，在破口大罵。

他身旁還有四人，卻是那「不敗神劍」李長青、「氣吞斗牛」連天雲，與惜語如金的冷家兄弟。

原來李長青等人風聞沁陽城的怪事，便連夜趕來，卻恰巧遇著了正想無事生非的金不換，此刻李長青雖還保持鎮靜，連天雲卻早已怒形於色，厲聲喝道：「難怪我兄弟猜不出這姓沈的來歷，原來他竟然是快活王的走狗，冷大、冷三，咱們這次可莫要放過了他。」

那半面美婦本還拿不定金不換言語可是真的，此刻一聽「仁義莊」主人竟然也是如此說話，心下再無遲疑，咬一咬牙，一言未發，一隻纖纖玉手，卻已拍向沈浪胸膛，掌勢之迅急奇詭，較那「震山掌」皇甫嵩高明何止百倍？

沈浪懷中雖抱著一人，但身形一閃，便險險避過，他深知此時此刻已是萬萬解說不清，是以口中絕不辨白。

金不換更是得意，大罵道：「你瞧這廝終究還是承認了吧，鐵大嫂，你手下可莫要留情……連老前輩，你也該快動手呀。」

連天雲怒道：「老夫豈是以多爲勝之輩。」

金不換冷笑道：「對付這樣的人，還能講什麼武林道義？連老前輩你且瞧瞧，坐在那邊雪地中的是什麼人？」

連天雲一眼瞧見了花蕊仙，目光立刻被怒火染紅，暴喝一聲，撲將上去，突見一個殺眉殺臉的灰袍人，橫身攔住了他去路，連天雲怒道：「你是什麼人，也敢擋路？」

金無望冷冷的瞧著他，也不說話，連天雲劈面一拳打了過去，金無望揮手一掌，便化開了他拳勢。

連天雲連攻五拳，金無望雙掌飛舞，專切他脈門，腳下卻仍半步未讓，連天雲怒極大喝道：「花蕊仙是你什麼人？」

金無望冷冷道：「花某與我毫無干係，但沈相公既已將她託付於我，誰也休想傷她。」

雪地上的花蕊仙，雖被拖得渾身發疼，此刻面目上卻不禁流露出感激之色，但見連天雲鬚髮怒張，瞬息間又攻出了九拳之多。

「氣吞斗牛」連天雲雖在衡山一役中將武功損傷了一半，但此刻拳勢施展開來，卻是剛猛威勇，無與倫比。

拳風虎虎，四下冰雪飛激，金無望卻仍是屹立當地，動也不動，那邊李長青愈瞧愈是驚奇，他固是驚奇於金無望武功之高強，卻更是驚奇於沈浪之飄忽，輕功之高絕，懷中縱然抱著一人，但身形飛掠在雪地上，雙足竟仍不留絲毫腳印，半面美婦掌力雖迅急，卻也休想沾得他一片衣袂。

金不換瞧得眉飛色舞，別人打得愈厲害，他便是愈開心，忍不住又道：「冷大、冷三，你們也該上去幫幫忙呀，難道……」

話聲未了，忽然一道強銳之極的風聲撲面而來，冷三右腕上那黑黝黝的鐵鈎已到了他面前。

金不換大駭之下，凌空一個斛斗，堪堪避開，怒喝道：「你這是做什麼？」

冷三道：「憑你也配支使我。」說了七個字後，便似已覺說得太多，往地上重重啐了一口。金不換氣得目定口呆，卻也將他無可奈何。

這時雪地上兩人已對拆了數十招之多，沈浪與金無望兩人必是只有閃避絕未還手，沈浪雖有累贅，幸好半面美婦懷中也抱著一人，是以他身法尚流動自如，那邊金無望卻已有些對連天雲剛烈的拳勢難以應付，只因有守無攻的打法，委實太過吃力，除非對方武功相距懸殊，否則定是必敗之局。

李長青眼觀六路，喃喃地道：「這少婦必是塞外神龍之女柳伴風，不想她武功竟似已不在『華山玉女』之下，她夫婿鐵化鶴身手想必更見不凡，由此可見，江湖中必定還有甚多無名的英雄……但她夫妻終究是名家之後，這少年卻又是誰？倒委實令人難以猜測。」

要知沈浪自始至終都未施出一招，別人自然無法瞧出他武功，李長青目光轉向金無望瞧了半晌，雙肩更是愁鎖難展。

突見那半面美婦柳伴風倒退數步，她早已打得香汗淋漓，胸中也喘息不住，但仍未沾著沈浪一片衣袂，此刻戟指嬌叱道：「你……你為何不還手？」

沈浪道：「在下與夫人素無冤仇，為何要還手？」

柳伴風道：「放屁，此事若不是你做的，人到哪裡去了，你若不解說清楚……」

沈浪苦笑道：「此事連在下都莫名其妙，又怎能解說得出？」

柳伴風頓足道：「好，你……你……」

咬一咬牙，放下那孩子——亭亭早已嚇得哭不出了，此刻雙足落地，才放聲大哭起來，柳伴風瞧瞧孩子，瞧瞧沈浪，眼中亦是珠淚滿眶，突然彎下身子抱起她女兒，也輕輕啜泣起來。

沈浪仰天長嘆一聲，道：「真象難明，是非難分，叫我如何自處，夫人你若肯給在下半月時間，我必定探出鐵大俠的下落。」

柳伴風霍然抬起頭來，目光凝注著他。

那邊金不換又想發話，卻被冷大、冷三四道冰冷銳利的目光逼得一個字也不敢說了，只見柳伴風目光不瞬，過了半晌，突然道：「好！我在沁陽等你。」

沈浪轉向李長青，道：「前輩意下如何？」

李長青沉吟半晌，微微一笑，道：「我瞧冷家兄弟對你頗有好感，想必也不願與你動手，只是我那三弟……唉，除非你能將花蕊仙留下。」

沈浪道：「在下可擔保她絕非是傷金振羽一家的兇手。」

連天雲雖在動手，耳朵也未閒著，聞言怒喝道：「放屁，老夫親眼見到的……」

沈浪截口道：「前輩可知道當今天下，已有許多絕傳的武功重現江湖，前輩可知道安陽五義乃是死在紫煞手下，鐵化鶴卻絕未動手，在下今日不妨將花蕊仙留下，但在真象未明之前，前輩卻必須擔保不得傷害於她。」

李長青手撚長髯，又自沉吟半晌，慨然道：「好，老夫便給你半月之期，半月之後，你且來仁義莊一行，鐵夫人也可在敝莊相候。」

柳伴風手拭淚痕，點了點頭，李長青輕叱道：「三弟還不住手。」

連天雲猛攻三拳，後退六步，目光仍忍不住狠狠地瞪著金無望，金無望仰首向天，只當沒有見到。

金不換忍不住大喝道：「沈浪雖可放走，但那廝可是快活王手下，卻萬萬放不得的。」

沈浪道：「你留得下他麼？」

金不換怔了一怔，道：「這……這……」

沈浪一字字緩緩道：「無論他是否快活王門下，但各位既已放過在下，便也不得難爲於他，在下若無他相助，萬難尋出事情真象。」

李長青嘆道：「那位兄台若是要走，本無人能攔得住他……」

突然一揮袍袖，道：「事已決定，莫再多言，相煩鐵夫人扶起那位花夫人，咱們走吧。」

沈浪向冷家兄弟含笑抱拳，冷大、冷三枯澀的面容上，似有笑容一閃，但目光望見金不換，笑容立時不見了。

金不換乾咳一聲，遠遠走在一邊，更是不敢接觸別人的目光，李長青瞧了他一眼，忍不住搖頭嘆息。

人群都已離去，阿堵方自一挑大拇指，又大聲讚道：「沈相公果然夠朋友，危難時也不肯拋下我師父，難怪師父他老人家肯對沈相公如此賣帳了。」

沈浪微微笑道：「好孩子，你要知道唯有患難中才能顯得出朋友交情。」

阿堵道：「但阿堵卻不懂，相公你怎肯將那……那姓金的輕輕放過？」

沈浪嘆道：「我縱要對他有所舉動，李二俠也必要維護於他。」

阿堵點了點頭，沈浪忽然又道：「在下尚有一事想要請教金兄，不知……」

金無望不等他話問出來，便已答道：「快活四使唯有在下先來中原，但在下並未假冒花蕊仙之名向人出手，那金振羽是誰殺的，在下亦不知情。」

他事先便能猜出沈浪要問的話，沈浪倒不奇怪，但他說的這番話，卻使沈浪吃了一驚，呆了半晌，喃喃道：「既是如此，那金振羽等人又是誰下手殺的？除了快活王一門之外，江湖中難道還有別人能偷學到武林中一些獨門秘技。」

金無望沉聲道：「想來必是如此，還有……『塞外神龍』之不傳秘技紫煞手，快活門下除了一人之外，誰也未去練它，而那人此刻卻遠在玉門關外，是以『安陽五義』若是被紫煞手所傷，在下亦是全不知情。」

沈浪這一驚更是非同小可，駭然道：「在下平日自命料事頗準，誰知今日卻事事都出了在下意料之外，但……但那『安陽五義』乃是自古墓中負傷而出，若非金兄下的毒手，那古墓中難道還有別人在麼？此人是誰？他又怎會學得別人的獨門武功。」

金無望嘆道：「局勢愈來愈見複雜，看來江湖大亂，已在眼前了……」

沈浪黯然道：「火孩兒不知去向，鐵化鶴等數十高手平白失蹤，殺害金振羽等人之真兇難尋，江湖中除了快活王外居然還有人能窺及他人不傳秘技……這些事其中無一不是含有絕大之隱秘，此刻每件事又都在迷霧之中，絕無半點頭緒，卻要我在半個月裡如何尋得出其中真象？」

若是換了別人，此刻當真是哭也哭不出了，但沈浪嘆息半晌，眉宇立又開朗，仰天笑道：「如今距離限期還有十五日之多，整整一百八十個時辰，我此刻便已擔憂起來，當真要教金兄見笑了。」

他大笑著揮手前行，走了幾步，但見金無望兀自站著發怔，不禁後退一步，含笑喚道：「金兄何苦……」

語聲未了，心頭突有靈光一閃，急忙又後退了幾步，目光瞧向金無望。

兩人對望一眼，面上俱是喜動顏色，再不說話，大步向古墓那邊走了過去，阿堵又驚又奇，忍不住問道：「這是做什麼？」

沈浪道：「走路的人既不能上天入地，但腳印偏偏突然中斷，除了那些人走到這裡又倒退著走回去，還能有什麼別的解釋？」

阿堵恍然大悟道：「不錯，他們若是踩著原來的腳印退回，別人自然看不出來……難怪這些腳步踩得這麼深，又這麼零亂，原來每個腳印他們都踩過兩次。」要知踩過兩次的腳印，自然要比平時的深，也亂得多了。

金無望道：「在下此刻只有一事不解，那些人如此做法，爲的自是要混亂別人的眼目，但他們究竟要騙誰呢？」

沈浪道：「要騙的自是你我，在下不解的是鐵化鶴怎會連自己妻女都不願見了，這除非……」

金無望目光一閃，道：「除非這些人都已受了別人挾持，那人爲了要將這數十高手俱都劫走，是以才令他們如此做法，佈下疑陣，好讓別人疑神疑鬼，再也猜不到他們的下落，但……但……但此人竟能要這數十高手乖乖的聽命於他，非但跟著他走，還不惜倒退著走，這豈非太過不可思議。」

沈浪道：「別人還倒罷了，那人能令鐵化鶴別絕自己妻女，確是不可思議，除非……除非他能有一種奇異的手段，來迷惑別人的神智。」

金無望拍掌道：「正是如此，否則他縱有天大的武功，能掌握別人的生死，但這些生性倨傲的武林豪傑，也不見得人人都肯聽命於他。」

兩人一面說話，目光一面在雪地上搜索，眼見已將走回古墓，兩人對望一眼，同時停下了腳步。

只見那片雪地左旁，白雪狼藉一片，再往前面，那零亂的腳印便淺了許多，也整齊了許多。

金無望道：「那些人必是退到這裡，便自道旁上車，車後必縛有一大片枯枝，車馬一走，枯枝便將雪地上的車轍痕跡掃了。」

兩人驟然間將一件本似不可解釋的事解釋通了，心胸間俱是舒暢無比，但方過半晌，金無望又不禁皺眉道：「此人行事如此周密，又能將數十高手迷走，在下實想不出江湖中有誰是如此厲害的角色。」

沈浪沉吟道：「金兄可知道天下武林中，最擅那迷魂攝心大法的人是誰？」

金無望想也不想，道：「雲夢仙子。」

沈浪道：「不錯，那雲夢仙子，昔年正是以天下最毒之暗器『天雲五花綿』與『迷魂攝心催夢大法』，名震江湖，縱是武林中頂尖高手，遇著這雲夢仙子也只有俯首稱臣，只是她那『天雲五花綿』委實太過陰毒霸道，江湖豪傑便只記得她名字中那『雲』字，反將『夢』字忘了。」

金無望道：「但……但雲夢仙子已去世多年……」

沈浪沉聲道：「柴玉關既可詐死還生，雲夢仙子為何不可？」一面說話，一面自懷中摸出一道鐵牌，接道：「金兄可認得這是什麼？」

金無望眼角一瞥，面色立變，駭然道：「天雲令。」

沈浪道：「不錯，這正是雲夢仙子號令群魔之『天雲令』。」

金無望道：「相公是自何處得來的？」

沈浪道：「古墓入口處那石桌上得來的，先前在下以爲此令必是金兄所有，如今看來，將此令放在石桌上的，必定也就是那以『紫煞手』擊斃安陽五義的人，此番將方千里等武林高手帶走的，想必也就是她。」

金無望失色道：「此人一直在那古墓之中，在下竟會全然不知，而在下之一舉一動，想來卻都不能逃過她的耳目……此人是誰，難道真是那雲夢仙子？」

他想到那古墓中竟有個鬼魅般無形無影的敵人在隨時窺伺著他，只覺一股寒氣，自腳底升起，全身毛孔，都不禁爲之悚慄。

沈浪沉聲道：「此人是否雲夢仙子？雲夢仙子是否真的重現江湖？她將鐵化鶴等人俱都帶走，究竟又有何詭謀？鐵化鶴等人此刻究竟已被她帶去哪裡？殺死金振羽等人的兇手，是否也是她？……哦，這些疑團在下都必須在半月裡查出端倪，不知金兄可願助在下一臂之力？」

金無望接道：「相公心中所疑之事，件件都與在下有關，這些疑團一日不破，在下便一日不能安枕。」

沈浪道：「既是如此，金兄請隨我來，好歹先將此事查個水落石出，至於日後你我是友是敵？此刻不妨先放在一邊。」

金無望肅然道：「正是如此。」

兩人追蹤那被枯枝掃過的雪跡，一路上倒也有些蛛絲馬跡可尋，金無望目光四顧，微微嘆道：「幸好這滿地大雪，看來他們是西去了。」

沈浪也皺眉道：「這些人若是行走人煙繁多之處，必定惹人注目，但西行便是太行山，一路都荒僻得很。」

金無望道：「他們人多，車馬載重，必走不快，你我加急趕路，說不定今日便可趕上他們也未可知。」

但兩人追到日暮時分，卻仍未發現有可疑的車馬，路上只要遇著行人，金無望便遠遠走開，由沈浪前去打聽，只因他生怕怪異的像貌，嚇得別人不敢開口，只是一路上沈浪卻也未打聽出什麼，有人根本什麼也未瞧見，有人固是瞧見車馬行過，但若再問他究竟是幾輛車？幾匹馬？車馬是何形狀？趕車的人是何模樣？那人便也瞠目不知所答了。

日落時天上又飄下雪花，一行人在洛陽城外，一家店歇下，朱七七藥力已解，人也醒來，自然免不了要向沈浪悲泣吵鬧，但沈浪將其中詭秘曲折向她說了後，朱七七亦是目定口呆，不寒而慄。

那村店甚是簡陋，金無望拋出一錠銀子，店家才爲他們騰出一整張熱炕，幾人各自吃了碗熱騰騰的牛肉泡饃，沈浪倒頭便睡，阿堵也縮在角落裡睡著了，但朱七七盤膝坐在炕上，望著那粗被棉枕，想到炕下燒著的便是一堆堆馬糞，這養尊處優的千金小姐，哪裡還能闔得上眼睛。

只是她若不闔起眼睛，金無望那張陰陽怪氣的臉便在眼前，她想不去瞧都困難得很。

朱七七看見沈浪睡得愈沉，愈是恨得牙癢癢的，暗唾道：「沒心沒肺的人呀，你怎麼睡得著？」一氣之下，索性披衣而起，推門而出，身上雖然冷得發慌，但白雪飄飄，如天然梅花，倒也頗有詩意。

遠處傳來懶洋洋的更鼓聲，已是三更了。

忽然間，一陣車轔馬嘶之聲，自風雪中傳了過來。

朱七七精神一震，暗道：「莫非是那話兒來了，我得去叫醒沈浪。」

那知她一念尚未轉完，忽聽「嗖」的一聲，已有一條人影穿門而出，自她身旁掠過，正是沈浪。

睡得最沉的人，出來得竟然最快，朱七七也不知是恨是愛，暗罵道：「好，原來你在假睡……」方待呼喚，身旁又是一條人影，如飛掠過，卻是那金無望。

這兩人身法是何等迅快，眨眼掠出牆外，竟未招呼朱七七一聲，等到朱七七趕著去追，追出牆外，但兩人身形早已瞧不見了。

朱七七又是著急，又是氣惱，暗道：「好，你們不帶著我，我自己去追。」

但這時車轔馬嘶都已不復再聞，朱七七偏偏也未聽清方才的車馬聲是自哪個方向傳來的。

她又是咬牙，又是跺腳，忽然拔下頭上金釵，拋在地上，只見釵頭指著東方，她便展動身形，向東掠去。

但一路上連個鬼影子都沒有，哪裡瞧得見車馬？地形卻愈來愈是荒僻，風雪中的枯樹，在寒夜裡看來，有如鬼影幢幢，作勢欲起。

若是換了別人，便該覓路回去，但朱七七偏是個拗極了的性子，愈找不著愈要找，找到後來還是找不著，朱七七身子卻已被凍僵了，她自幼嬌生慣養，一呼百諾，幾曾受過這樣的罪。

突然一絲寒氣直刺入骨，原來她鞋子也破了，雪水透入羅襪，那滋味當真比尖刀割一下還要難受。

朱七七左顧右望，愈瞧愈覺寂寞，思前想後，愈想愈覺難受，竟忍不住靠在樹上，捧著腳，輕輕哭了起來。

眼淚落在衣服上，轉瞬之間便化作了冰珠，朱七七流淚道：「我這是為了誰？小沒良心的，你知道麼？……」

一句話未完，枯林外突然有一陣沙沙的腳步聲傳了過來，風雪寒夜，驟聞異聲，朱七七當真是毛骨悚然，連眼淚也都被嚇了回去，跛著腳退到樹後，咬緊銀牙，用一雙眼睛偷偷瞧了過去。

只聽腳步聲愈來愈近，接著，兩條白衣人影穿林而入，雪光反映之下，只見這兩人白袍及地，長髮披肩，手裡各自提著根二尺多長的烏絲長鞭，宛如幽靈般飄然走來，仔細一看，卻是兩個面目娟秀的少女。

她兩人神情雖帶著些森森鬼氣，但終究是兩個少女，朱七七這才稍定下些心，只是仍屏息靜氣，不敢動彈。

只見這兩個白衣少女目光四下望了望，緩緩停下腳步，左面一個少女，突然撮口尖哨了一聲。

哨聲如鬼哭，如狼嚎，朱七七陡然又嚇了一跳，但聞十餘丈外也有哨聲回應，接著腳步之聲又響，漸近……

突然，十一、二個男人，分成兩行，魚貫走入樹林。

這十餘人有老有少，有高有矮，但面容僵木，神情呆板，有如行屍走肉一般，後面兩個白衣少女，也是手提長鞭，緊緊相隨，只要有人走出了行列，她們的長鞭立刻揮起，「啪」地抽在那人身上，那人便立刻乖乖的走回去，面上亦無絲毫表情，似是完全不覺痛苦。

朱七七驚魂方定，又見到這種詭異之極，恐怖之極的怪事，一顆心不知不覺間又提到嗓子眼來了。她一生之中，只聽過有趕牛的、趕羊的、趕馬的，卻連做夢也未想到世上竟還有「趕人」的事。

「趕屍！」朱七七突然想到湘西趕屍的傳說，心頭更是發毛，暗道：「這莫非便是趕屍麼？」

但此地並非湘西，這些人面容雖僵木，卻也絕不會是死人──不是死人，又怎會甘受別人鞭趕？

只見前面的兩個白衣少女長鞭一揮，那十餘人便也全都停下腳步，一個白衣少女身材高挑，輕嘆道：「走得累死了，咱們就在這裡歇歇吧。」

另一個白衣少女面如滿月，亦自嘆道：「這趕人的事真不好受，既不能休息，又怕人見著，大小姐卻偏偏還給咱們取個那麼漂亮好聽的名字，叫什麼『白雲牧女』……」

突然輕輕一笑，接道：「牧女，別人聽見這名字，必要將咱們當作牧牛牧羊的，又有誰能猜咱們竟是『牧人』的呢？」

那高挑牧女笑道：「牧人的總比被人牧得好，你可知道，這些人裡面也有不少成名的英雄，譬如說他……」

長鞭向行列中一指，接道：「他還是河西一帶，最負盛名的鏢頭哩。」

朱七七隨著她鞭梢所指之處望去，只見行列中一人木然而立，身材高大，滿面虬髯，那不是展英松是誰？

展英松既在這裡，別的人想必都是自古墓中出來的了。

朱七七再也想不到自己竟在無意中發現這秘密，心中的驚喜之情，當真是難以描敘，暗暗忖道：「沈浪雖然聰明絕頂，卻也未想到世上竟有『趕人』的勾當，一心以為他們神智既已被迷，必然乘著車馬……唉，差之毫厘，謬之千里，他全力去追查車馬，別人卻乘著半夜悄悄將人趕走了，他怎會追得著？」

展英松雖是她的對頭，但她此刻見到展英松鬚髮之上，都結滿了冰層，神情委實狼狽不堪，心中又不禁泛起了憐憫之心，暗嘆忖道：「我好歹也得將此事通知沈浪，要他設法救出他們。」

心念一轉，立時忖道：「不行，沈浪一直將我當做無用的人，我就偏偏要做出一些驚人的事來讓他瞧瞧，這正是大好機會，我怎能放過，等我將這事全部探訪明白，再回去告訴他，那時他面上表情一定好看得很。」

想到這裡，她眼前似乎已可瞧見沈浪又是吃驚，又是讚美的表情，於是她面上也不禁露出得意的微笑。

只聽另一個嬌小的白雲牧女道：「時候不早了，咱們還是走吧，別忘了天亮之前，咱們就得將這些人趕到，否則大伙兒都要受罪了。」

圓臉牧女道：「急什麼，一共四撥人，咱們早去也沒用。」

高挑牧女長嘆了口氣，道：「早到總比遲到得好，還是走吧。」

長鞭一揮，帶路前行，展英松等人，果然又乖乖的跟在她身後。

後面另兩個牧女，揮動長鞭，將雪地上足印，全都打亂了，雪花紛飛中，一行人又魚貫走出了樹林。

朱七七恍然忖道：「原來她們竟是化整爲零，將人分作四批，但我只要跟定這一批，跟到她們的老巢，她們一個也跑不了。」

這時她滿腹雄心壯志，滿腔熱血奔騰，腳也不冷了，潛跡藏形，屏息靜氣，悄悄跟蹤而去。

她雖不敢走得太近，但幸好那「沙沙」的腳步聲卻在一直爲她帶路，那些白雲牧女們，顯然未想到在如此風雪寒夜中還會有人發現她們的行蹤，是以走得甚是大意，也根本未曾回頭瞧上一眼。

除了輕微的腳步聲外，一行人絕無任何聲息發出，要想將數十人自甲地神不知鬼不覺的送到乙地，這「趕人」的法子，確是再好也沒了，朱七七愈想愈覺這主意出得高明，忍不住暗嘆忖道：「這麼高明的法子爲何以前竟無人想得起？……但能想起這種古怪詭異的法子來的人，想必也是個怪物。」

於是她便一路猜測這「怪物」是誰？生得是何模樣？不知不覺間，竟已走了一個多時辰了。

估量時刻，此刻只怕已有五更，但寒夜晝短夜長，四下仍是一片黑沉沉的，瞧不見一絲曙色。

朱七七只當這一干人的去處必是極爲荒僻之地，那知這一路上除了曾經越過冰凍的河流外，地勢竟是愈走愈平坦，到後來藉著雪光反映，竟隱約可以瞧見前路有一座巨大的城影。

這一來又出了朱七七意料之外，暗自忖道：「這些牧女難道還能趕人入城麼？這絕不可能。」

但白雲牧女們卻偏偏將人都趕到城下，城門初開，突有兩輛華麗之極的馬車，自城裡急馳而出。

馬車四側，都懸著明亮的珠燈，看來彷彿是什麼高官巨富所坐，連車帶馬，都惹眼已極。

朱七七忖道：「她們縱要趁機入城，也不會乘坐如此惹眼的馬車，這更不可能了。」

那知馬車卻偏偏直奔白雲牧女而來，圓臉牧女輕喟一聲，車馬頓住，十二條漢子、四個白雲牧女，竟分別上了馬車。

朱七七瞧得目定口呆，滿心驚詫，她卻不知這些人的行事，正是處處都要出人意料之外，若是車馬被人猜中，還能成什麼大事？

這時車馬又將啓行，朱七七咬一咬牙，忖道：「一不做，二不休，縱是龍潭虎穴，我也先跟去才說。」

竟一掠而去，鑽入車底，身子在車底下，跟著車馬一齊走了。

若是換了別人，必定考慮考慮，但朱七七天生是顧前不顧後的性子，否則又怎會闖出那麼多禍來？

車馬入城，朱七七只覺背脊時擦著地上冰雪，一陣陣寒氣鑽心而來，也辨不出車馬究竟走到那裡。

漸漸，四下有了人聲，隱約可聽出說的是：「這玫瑰乃是暖室異種，當真千載難逢。」

「現下臘梅正當令，再過些時候買不到了。」

「還是水仙清雅，案頭放盆水仙，連人都會變得高雅起來。」

朱七七耳畔聽得這些言語，鼻端聞得一陣花香，自然便可猜到，此地必是清晨的花市了。

車馬在花市停了半晌，白雲牧女們竟似乎買了不少花，朱七七又不禁覺得奇怪，暗暗忖道：「她們買花幹什麼？」

又聽得那些花販道：「姑娘拿回去就是了，給什麼銀子。」

「明天還有些異種牡丹要上市，姑娘請早些來呀。」

朱七七更是奇怪：「照這模樣，她們竟還是時常來買花的，竟與花販都如此熟悉，如此神秘詭異的人物，卻常來買花，這豈非怪事？」

但這時車馬又已啓行，已不容她再多思索。

穿過花市，街道曲折甚多，車馬左彎右拐，走了約摸頓飯功夫，只聽車廂中人語道：「大門是開著的麼？」

「是開著的，別人只怕已先到了。」

「你瞧，我說早些回來，你偏要歇歇。」

「此刻還埋怨什麼，快進去吧。」

紛紛人語聲中，車馬突然間向上走了，朱七七本當是個山坡，後來才知道只不過是道石階而已，只是比著車輛的寬窄，在石階旁砌了兩行平道，十餘級石階盡頭，便是道極爲寬闊的門戶。

入門之後，竟仍有一條青石板路，路上積雪，俱已打掃得乾乾淨淨，朱七七雖然瞧不見四下景象，但衡情度勢，也已猜出宅院非但氣派必定宏偉，而且庭院深沉，走了一重又是一重竟又走了盞茶時分，才聽得有人呼喝道：「車馬停到第七號棚去，車上的人先下來。」

朱七七偷眼一望，只見馬車兩旁，有幾十條腿在走來走去，這些人有的穿著長筒皮靴，有的穿著織錦鞋，有的穿褲，有的著裙，腳步都極是輕健，只是瞧不見他們的面目而已，朱七七這時才著急起來。

此刻她已身入虎穴，卻想不出有任何脫身之計，而別人只要俯身看上一眼，便立刻可以發現她的形跡，那時她縱有三頭六臂，只怕也難活著闖出去了。她不但著急，還有些後悔，後悔不該孤身犯險，此刻她就算爲沈浪死在這裡，沈浪卻也不知道她是如何死的。

人聲嘈雜，馬嘶不絕，幾個人將車馬拉入馬棚，洗車的洗車，洗馬的洗馬，幸好還無人俯身來瞧上一眼。

但這時朱七七身子已凍僵了，手臂更是痠楚疼痛不堪，彷彿有幾千幾萬根尖針在她肩頭、肘彎刺來刺去。

她真恨不得大叫著衝出去，只是她還不想死，也只有咬緊牙關，拚命忍住，只盼這些人快些洗完車馬，快快走開。

那知這些人卻偏不趕快，一面洗馬，一面竟聊起天來，說的十句話裡，倒有九句言不及義。

朱七七咬牙切齒，不住暗罵，恨不得這些人早些死了最好，突聽一陣鈴聲響起，有人大呼道：「早飯熟了，要喝熱粥的趕快呀。」

馬棚中人哄然一聲，洗馬的拋下刷子，洗車的拋下抹布，眨眼間便走得乾乾淨淨，一個不剩。

朱七七暗中鬆了口氣，頓覺再也支持不住，平平跌到地上，全身的骨頭都似要跌散了。

但此刻她仍是身在險境，只有咬著牙忍住痛，緩緩爬出來，先躲在車後，偷眼探視外面的動靜。

但見馬棚外，一行種著數十株蒼松，虬枝濃葉，積雪如蓋，再外面便是一層層屋宇，千椽萬瓦，數也數不清。

朱七七暗暗皺眉，她委實猜不出這究竟是何所在，看氣派這實如王侯門第，但衡情度理，又絕不可能是王侯門第……她正自滿腹狐疑，忽然間，身後傳來一聲輕佻的笑聲，脖子後竟被人親了一下。

她又驚又怒，霍然轉身，怎奈她全身僵木痠軟，行動不能靈便，等她轉過身子，身後哪裡還有人影。

就在這時，她脖子後又被人親了一下，一個輕佻之極的語聲在她耳畔笑道：「好香呀好香……」

朱七七一個肘拳撞了過去，卻撞了個空，等她轉過身子，那人卻又已到了她身後，在她脖子上親了一下，笑道：「姑娘家應該溫柔些，怎能打人。」這次的語聲，卻是非常蒼老，與方才判如兩人。

朱七七又驚，又駭，又怒，再轉過身，還是瞧不見那人的身影，脖子上還是被人親了一下。

只聽身後笑道：「你再轉得快些，還是瞧不見我的。」語聲竟又變得嬌媚清脆，宛如妙齡少女一般。

朱七七咬緊牙關，連翻了四五個身，她筋骨已漸活動開來，身子自然愈轉愈快，那知這人身形竟如鬼魅一般，始終比她快上一步，閃到她身後，那語聲更是千變萬化，忽老忽少，忽男忽女，彷彿有七八個人在她身後似的，朱七七膽子縱大，此刻也不禁被駭得手軟心跳，顫聲道：「你……你究竟是人是鬼？」

那人咯咯笑道：「鬼……色鬼。」接著又親了一親。

朱七七只覺他嘴唇冰冰冷冷，被這嘴唇親在脖子上，那真比被毒蛇咬上一口還要難受百倍。

她閃也閃不開，躲也躲不了，但她終究是個聰明伶俐的女子，眼珠子轉了轉，突僞嬌笑道：「你既是色鬼，爲何不敢在我臉上親親？」

那人笑道：「我若親你的臉，豈非被你瞧見了。」

朱七七道：「我閉起眼睛就是。」

那人道：「女子的話，雖不可信，但是你……唉，我好歹得信你一次。」

朱七七雙掌注滿真力，眼睛睜得大大的，口中卻嬌笑道：「來呀。」

只見眼前一花，一條緋衣人影已來到面前，朱七七用盡全力，雙掌同時擊了出去，那知手掌還未遞出，已被人同時捉住。

那人哈哈笑道：「女子的話，果然不可相信，幸好我上的當多了，如今已學乖不少。」

只見他一身緋色衣裳，足登粉底官靴，打扮得十足是個風流好色的登徒子，但面容卻是鼻塌眼小，眉短嘴厚，生得奇醜無比。

朱七七倒抽一口涼氣，手掌被他捉住，竟是再也無法掙脫，急道：「你……你殺了我吧，我乃是暗中偷來此地的奸細，你快些將我送到此間主人那裡去，將我重重治罪。」

她心想縱然被人捉住治罪，也比落在這形如鬼魅，貌如豬豕的少年手上好得多，那知此人卻嘻嘻笑道：「此間的主人，既非我父，亦非我子，你做你的奸細，與我何干？我爲何要將你送過去？」

朱七七脫口道：「原來你也是偷偷闖進來的。」

緋衣少年笑道：「否則我又怎會自馬棚外進來。」

朱七七眼波一轉，求生之心又起，暗道：「瞧他如此武功，若肯相助於我，想必立時便能逃出此間。」

只是她愈瞧此人竟愈嘔心，要她向這少年求助告饒，她實在不忍。再瞧到這少年的一雙色

瞇瞇的眼睛，朱七七更是想吐，告饒的話，那是再也說不出口來。

但這少年一雙色瞇瞇的眼睛卻偏要直勾勾地盯著她，瞧了半晌，突然笑道：「你可是要我助你逃走？」

朱七七道：「你……能麼？」

緋衣少年笑道：「別人將此地當做龍潭虎穴，但我要來便來，要走便走，當真是來去自如，如入無人之境。」

朱七七故意道：「我看你只怕是在吹牛。」

緋衣少年嘻嘻笑道：「你對我來用這激將之法，是半點用也沒有的，你要我助你逃走，除非你肯乖乖地讓我在你臉上親上一親。」

朱七七暗道：「我閉上眼睛讓他親，總比死在這裡得好，我若死在這裡，連沈浪最後一面都見不到了。」一想起沈浪，朱七七立時什麼都不顧了，只要能再見著沈浪，就算要她被豬狗親上一親她都是心甘情願的，當下閉起眼睛，道：「好，來……」

半句話還未說完，臉上已被重重親了一下，只聽緋衣少年道：「大丈夫言而有信，隨我來吧。」

朱七七身不由主，足不點地，被他拉了出去，睜開眼睛一看，他竟放足直奔向那邊的屋舍樓宇，朱七七駭道：「你……你這是要到哪裡去？」

緋衣少年嘻嘻笑道：「我本有心助你逃走，但你若逃走後，少不得便要不理我了，我想來想去，還是將你留在這裡得好。」

朱七七道：「但你……你……」

緋衣少年笑道：「此間的主人，既非我父，亦非我子，卻是我的母親，方才你騙我一次，此刻我也騙你一次，兩下都不吃虧，也好讓你知道，女子雖會騙人，男子騙起人來，也未見得比女子差多少。」

朱七七又驚又怒，破口大罵道：「你這醜豬，你這惡狗，你……你……你簡直是個連豬狗都不如的畜牲，我恨不得撕碎了你。」

她罵得愈兇，那緋衣少年便笑得愈得意，只見院中的黑衣大漢、白衣少女，瞧見他來了，都遠遠躬身笑道：「大少爺回來了。」

有的少女似是與他較爲熟悉，便道：「大少爺你又一晚上沒回來，小心夫人知道，不讓你進門。」

緋衣少年笑道：「我本未進門，我是自馬棚那邊牆上跳過來的……好姐姐，你可千萬不要讓媽知道，後天我一定好好跟你們親熱親熱。」

少女嬌笑輕呼：「誰要跟你親熱親熱？……你帶回來的這隻小羊，生得倒不錯嘛……」笑語聲中，緋衣少年已拉著朱七七奔向竹林後一排精舍。

突聽一聲輕叱：「站住。」

嬌柔輕細的叱聲，自竹林外一棟樓宇上傳了下來，樓高雖有數丈，但這叱聲聽來卻宛如響在朱七七耳側。

緋衣少年果然乖乖的站住，動也不敢動了。

只聽樓上人道：「你好大的膽子，回來後就想偷偷溜回房麼？」

緋衣少年更是不敢抬頭，朱七七卻反正已豁出去了，索性抬起頭來，只見瓊樓上朱欄旁，一個宮髻堆雲，滿頭珠翠的中年美婦，正憑欄下望，朱七七平生見過的美女雖有不少，但是若與這中年美婦一比，那些美人可全要變成醜八怪了，朱七七只向她瞧了一眼，目光便再也捨不得離開，暗嘆忖道：「我是女子見了她猶自如此，若是男子見了那便又當如何是好？只怕連路都走不動了。」

那宮髻美婦亦自瞧了朱七七一眼，冷冷道：「這女子是哪裡來的？」

緋衣少年強笑道：「她麼？她……她就是孩兒常說的燕冰文燕姑娘，娘說想要見她，所以孩兒就請她回來讓娘瞧瞧。」

宮髻美婦人眼波流轉，頷首笑道：「果然是人間絕色，難怪你要爲她神魂顛倒了，既是如此，就請她……」

若是換了別人，見那緋衣少年存心爲她掩護，自然不敢再響，但朱七七天性激烈，一想到要被這少年拉到房裡，倒不如死了算了，竟突然大喊道：「我不是燕冰文，我姓朱，我也不是他請來的，乃是一路躲在你們馬車底下，偷偷混進來的，爲的是要探聽你們的秘密，哪知卻被他捉住了，要殺要剮，你瞧著辦吧。」

這番話一嚷出來，緋衣少年手掌立刻冰冷，宮髻美婦面上也變了顏色，狠狠盯了緋衣少年一眼，一字字道：「帶她上來。」

那樓宇外觀固是金碧輝煌，裡面的陳設，更有如仙宮一般，宮鬢美婦斜倚在一張虎皮軟榻上，更似仙宮艷姬，天上仙子。

緋衣少年早已跪在她面前，朱七七既已將生死置之度外，別的還怕什麼？自是大模大樣站在那裡，還不時面露冷笑。

宮鬢美婦道：「你姓朱，叫什麼？」

朱七七道：「你本管不著，但我也不妨告訴你，朱七七就是我，我就是朱七七，你可聽清楚些，莫要忘了。」

宮鬢美婦道：「朱七七，你膽子可真不小。」

朱七七道：「我見了你這樣的大美人，連喜歡都來不及，還怕什麼？只可惜你人雖美，生的兒子卻太醜了。」

那宮鬢美婦倒也真未見過如此膽大包天的少女，美艷絕倫的面容上，不禁露出了驚訝之色，突然傳音道：「帶上來。」

一個白衣少女，應命奔下樓去，過了片刻，便有四條鐵打般的壯漢，將朱七七在枯林裡見到的那兩個「白雲牧女」架了上來。這兩人見了宮鬢美婦，已駭得面無人色，壯漢手一鬆，兩人便仆地跪倒。

宮鬢美婦緩緩道：「你可是躲在這二人的車底下混進來的麼？」

朱七七道：「好像是，也好像不是。」

宮鬢美婦嘴角突然泛起一絲勾人魂魄的媚笑，柔聲道：「好孩子，你年紀還輕，姑姑我不妨教你一件事，世上生得愈美的女子，心腸愈是惡毒，那生得醜的，良心反倒好些。」

朱七七道：「真的麼？」

宮鬢美婦嫣然笑道：「你若不信，我就讓你瞧瞧，在我手下的女孩子，若是大意疏忽一些，要受什麼樣的罪。」

她春笋般的纖纖玉手輕輕一揮，那兩個「白雲牧女」便突然一齊嬌啼起來，啼聲宛轉凄惻，聞之令人鼻酸。

但那些鐵打般的壯漢，卻無絲毫憐香惜玉之心，兩個對付一個，後面的提起少女的頭髮，前面的雙手一分，便將她們的衣衫撕成粉碎，露出了那光緻瑩白，曲線玲瓏的嬌軀，於是大漢們各自反手自腰間抽出一條蟒鞭，雨點般地抽在這雪白的嬌軀上，鞭風絲絲，懾人魂魄。

少女們滾倒在地，慘呼嬌啼，輾轉求饒，但皮鞭無情，片刻間便在她們雪白的嬌軀上，留下數十道鮮紅的鞭印。

鮮紅的鞭印交織在誘人的胴體上，更激發了大漢們的獸性，人人目光都露出了那殘酷的獸慾光焰。

於是皮鞭抽得更急，更密……

朱七七再也受不住了，嘶聲大呼道：「住手……求求你……叫他們快住手吧。」

宮鬢美婦微笑揮手，皮鞭頓住，少女們固是奄奄一息，朱七七亦不禁淚流滿面，宮鬢美婦微笑道：「如今你可知害怕了麼？」

朱七七道：「你……你快殺了我吧！」

宮鬢美婦柔聲道：「好孩子，我知道你不怕死，但你也得知道，世上有許多事是比死還難受的，譬如說……」

朱七七雙手掩起耳朵，顫聲呼道：「我不要聽……我不要聽。」

宮鬢美婦道：「既是如此，你便得乖乖告訴我，我們的秘密，你已知道了多少？除了你之外，還有誰知道？」

朱七七道：「我不……不知道……我什麼都不知道。」

宮鬢美婦微笑道：「你真的不知道麼，好……」

「好」字出口，八條大漢已將朱七七團團圍住。

朱七七自心底深處都顫抖了起來，忍不住嘶聲大呼道：「沈浪你在哪裡，快來救我呀！」

呼聲未了，突有一陣清悅的鈴聲，自那紫簾帷後響起，宮鬢美婦雙眉微微一皺，自輕紗長袍中，伸出一雙底平趾斂，毫無瑕疵的玉足，玉足垂下，套入了一雙綴珠的繡鞋，盈盈長身而起，竟突然飄飄走了出去。

朱七七又驚又怔，又鬆了口氣，緋衣少年轉過頭來，輕嘆道：「叫你莫要多話，你偏要多話……如今……唉，如今算你算有些運氣，幸好有一個娘必須要見的客人來了，否則……」

否則便要怎樣，他就不說，朱七七也猜得出來。

只見一個白衣少女輕步上樓，沉聲道：「夫人有令，將這位朱姑娘暫時送入地室，聽憑發落。」

緋衣少年道：「我呢？」

白衣少女「噗哧」一笑，道：「你呀，你跟著我來吧。」

朱七七目光四轉，突然揮掌擊倒了一條黑衣大漢，身子凌空而起，燕子般穿窗而出，向樓下躍去。

那白衣少女與緋衣少年眼見她逃走，竟然不加攔阻，朱七七再也未想到自己竟能如此輕易的脫身而出，心頭不禁狂喜，只因她要掠出此樓，別的人便未必能攔得住她，那知她足尖方自點地，突聽身後一人輕笑道：「好孩子，你來了麼，我正等著你哩。」

笑聲溫柔，語聲嬌媚，赫然正是那宮鬢美婦的聲音。

朱七七宛如被一桶冷水當頭淋下，由頭頂直冷到足底，咬一咬牙，霍然轉身，雙掌齊出，將心中猶能記憶之最毒辣的招式，全都使了出來，瞬間竟攻出七八招之多，她輕功不弱，出手也不慢，怎奈所學雜而不純，是以使出的這七八招雖然兼具各門之長，卻無一招真正練至火候，這用來對付普通江湖武師雖已綽綽有餘，但在宮鬢美婦眼中看來，卻當真有如兒戲一般。

只聽宮鬢美婦輕笑道：「好孩子，你學的武功倒不少嘛……」

衣袖輕輕一拂，朱七七右肘「曲池」便被掃中，一條右臂立時軟軟的垂了下來，她咬緊牙關，左掌又攻出三招。

宮鬢美婦接著笑道：「但你要知道，貪多咬不爛，武功學得太多太雜，反而無用的……」

腰肢輕回，羅袖又自輕輕拂出。

朱七七左肘「曲池」穴又是一麻，左臂亦自不能動彈，但她仍不認輸，雙腿連環飛起，使的竟是「北派拐子鴛鴦腿」。

宮鬢美婦搖頭笑道：「以你的聰明，若是專學一門武功，今日還可與我拚個十招，但現在……你還是乖乖認輸吧。」

她話說完了，朱七七雙膝「環跳」穴也已被她衣袖拂中，身子軟軟的跌在地上，再也站不起來。

那宮鬢美婦卻連髮絲都未弄亂一根，她平時固是風華絕代，儀態萬方，與人交手時，風姿亦是綽約輕柔，令人神醉。

朱七七呆呆瞧了她半晌，輕嘆一聲，道：「我真未想到世上還有你這樣的女子，更猜不出你究竟有什麼陰謀，看來……武林當真又要大亂了。」

宮鬢美婦微微笑道：「我做的事，天下本無一人猜得到的，你可是服了麼？」

朱七七身子雖不能動，但眼睛還是瞪了起來，大聲道：「我爲何要服你？我若有你這樣的年紀，也未必就輸給你。」

宮鬢美婦笑道：「好拗的女孩子，真是死也不肯服輸，但我不妨告訴你；我在你這般年紀時，早已名揚天下，尋不著敵手了，你若能活到我這樣的年紀，你便會知道今生今世，再也休想趕得上我，只可惜……」

突然頓住語聲，揮了揮手，轉身而去，只見她長裙飄飄，環珮叮噹，眨眼便走得瞧不見了。

朱七七想到她「只可惜」三個字下面的含意，想到她回來時還不知要如何對付自己，也想到此地之古怪神秘，自己縱然死在這裡，也不會有人知道，更休想有人會來將自己救出此地

……

想來想去，朱七七不覺愈想愈是寒心，只因她已發覺她實已全無一線生機，唯有等死而已。

這時，已有兩條黑衣大漢，向她走了過來，嘴角各自帶著一絲獰笑，顯然滿心不懷好意。

朱七七咬了咬牙，暗道：「別人縱然不知我死在哪裡，我自己總該知道我自己到底死在什麼地方才是……」

幸好她頸子尚可左右轉動掙扎，當下拚命扭轉頭望去，只見一條鋪著五色采石的小路，繞過假山荷花池，柏樹叢林後又是亭台樓閣，隱約還可瞧見有些采衣人影往來走動。

她還想再瞧清楚些，身子已被兩條大漢架起，四隻毛茸茸的大手，有意無意間在她身子上直擰。

朱七七忍不住又破口大罵起來。

左面一條大漢獰笑道：「臭娘兒們，裝什麼蒜，反正遲早你也要……」

突聽一人冷冷道：「遲早也要怎樣？」

兩條大漢一驚回首，便瞧見那緋衣少年兩道冷冰冰的目光，兩人登時臉都駭白了，垂下頭，不敢再說話。

緋衣少年瞧著朱七七，似乎還想說什麼，卻已被那少女拉走，兩條大漢將朱七七架進了門，已有另一個白衣少女等在一張紫檀木几旁，正以春筍般的玉指，弄著几上春蔥般的水仙花。

這少女一眼瞧見朱七七，搖頭笑道：「到了這裡，還想逃麼？真是多費氣力……」將木几轉了兩轉，木几旁一塊石板便突然陷了下去，露出一條深沉的地道，地道中竟是光亮異常，兩壁間嵌滿了製作得極是精雅的銅燈。

白衣少女道：「華山室還是空著的，就帶她去那裡。」

兩條大漢在這少女面前，神情亦是畢恭畢敬，齊地躬身應了，大步而下，朱七七突然扭首道：「好姐姐，這裡究竟是什麼地方，你能告訴我麼？」

白衣少女笑道：「哎喲，你這聲好姐姐叫得真好聽，可惜我還是不能告訴你。」

朱七七立時大罵道：「鬼丫頭，小鬼婆，你不告訴我，總有一天我會知道的。」

那少女只是瞧著她笑，也不理她。

地道下竟也是曲折複雜，看來竟不在那古墓之下。

只見兩旁每一道石門上，都以古篆刻著兩個字，有的是「羅浮」，有的是「青城」——俱都是海內名山的名字。

到了「華山」室前，兩條大漢掀動機關，開了石門，左面那大漢突然獰笑道：「臭娘兒們，老子偏要親親你，看你怎麼樣。」說話間一張生滿了青滲滲鬍碴子的大嘴，已親在朱七七臉上。

朱七七居然未罵，也未反抗，反而昵聲道：「只要你對我好些，親親又有什麼關係。」

那大漢漢哈哈笑道：「這才像知情識趣的話，來再親……」

突然慘呼一聲，滿面俱是鮮血，嘴唇竟被朱七七咬下一塊肉來。

那大漢疼極怒極，一把抓住了朱七七衣襟就要往下撕。

朱七七道：「只要你們敢動一動，少時你家少爺來了，我必定要他……嘿嘿，我要他怎樣，不說你也該知道。」

那大漢一手掩著嘴，目中已似要噴出火來。

另一大漢道：「馬老三，算了罷，那小魔王的脾氣，你又不是不知道。」

手臂一滑，將朱七七重重摔了進去，石門瞬即關起。

朱七七鬆了口氣，眼淚卻不由自主一粒粒落了下來，也顧不得打量這室中是何光景，眼前飄來飄去的，盡是自己親人的影子——

而最大的一個影子，自然是沈浪，朱七七流著淚，咬著牙，輕罵道：「黑心鬼，你……你此刻在哪裡呀？你……你此刻在哪裡呀？你怎麼還不來救我……」

一想起自己本不該不告而別，不由得更是放聲大哭起來。

但她確是累極，哭著哭著，竟不知不覺的睡著了，也不知睡了多久，噩夢中只覺沈浪含笑走過來，她大喜著呼喚，哪知沈浪卻理也不理她，反而與那宮鬢美婦親熱起來，那緋衣少年突然自她身上鑽出，笑道：「還是我好……」

忽然間這少年又變成一隻山貓，撲在她身上……

朱七七驚呼一聲，自夢中醒來，那緋衣少年不知何時，已站在她面前，正含笑望著她，那雙眼睛，正如山貓一般，散發著銳利而貪婪的光芒，彷彿真恨不得一口將她吞入肚子裡。

噩夢初醒，燈光閃爍，朱七七也不知這是夢？是真？是幻？只覺滿身是汗，已濕透重衣，嘶啞著聲音道：「沈浪……沈浪在哪裡？」

緋衣少年微微笑道：「誰是沈浪？」

朱七七定了定神，這才知道方才只不過是場噩夢而已，但眼前這景象，卻也未見比噩夢好多少。

她身子仍在顫抖，口中厲喝道：「你……你來做什麼？」

緋衣少年雙目已眯成一線，眯著眼笑道：「我要做什麼？你難道猜不出？」伸出手指，在朱七七蒼白的面靨上輕輕地摸起來。

朱七七駭呼道：「你……你……快滾出去。」

緋衣少年涎臉笑道：「我不滾你又能怎樣？」

朱七七蒼白的面靨，又已變作粉紅顏色，顫聲道：「你……你敢？」

她口中雖說不敢，其實心裡卻知道這緋衣少年必定敢的，想到這少年將要對自己做的事，她全身肌膚，都不禁生出了一粒粒悚慄。

那知緋衣少年卻停了手，哈哈大笑道：「我雖是個色鬼，但生平卻從未做過強人之事，只要你乖乖的順從我，我便救你出去如何？」

朱七七咬牙道：「我……我死也不從你。」

緋衣少年道：「我有何不好？你竟願死也不肯從我……哦，我知道了，你可是嫌我生得太醜？」

朱七七罵道：「不錯，像你這樣的醜鬼，只有母豬才會喜歡你。」

緋衣少年大笑道：「果然是嫌我生得醜了，好……」

突然轉過身子，過了半晌，又自回身笑道：「你再瞧瞧。」

朱七七本想不瞧，卻又忍不住那好奇之心，抬眼一望，這一驚又是非同小可——方才那奇醜無比的少年，此刻竟已變作個貌比潘安的美男子。

燈光之下，只見他唇紅齒白，修眉朗目，面色白裡透紅，有如良質美玉，便是那武林中有名的美男子「玉面瑤琴神劍手」徐若愚，比起他來，也要自愧不如，朱七七目定口呆，道：「你……你……」

緋衣少年笑道：「我此刻模樣如何？你可願……」

朱七七大罵道：「妖怪！人妖！你再也休想。」

緋衣少年笑道：「你還是不願意？……哦，我知道了，你敢情是嫌我這模樣生得不夠男子氣概，好……」

他說話間又自轉了個身，再看他時，但見他面如青銅，劍眉虎目，眉宇間英氣逼人，果然又由個稍嫌脂粉氣重的少年，變作了一個雄赳赳，氣昂昂的男兒鐵漢，就連說話的話聲也跟著變了，只聽他抱拳道：「如何？」

朱七七倒抽一口涼氣，道：「你……你……休想。」

緋衣少年皺眉道：「還是不肯麼……哦，只怕姑娘喜歡的是成熟男子，你嫌我生得太年輕了，好，你再瞧瞧。」

這次他翻轉身來，不但頷下多了幾縷微鬚，眉宇神情間也變得成熟已極，果然像個通達世情，對任何女子都能體貼入微的中年男子——這種中年男子的魅力，有時確遠比少年男子更能吸引少女。

但朱七七驚訝之餘，還是破口大罵。

緋衣少年於是又變成個濃眉大眼，虯髯如鐵的莽壯漢子，大聲道：「你這女子，再不從俺，俺吃了你。」

這時他不但容貌有如莽漢，就連神情語聲，也學得唯妙唯肖，朱七七再也想不到世上竟有如此奇妙的易容之術，眼睛都不禁瞧得直了。

七 僥倖脫魔手

緋衣少年易容之術，確實高明，朱七七不禁瞧得呆了，只見他笑道：「無論你喜歡的是何種男子，是老是少？我都可做那般模樣，你若嫁了我，便有如嫁了數十個丈夫一般，這是何等的福氣？別的女子連求都求不到的，你難道還是不願意麼？」

朱七七道：「你……無論你變成什麼模樣，卻再也休想。」

緋衣少年苦笑道：「還不肯？這是爲什麼？這是爲什麼……哦，我知道了，敢情你是個聰明的女子，只重才學，不重容貌，那我也不妨告訴你，在下雖不才，但文的詩詞歌賦樣樣皆能，武的十八般武藝件件精通，文武兩途之外，天文地理、醫卜星相、絲竹彈唱、琴棋書畫、飛鷹走狗、蹴鞠射覆，亦是無一不精，無一不妙，你若嫁我這樣的丈夫，包你一生一世永遠不會寂寞，你若不信，且瞧著看。」

只見他說話之間，已連變九種身法，竟全都是少林、武當等各大門派之不傳之秘，然後反身一掌，拍在石壁上，那堅如精鋼的石壁，立時多了一個掌印，五指宛然，有如石刻，朱七七武功雖不精，但所見卻廣，一眼便瞧出這掌法赫然竟是密宗大手印的功夫，這少年年紀輕輕，竟然身兼各家之長，而且又俱是江湖中的不傳之秘，豈非駭人聽聞，匪夷所思之事。

朱七七再也忍不住脫口問道：「你……你這些武功是哪裡學來的？」

緋衣少年微微笑道：「武功又有何難？小生閒時還曾集了些古人絕句，以賦武功招式，但求姑娘指正。」

只見他長袖突然翻起，如流雲，如瀉水，招式自然巧妙，渾如天成，口中卻朗聲吟道：「自傳芳酒翻紅袖，似有微詞動絳脣……」

這兩句上一句乃是楊巨源所作，下一句卻是唐彥謙絕句，他妙手施來，不但對聯渾成，而且用以形容方才那一招亦是絕妙之句。

朱七七不禁暗讚一聲，只聽緋衣少年「絳脣」兩字出口，衣衫突然鼓動而起，宛如有千百條青蛇，在衣衫中竄動，顯然體內真氣滿蓄，縱不動手，也可傷敵，緋衣少年口中又自朗吟道：「霧氣暗通青桂苑，日華搖動黃金袍。」

這兩句一屬李商隱，一屬許渾，上下連綴，又是佳對。

緋衣少年左手下垂，五指連續點出，身形突轉，右手已自頰邊翻起，身形流動自如，口中吟道：「垂手亂翻雕玉珮，背人多整綠雲鬟……」

右手一斜，雙臂曲收，招式一發，攻中帶守，緋衣少年口中吟道：「纖腰怕束金蟬斷，寒鬢斜簪玉燕光……」

唸到這裡，他身形已迴旋三次，手掌突又斜揮而起，道：「黃鸝久住渾相識，青鳥西飛意未回。」

朱七七脫口道：「好一著青鳥西飛意未回。」

緋衣少年微微一笑，左掌突然化做一片掌影，護住了全身七十二處大穴口中吟道：「簾前春色應須惜，樓上花楊笑猖眠。」右掌掌影中一點而出，石壁一盞銅燈應手而滅。

他身形亦已凝立不動，含笑道：「如何？」

方才他所吟八句絕句，一屬李商隱，一屬楊巨源，一屬薛逢，一屬李賀，「渾相識」乃戎星之詩，「意未回」又屬商隱，「簾前春色」乃岑參所作，「樓上花楊」卻是劉長卿之絕句。

這八句不但對偶工穩，而且俱是名家所作，若非爛讀詩書，又怎能集得如此精妙？那幾式武功更是流動自如，攻守兼備，江湖中尋常武師，休想躲得過他一招去，瞧到此處，朱七七也不禁嘆道：「果然是文武雙全。」

緋衣少年大笑道：「多承姑娘誇獎，小生卻也不敢妄自菲薄，普天之下，要尋小生這樣的人物，只怕還尋不出第二個。」

朱七七眼波一轉，突然冷笑道：「那也未必。」

緋衣少年道：「莫非姑娘還識得個才貌與小生相若之人不成？」

朱七七道：「我認得的那人，無論文才武功，言語神情，樣樣都勝過你百倍千倍，像你這樣的人，去替他提鞋都有些不配。」

緋衣少年目光一凜，突又大笑道：「姑娘莫非是故意來氣我的？」

朱七七冷冷道：「你若不信，也就罷了，反正他此刻也不在這裡……哼哼，他若在這裡誰能困得住我。」

緋衣少年怔了半晌，目中突然射出熾熱的光芒，脫口道：「我知道了，他……他就是沈浪。」

朱七七道：「不錯……沈浪呀，沈浪，你此刻在哪裡？你可知道，我是多麼地想你。」想起沈浪的名字，她目光立時變得異樣溫柔。

那緋衣少年目中似要噴出火來，他面上肌肉僵冷如死，目中的光芒是熾熱如火，兩相襯托之下，便形成一種極爲奇異的魅力。

朱七七芳心也不覺動了一動，忍不住脫口道：「但除了沈浪外，你也可算是千中選一的人物，世上若是沒有沈浪這個人，我說不定也會喜歡你。」

緋衣少年恨恨道：「但世上有了沈浪，你便永遠不會喜歡我了，是麼？」

朱七七道：「這話不用我回答，你也該知道。」

緋衣少年道：「若是沈浪死了，又當如何？」

朱七七面容微微一變，但瞬即嫣然笑道：「像沈浪那樣的人，絕對不會比你死得早，你只管放心好了。」

緋衣少年恨聲道：「沈浪……沈浪……」

突然頓足道：「好，我倒要瞧瞧他究竟是怎樣的人物，我偏要叫他死在我前面。」

朱七七眨了眨眼睛，道：「你若有種將我放了，我就帶你去見他，你兩人究竟是誰高誰低，一見了他面，你自己也該分得出。」

緋衣少年突然狂笑道：「好個激將之計，但我卻偏偏中了你的計了……好，我就放了你，要你去帶他來見我。」

朱七七心頭大喜，但口中猶自冷冷道：「你敢麼，你不怕沈浪宰了你？」

緋衣少年道：「我只怕沈浪不敢前來見我。」

朱七七冷笑道：「此地縱有刀山油鍋，他也是要來的，只怕你……」

緋衣少年卻已不需她再加激將，她話猶未了，緋衣少年伸手拍開了她的雙臂雙膝四處穴道。

朱七七又驚又喜，一躍而起，但四肢麻木過久，此刻穴道雖已解開，但血液卻仍不能暢通，身子方自站起，又將倒了下去。

緋衣少年及時扶住了她，冷冷道：「你可走得動麼？」

朱七七道：「我走不動也會爬出去，用不著你伸手來扶。」

緋衣少年冷笑一聲，也不答話，雙手卻已在她的膝蓋關節處，輕輕捏扭起來，朱七七眼睛一瞪，要推開他，哪知這少年一雙手掌之上，竟似有著種奇異的魔力，朱七七只覺他手掌所及處，又是痠，又是軟，又是疼，又是麻，但那一股痠軟麻疼的滋味直鑽入她骨子裡，卻又是說不出的舒服，這滋味竟是她生平未有，竟使她無力推開他，又有些不願推開他。

她心裡雖不願意，但身子卻不由自主向他靠了過去，燈光映照下，她蒼白的面容，竟也變作嫣紅顏色。

緋衣少年目中又流露出那火一般熾熱的奇異光芒，指尖也起了一陣奇異而輕微的顫抖。

朱七七顫聲道：「住……住手……放開我……我……」

緋衣少年嘴唇附在她耳畔，輕輕道：「你真的要我放開你麼？」

朱七七全身都顫抖起來，目中突然湧出了淚光，道：「我……我不知道，求求你……你……」

突然間，門外傳來一聲嬌笑，一人輕叱道：「好呀，我早就知道你溜到這裡來了，你兩人這是在做什麼？」

笑聲中帶些酸溜溜的味道，正是那白衣少女。

朱七七又驚，又羞，咬牙推開了那緋衣少年。

白衣少女斜眼瞧著她，微微笑道：「你不是討厭他麼，又怎地賴在他懷裡不肯起來？」

朱七七臉更紅了，她平日雖然能言善辯，但此刻卻無言可答。

只因她自己也不知道自己這是爲了什麼？——這本是她平生第一次領略到情慾的滋味，她委實不知道情慾的魔力，竟有這般可怕。

白衣少女眼波轉向緋衣少年，嬌笑道：「你的錯魂手段，又用到她身上了麼？你……」

突然瞧見緋衣少年目中火一般的光芒，身子一顫，戛然住口。

緋衣少年卻已一步步向她走了過來，目光似笑非笑地看著她，道：「我怎樣？」

白衣少女面靨也紅了，突然輕呼一聲，要待轉身飛奔，但身子卻已被緋衣少年一把抱住。

她身子竟已軟了，連掙扎都無法掙扎。

緋衣少年緩緩道：「這是你自己找來的，莫要怪我。」

他目光愈來愈亮，臉也愈來愈紅，突然伸出手來，撕開了她的衣襟……朱七七嬌啼一聲，轉過身子，不敢再看。

只覺耳畔風聲一飄，一件純白色的長袍，已自她背後拋了過來，落在她面前的地上，只聽那白衣少女的喘息聲，愈來愈是劇烈。

朱七七身子也隨著這喘息顫抖起來，要想奪門而出，卻連腳都抬不起來，只聽那緋衣少年在身後道：「我放過了你，你還不快走。」

朱七七咬一咬櫻唇，轉身踉蹌奔出。

突然那緋衣少年又自喝道：「拾起那件衣服，披在身上等出門之後，逢左即轉，莫要停留，莫要回頭，到時自有人來接你……莫等我改變了主意。」

朱七七嘴唇都已咬出血來，心裡也不知是何滋味，重又拾起了那件白袍，再也不敢去瞧緋衣少年與白衣少女一眼。

她踉蹌奔出門，顫抖著穿起白袍，她轉了兩個彎，心房猶在不住跳動，這時她才發覺自己原想瞧瞧地道中的光景，但無論如何，她也不敢轉回頭去瞧了，她只覺那緋衣少年是個惡魔，比惡魔還要可怕，比惡魔還要可恨，她一生中從未如此怕過，也從未如此恨過。

兩旁石壁深處，似乎隱隱有鐵鏈曳地之聲傳來。

但朱七七也不敢停留查看，她逢左即轉，又轉了兩個彎，心中方驚異於這地下密室規模之大，抬頭望處，已瞧見兩個勁裝大漢，在前面擋住了她的道路，朱七七一顆心又提起來，但這時她既已無法後退也只有硬著頭皮前進——前面的人雖可怕，但總比那緋衣少年好得多。

哪知那兩條大漢見了她，面上竟毫無異色，一人似乎在說：「這位姑娘倒面生得很。」

另一人便道：「想必是夫人新收容的。」

朱七七聽了，一顆心立時放下，她這才知這那緋衣少年要她穿起白袍的用意，當下壯著膽子，大步走了過去。

那兩條大漢果然非但不加阻攔，反而躬身陪笑道：「姑娘有事要出去麼？」

朱七七哪敢多說話，鼻孔裡「哼」了一聲，便匆匆走過去，只聽兩個大漢猶在後面竊竊低語：「這位姑娘好大的架子。」

兩旁石壁似有門戶，但俱都是緊緊關閉著的，展英松、方千里，那些失蹤了的人，此刻可能就在這些緊閉著的門戶裡，而那小樓上的絕代麗人，想必就是這一切陰謀的主謀人，她縱非雲夢仙子，也必定與雲夢仙子有著極深的關係——這些都是沈浪一心想查探出的秘密，如今朱七七已全都知道了。

朱七七想到這裡，想到她終於已爲自己所愛的人盡了力，只覺自己所受的苦難折磨，都已不算什麼了。

她腳步頓時輕快起來，暗暗忖道：「原來能爲自己所愛的人吃苦，竟也是一種快樂，只是世上又有幾人能享受到這種快樂……我豈非比別人都幸福得多……」

心念轉動間，地道已走至盡頭，卻瞧不見出口的門戶。

就在這時，陰暗中一條人影竄出，朱七七目光動處又不禁駭了一跳，只見此人身高竟在八尺開外，朱七七身材並非十分矮小，但站在此人面前，卻只及他胸口，朱七七身子也不算瘦弱，但腰鼓卻還不及他一條手臂粗。

但此人身子雖巨大行動卻輕靈得很，朱七七全未聽到半點聲息，這鐵塔般的巨人已出現在她面前，宛如神話中魔神一般——精赤著的上身，塗著一層黃金色的油彩，笆斗大的頭顱，剃得精光，只是如此巨大獰惡的巨人，目光卻宛如慈母一般，柔和地望著朱七七。

朱七七定下心神，壯起膽子，道：「你……你可是公子派來接我的？」

那巨人點了點頭，指指耳朵，又指指嘴。

朱七七訝然忖道：「原來此人竟是個聾子啞巴。」

只見那巨人已抬起兩條又長又大的手臂，這地道頂端離地少說也有兩人多高，但他一抬手便托住了。

朦朧光影中，他那塗滿了金漆的巨大身子，肌肉突然一塊塊凸起，那地道頂端一塊巨大的石板，竟被他硬生生托起，他那一塊塊凸起的肌肉，也上下流動起來，宛如一條金蛇流竄不息。

朱七七又吃了一驚：「此人好大的氣力，除了他外，世上只怕再也無人能托起這石板了……」

但此時此刻，她也不敢多想，當下施禮道：「多謝相助……」

再也不敢瞧這巨人一眼，立起身子，自那抬起的石板空隙中竄了出去。

她只當外面不是荒林，便是墓地，哪知卻又大大地錯了，這地道出口處，竟是一家棺材店的後室。

寬大的房子裡，四面都堆著已做好的、未做好的棺材，一些精赤著上身的彪形大漢，有的在鋸木，有的在敲釘，有的在油漆，顯得極是忙碌，顯見這家棺材店生意竟是興旺得很。

朱七七自然又是一驚，但石板已闔起，她只有硬著頭皮站起來，那知四下的大漢竟無人回頭瞧她一眼。

外面車聲轔轔，人聲喧嘩，已是市街。還有兩個人正在選購棺材，再加上鋸木聲、敲釘聲，四下更顯得熱鬧已極。

但朱七七在這熱鬧的棺材店裡，心底卻又不禁泛起一陣恐怖之意，棺材店，爲什麼是棺材店？莫非那地道中常有死人……方才那出口，莫非就是專爲送死人出來的？……死人一抬出來，就裝進棺材送出去，那當真是神不知，鬼不覺……棺材店裡抬出棺材，本是天經地義的事，誰也不會注意……那地道中就算一天死個二、三十個人，也不會有人發現……這些人殺人的計劃，端的是又安全，又神秘……

她愈想愈覺奇詭，愈想愈恐怖，當下倒抽一口涼氣，放橫了心，咬緊牙關，垂首衝了出去。

外面便是棺材店的門面，果然有兩個店伙正在招呼著客人買棺材，這兩個店伙一個是麻子，另一個嘴唇缺了一塊，說話有些不清，房子裡有個高高的櫃台，櫃台上架著稱銀子的天平。

朱七七將這一切都牢記在心，忖道：「只要我記準這家棺材店，就可帶沈浪來了……」

只見那客人正在眼睜睜的瞧著她，那兩個店伙倒未對她留意，朱七七又是奇怪，又是歡喜，三腳兩步，便走了出去，一腳踏上外面的街道，瞧見那熙來攘往的人群，她心裡當真是說不出的高興。

她垂首衝到街道對面，才敢回頭探望，只見那家棺材店的大門上橫掛著一塊黑字招牌，寫的是：「王森記」三個大字。

兩旁竟還掛著副對聯：「唯恐生意太好；但願主顧莫來。」

對聯雖不工整，含義倒也頗爲雋永。

朱七七這時嘴角才露出一絲笑意，將這招牌對聯，全都緊緊記在心裡，暗道：「跑得了和尚跑不了廟，我只要記著你們的地方，還怕你們跑到哪裡去，我獨力破了這震動天下的大陰謀，大秘密，沈浪總不能再說我無用了吧。」

於是她又不覺大是開心起來，但走了幾步，她心裡一轉突又想到：「奇怪的是，他們明知我已知道秘密爲何還放我出來，那緋衣少年莫非瘋了麼，如此一來，他母親辛苦建立的基業，豈非要從此毀於一旦？他怎會爲了我做出此等事情？這豈非不可能……不可能……」

她嘴裡說著不可能，嘴角卻又泛出了笑容，因她以爲自己這「不可能」的事，尋出了個解釋：「我既能爲沈浪犧牲一切，那少年自然也能爲我犧牲一切，這愛情的力量，豈非一向都偉大得很。」

想到這裡，她心頭只覺甜甜的，再無疑慮，這時正是黃昏，滿天夕陽如錦，映得街上每個人俱是容光煥發。

朱七七但覺自己一生從未遇著過這麼可愛的天氣，遇著過這麼多可愛的人，她身子輕飄飄的，似乎要在夕陽中飛了起來。

但夜色瞬即來臨，朱七七也立時發覺自己並不如想像中那般愉快——她委實還有許多煩惱。

她此刻身無分文，卻已飢寒交迫，而人海茫茫，沈浪在哪裡？她也不知該如何去尋找。

方才她面臨生死關頭，自未將這些煩惱放在心上。但此刻她才發覺這些煩惱雖小，但卻非常現實，非常難以解決。

這裡果然是洛陽城。

朱七七在門口來回躑躅了有頓飯時分，也拿不定主意，不知自己是該出城去，還是該留在這裡。

沈浪絕不會還在那客棧裡等她——他見她失蹤，必定十分著急，必定四下尋找——但他究竟是往哪裡去找了？

現在，不是他在找她，反而是她在找他了。

這轉變非常奇妙，也非常有趣，朱七七想著想著，自己都不覺有些好笑，但此時此刻，卻又怎能笑得出來？

她皺著眉，負著手，繞著城腳，又兜了個圈子，只見一人歪戴著帽子，哼著小調，搖搖晃晃而來，瞧模樣不是個流氓，也是個無賴。

城裡四下無人，朱七七突然一躍而出，阻著他去路，道：「喂，你可知道洛陽城中最最有名的英雄是誰？」

那人先是一驚，但瞧了朱七七兩眼，臉上立刻露出不懷好意的笑容，瞇著眼睛笑道：「俺的好妹子，你這可是找對人了，洛陽城裡那有名的英雄，可不就是俺花花太歲趙老大麼……」

話猶未了，臉上已被「劈劈啪啪」連摑了五六個耳括子，跟著翻身跌倒，趙老大還未弄清是怎麼回事，手掌已被反擰在背後，疼得眼淚都流了出來，他這才知道這花枝招展的大姑娘不是好惹的，沒口的叫起饒命來。

朱七七冷冷道：「快說，究竟誰是洛陽城最有名的英雄？」

趙老大顫聲道：「西城裡的『鐵面溫侯』呂鳳先，東城裡的『中原孟嘗』歐陽喜，都是咱們洛陽城響噹噹的人物。」

朱七七暗暗忖道：「顧名思義，自是那歐陽喜眼皮較雜，交遊較廣……」

當下輕叱道：「歐陽喜住在何處?乖乖的將你家姑奶奶帶去。」

那趙老大目中閃過一絲狡猾的笑意，連聲道：「小人遵命，姑奶奶您行好放開小人的手，小人這就帶姑奶奶去。」

那「中原孟嘗」歐陽喜在洛陽城中，果然是跺跺腳四城亂顫的人物，他坐落在東城的宅院，自是氣象恢宏，連簷接宇。

遠在數十丈外，朱七七便已瞧見歐陽喜宅院中射出的燈光，便已聞得歐陽喜宅院中傳出的人語笑聲。

走到近前，只見那宅院之前，當真是車如流水馬如龍。大門口川流不息地進出的，俱是挺胸凸腹的武林人物。

朱七七暗忖道：「瞧這人氣派，倒也不愧『中原孟嘗』四字……看來我不妨將這秘密向他洩露一二，要他一面探訪沈浪下落，一面連絡中原豪傑……」思忖之間，眼看已走到那宅院之前。朱七七方待將趙老大放開。

那知趙老大突然放聲大呼道：「兄弟們，快來呀，這騷婆娘要來找咱們的麻煩啦。」

本來在歐陽喜大門口閒蕩的漢子們，聽得這呼聲，頓時一窩蜂奔了過來，有人大喊，有人怒喝，有人卻笑罵道：「趙老大，愈活愈回去了，連個娘兒都照顧不了。」

朱七七這才知道這趙老大原來也是中原孟嘗門下，眼見十餘條大漢前後奔來，朱七七反手抓住了趙老大的衣襟，將他整個人橫著擲了出去，當先奔來的兩條大漢伸手想接，但哪裡接得住？三個人一齊跌倒，後面的大漢吃了一驚，身形方自一頓，朱七七卻已衝了過去。

她所學武功，雖是雜而不純，但用來對付此等人物，卻是再好沒有，只見她指東打西，指南打北，有如虎入羊群一般，頃刻間便已將那十餘條大漢打得鼻青臉腫，東歪西倒，朱七七受了幾天的悶氣，如今心胸才自一暢，愈打愈是起勁，連肚子都不覺餓了，可憐這些大漢們都沒來由的做了她的出氣筒。

大漢們邊打邊跑，朱七七邊打邊追。眼看已將打進大門裡。

突聽一聲輕叱道：「住手！」

一個五短身材，筋肉強健的錦衣漢子，負手當門而立，他年紀也不過三十左右，滿面俱是精明強悍之色，教那身材比他高大十倍的人，也不敢絲毫輕視於他，此刻他目光灼灼，正上下打量著朱七七，眉宇間雖因朱七七所學武功之多而微露驚詫之色，但神情仍極是從容。

大漢們瞧見此人，哄然一聲，躲到他身後，朱七七方待追過去打，卻見此人微一抱拳，含笑道：「姑娘好俊的武功。」

朱七七天生是服軟不服硬的脾氣，瞧見此人居然彬彬有禮，伸出的拳頭，再也打不出去。

錦衣漢子笑道：「奴才們有眼無珠，冒犯了姑娘，但願姑娘多多恕罪。」

朱七七道：「沒關係，反正挨揍的是他們，又不是我。」

錦衣漢子呆了一呆，強笑道：「姑娘的脾氣，倒直爽得很。」

朱七七嫣然一笑，道：「這樣的脾氣，你說好麼？」

錦衣漢子見的人雖然不少，這樣的少女，卻當真從未見過，呆呆的怔了半晌，乾笑道：「好……咳咳……好得很。」

朱七七道：「瞧你模樣，想必就是那中原孟嘗歐陽喜了。」

錦衣漢子道：「不錯……不知姑娘有何見教？」

朱七七道：「你既有『孟嘗』之名，便該好生接待接待我，先請我好好吃喝一頓，我自有機密大事告訴你。」

歐陽喜道：「姑娘這樣的客人，在下平日請還請不到，只是今日……」

朱七七皺眉道：「今日怎樣？莫非你今日沒有銀子，請不起麼？」

歐陽喜乾笑兩聲，道：「不瞞姑娘說，今日有位江湖鉅商冷二太爺已借了這地方做生意，四方貴客，來得不少，是以在下不敢請姑娘……」

朱七七眼珠轉了轉，突然截口笑道：「你怎知，我不是來做生意的呢？你帶我進去。」

歐陽喜不由自主，又上下瞧了她幾眼，只見她衣衫雖不整，但氣派卻不小，心中方自半信半疑，朱七七已大搖大擺，走了進去，竟似將別人的宅院，當作她自己的家一般，歐陽喜見她如此模樣，更是猜不透她來歷，一時間倒也不敢得罪，只有苦笑著當先帶路。

大廳中燈火通明，兩旁紫檀木椅上，坐著二三十人，年齡、模樣，雖然都不同，但衣著卻都十分華貴，氣派也都不小，顯見得都是江湖中之豪商鉅子，瞧見歐陽喜帶了個少年美女進來，面上都不禁露出詫異之色。

朱七七卻早已被人用詫異的眼光瞧慣了，別人從頭到腳，不停的盯著瞧她，她也毫不在乎，眼波照樣四下亂飛。

大廳中自然被引起一陣竊竊私議，自也有人在暗中評頭論足，朱七七找了張椅子坐下，大聲道：「各位難道沒有見過女人麼?還是快作生意要緊，我又沒長著三隻眼睛，有什麼好瞧的。」

滿堂豪傑，十人中倒有八人被她說得紅著臉垂下頭去，朱七七又是得意，又是好笑。她要別人莫要瞧她，但自己一雙眼睛卻仍然四下亂瞟。只見這二十餘人中，只有六七個看來是真正的生意人，另外十多個，更都是神情剽悍，氣概驚猛的武林豪傑，這其中還有兩個人分外與眾不同，一個坐在朱七七斜對面，玉面朱唇，滿身錦繡，在這些人裡，要數他年齡最輕，模樣也生得最是英俊，正偷偷的在望著朱七七，但等朱七七瞧到他時，他的臉反而先紅了。

朱七七暗笑道：「看來此人定是個從未出過家門的公子哥兒，竟比大姑娘還要怕羞……」

別人愈是怕羞，她便愈要盯著人家去瞧，只瞧得那錦衣少年不敢抬起頭來，朱七七這才覺得滿心歡暢，這才覺得舒服得很。

還有一人，卻是看來有如落第秀才的窮酸，面上又乾又瘦，疏疏落落的生著兩三綹山羊鬍子，身上穿的青布長衫，早已洗得發了白，此刻正閉著眼睛養神，彷彿已有好幾天未吃飯，已餓得說不出話來。

他身後居然還有個青衣書僮，但也是瘦得只剩下幾把骨頭，幸好還有一雙大眼睛四下亂轉，否則全身上下便再也沒有一絲生氣。

朱七七又不禁暗笑忖道：「這樣的窮酸，居然也敢來和人家做生意？莫非人家還有些禿筆賣給他不成？」

這時大廳中騷動已漸漸平息，只聽歐陽喜輕咳一聲，道：「此刻只剩下冷二爺與賈相公了，賈相公此番到洛陽來，不知可帶來些什麼奇巧的貨色。」

說到最後一句話，他目光已瞪在一個頭戴逍遙巾，身穿淺綠繡花袍，腰畔掛著十多個繡花荷包，手裡端著個翡翠鼻煙壺，生得白白胖胖，打扮奇形怪狀，看年紀已有不少，但鬍子卻刮得乾乾淨淨，明明已是「老爺」，卻偏偏還要裝作「相公」的人身上。

只見他瞇著眼睛，四下瞧了瞧，笑嘻嘻道：「兄弟近年，已愈來愈懶了，此次明知冷二太爺一到，洛陽城市面定是不小，但兄弟卻只帶了兩件東西來。」

歐陽喜道：「貨物貴精不貴多，賈大相公拿得出手的東西，必定非同小可，但請賈相公快些拿出來，也好教咱們開開眼界。」

賈大相公道：「好說好說，但江湖朋友們好歹都知道，五千兩以下的買賣，兄弟是向來不做的。」

朱七七皺眉忖道：「此人好大的口氣，瞧他這副打扮，這副神氣，莫非就是江湖傳言『士、農、漁、商、卜』五大惡棍中，那「奸商賈剝皮」麼?若真的是他，和他做買賣的人，豈非都要倒大楣了。」

只見賈大相公已掏出一隻翡翠琢成的蟾蜍，大小彷彿海碗，遍體碧光閃閃，尤其一雙眼珠子，乃是一對幾乎有桂圓大的明珠，燈光下看來，果然是珠光甚足，顯然價值不菲之物。

賈大相公道：「各位俱是明眼人，這玩意兒的好壞各位當也能看出，兄弟也用不著再加吹噓，就請各位出個價錢吧。」

他一連說了兩遍，大廳中還是沒有一個人開口。

朱七七暗笑忖道：「別人只怕都已知道賈剝皮的厲害，自然沒有人敢和他談買賣了，其實……這翡翠蟾蜍倒是值個五六千的。」

賈大相公目光轉來轉去，突然凝注到一個身材矮胖，看來真是個規矩買賣人的身上，笑道：「施榮貴，你是做珠寶的，你出價吧。」

那施榮貴面上肥肉一顫，強笑道：「這……好，小弟出三千兩。」

賈大相公面色一沉，冷笑道：「三千兩，這數目你也說得出口來，不說這一整塊翡翠的價錢，就說這一雙珍珠……嘿嘿，這麼大的珍珠一個也難找，兩個完全一模一樣的，嘿嘿，你找兩個來，我出陸仟兩。」

施榮貴陪笑道：「兄弟也知道這是寶物，三千兩太少，但……大相公不讓兄弟仔細看看，兄弟實在不敢出價。」

賈大相公目中突然射出兇光，道：「你這還看不清楚，如此寶物，我怎能放心讓你過手，莫非你竟敢不信任我賈某人麼？」

施榮貴面上肥肉又是一顫，垂下了頭，吶吶道：「這……這……兄弟就出六千兩……」

賈大相公咯咯一笑，道：「六千兩雖還不夠本錢，但我姓賈的做生意一向痛快，瞧在下次買賣的份上，這次我就便宜些給你。但先錢後貨，一向是兄弟做生意的規矩，六千兩銀子，是一分也不能少的。」

施榮貴似未想到他這麼便宜就賣了，面上忍不住露出驚喜之色，別人也都覺得他這次落了便宜貨，不禁發出一陣驚嘆艷羨之聲。

朱七七暗忖道：「人道他剝皮，以這次買賣看來，他做的不但公道，簡直真有些吃虧了。」

朱七七富家千金，珠寶的價值，她平生是清楚的，單只是那一雙同樣形式大小的明珠，的確已可值上六千兩銀子。

這時施榮貴已令人秤了銀子，拿過翡翠蟾蜍，他只隨便看了兩眼，面上神情突然大變，顫聲道：「這……這翡翠不是整塊的……這一雙明珠，只是一粒……剖成兩半的，大相公，這……這……」

賈大相公獰笑道：「真的麼？那我倒也未看清楚，但貨物出門，概不退換，這規矩難道你施榮貴還不懂麼？」

施榮貴呆呆的怔了半晌，噗地一聲，倒坐在椅子上，面上那顏色，簡直比土狗還要難看幾分。

賈大相公乾笑幾聲，道：「兄弟爲各位帶來的第二件東西，是個……是個，簡直是個奇蹟，是各位夢寐以求的奇蹟，是蒼天賜給各位的奇蹟，是各位眼睛從未見過的奇蹟！……各位請看，那奇蹟便在這裡。」

他語聲雖然難聽，但卻充滿了煽動與誘惑之意，大廳中人，情不自禁向他手指之處望了過去。

這一眼望去，眾人口中立刻發出了一陣驚嘆之聲——這賈剝皮口中的「奇蹟」，竟是個秀髮如雲，披散雙肩的白衣少女。

但見那怯生生站在那裡，嬌美清秀的面容，雖已駭得蒼白面無人色，楚楚動人的神態卻扣人心弦。

她那一雙溫柔而明媚的眸子裡，也閃動著驚駭而羞澀的光芒，就像是一隻麋鹿似的。她那窈窕、玲瓏而動人的身子，在眾人目光下不住輕輕顫抖著，看來是那麼嬌美柔弱，是那麼楚楚可憐。

在這一瞬之間，每個人心裡，都恨不得能將這隻可憐的小鹿摟在懷裡，以自己所知最溫柔的言語，來安慰她的心。

賈大相公瞧見他們的神情，嘴角不禁泛起一陣狡猾而得意的笑容，一把將那少女拉了過來，大聲道：「這本該是天上的仙子，這本該是帝王的嬪妃，但各位卻不知是幾生修來的福氣，只要能出得起價錢，這天上的仙子就可永遠屬於你了，你煩悶時她會唱一首優美的歌曲，讓你的煩惱頓時無影無蹤，你寂寞時她會緊緊依偎在你身畔，她這溫暖而嬌美的身子，正是寂寞的毒藥。」

眾人聽得如癡如醉，都似已呆了。

不知過了多久，突有一人大聲道：「她既是如此動人，你爲何不自己留下？」人人實在都已怕了他的手段，生怕這其中又有什麼詭計。

賈大相公格格笑道：「我爲何不自己留下……哈哈，不瞞各位，這只因我那雌老虎太過厲害，否則我又怎捨得將她賣出？」

眾人面面相視，還有些懷疑，還有些不信。

賈大相公大呼道：「你們還等什麼？」

看他突然將那少女雪白的衣裳拉下一截，露出她那比衣裳還白的肩頭，露出那比鴿子胸膛還要柔軟的光滑的肌膚。

賈大相公嘶聲道：「這樣的女孩子，你們見過麼？若還有人說她不夠美麗，那人必定是個呆子……瞎眼的呆子。」

不等他說完，已有個滿面疙瘩的大漢一躍而起，嚷道：「好，俺出一千兩……一千五百兩……」

這呼聲一起，四下立刻有許多人也爭奪起來：「一千八百兩……兩千兩……三千兩……」

那少女身子更是顫抖，溫柔的眼睛裡，已流出晶瑩的淚珠，朱七七愈瞧她愈覺得可憐，咬牙暗忖道：「如此動人的女孩子，我怎能眼見她落在這些蠢豬般的男人手上。」

但覺一股熱血上湧，突然大喝道：「我出捌千兩。」

眾人都是一呆，斜坐在朱七七對面的錦衣少年微笑道：「一萬兩。」

賈大相公目光閃動，面露喜色，別的人卻似都已被這價錢駭住，朱七七咬了咬嘴唇，大聲道：「兩萬。」

這價錢更是駭人，大廳中不禁響起一陣騷動之聲，那少女抬頭望著朱七七，目光中既是歡喜，又是驚奇。

賈相公含笑瞧著那少年，道：「王公子，怎樣？」

錦衣少年微笑著搖了搖頭。

賈大相公目光轉向朱七七，抱拳笑道：「恭喜姑娘，這天仙般的女孩子，已是姑娘的了，不知姑娘的銀子在哪裡，哈哈，兩萬兩的銀子也夠重的了。」

朱七七呆了一呆，吶吶道：「銀子我未帶著，但……但過兩天……」

賈大相公面色突然一沉，道：「姑娘莫非是開玩笑麼，沒有銀子談什麼買賣？」

大廳中立時四下響起一片譏嘲竊笑之聲。

朱七七粉面脹得通紅，她羞惱成怒，正待反臉，那知那自始至終，一直坐在那裡養神的窮老頭子，突然張開眼來，道：「無妨，銀子我借給你。」

眾人更是驚奇，朱七七也不禁吃驚得張大了眼睛，這老頭子窮成如此模樣，哪有銀子借給別人。

賈大相公強笑道：「這位姑娘是你老人家素不認得，怎能……」

窮酸老人嗤的一笑，冷冷道：「你信不過她，我老人家卻信得過她，只因你們雖不認得她，我老人家卻是認得她的。」

賈大相公奇道：「這位姑娘是誰？」

窮酸老人道：「你賈剝皮再會騙人銀子，再騙三十年，她老子拔下根寒毛，還是比你腰粗，我老人家也不必說別的，只告訴你，她姓朱。」

賈大相公吃驚道：「莫……莫非她是朱家的千金。」

窮酸老人哼了一聲，又閉起眼睛，但別人的眼睛此刻卻個個都睜得有如銅鈴般大小，個個都在望著朱七七。

自古以來，這錢的魔力從無一人能夠否認，賈大相公這樣的人，對金錢的魔力，更知道的比誰都清楚。

他面上立刻換了種神情，笑得眼睛都瞧不見了，道：「既是你老人家肯擔保，還有什麼話說……飛飛，自此以後，你便是這位朱姑娘的人，還不快過去。」

滿廳人中，最吃驚的還是朱七七，她實在猜不透這窮酸老人怎會認得自己，更猜不透像賈剝皮這樣的人，怎會對這窮酸老人如此信任——這窮酸老人從頭到腳，看來也值不上一兩銀子。

那白衣少女已走到朱七七面前，她目光中帶著無限的歡喜，無限的溫柔，也帶著無限的羞澀。

她盈盈拜了下去，以一種黃鶯般嬌脆、流水般柔美、絲緞般的光滑，鴿子般的溫馴聲音輕輕道：「難女白飛飛，叩見朱姑娘。」

朱七七連忙伸手拉起了她，還未說話，大廳中已又響起那「中原孟嘗」歐陽喜宏亮的語聲，道：「好戲還在後頭，各位此刻心裡，想必也正和兄弟一樣，在等著瞧冷二太爺的了。」

眾人哄然應聲道：「正是。」

朱七七好奇之心又生：「這冷二太爺不知又是何許人物？瞧這些人都對他如此尊敬，他想必是個極爲了不起的角色。」

眼波四下一掃，只見大廳中百十雙眼睛，竟都已望在窮酸老人的身上，朱七七駭了一跳：「莫非冷二太爺竟是他？」

抬起頭來，忽然發現那錦衣少年身後已多了個容貌生得極是俊秀的書僮，這書僮一雙眼睛竟在瞬也不瞬地瞧著她，朱七七忽覺這書僮容貌竟然極是熟悉，卻又偏偏想不起在那裡見過。

這時窮酸老人已又張開眼來，乾咳一聲，道：「苦兒，咱們這回帶來些什麼，一樣樣說給他們聽吧，瞧瞧這些老爺少爺們，出得起什麼價錢。」

他身後那又黑又瘦的少年童子——苦孩兒，有氣沒力的應了一聲，緩步走出，緩緩道：「烏龍茶五十擔。」

接連一片爭議聲之後，一個當地鉅商出價五千兩買了，苦孩兒道：「桐花油五百簍……徽墨一千錠……」

他一連串說了七、八樣貨，每樣俱是來自四面八方的特異名產，自然瞬息間便有人以高價買了。

朱七七只見一包包銀子被冷二太爺收了進去，但貨物卻一樣也未曾看見，不禁暗暗忖道：「這冷二果然不愧鉅商，方能使人這般信任於他，但他卻又爲何作出如此窮酸模樣？嗯，是了，此人想必定是個小氣鬼。」

心裡方自暗暗好笑，那苦孩兒已接著道：「碧梗香稻米伍百石。」

賈大相公一直安安份份的坐在那裡，聽得這「碧梗香稻米」，眼睛突然一亮，大聲道：「這批貨兄弟買了。」

苦孩兒道：「多少？」

賈大相公微一沉吟，面上作出慷慨之色，道：「一萬兩。」

這「碧梗稻米」來路雖然稀少，但市價最多也不過二十多兩一石而已，賈大相公這般出價，的確已不算少。

那知那錦衣少年公子竟突然笑道：「小弟出一萬五千兩。」

賈大相公怔了一怔，終於咬牙道：「一萬六千。」

王公子笑道：「兩萬。」

賈大相公變色道：「兩萬？……王公子你莫非在開玩笑麼，碧梗香稻米，自古以來也沒有這樣的價錢。」

王公子微微笑道：「兄台如不願買了，也無人強迫於你。」

賈大相公面上忽青忽白忽紅，咬牙切齒，過了半晌，終於大聲道：「好，兩萬一。」

這價錢已遠遠超過市價，大廳中人聽得賈剝皮居然出了這賠本的價錢，都不禁大是驚異，四下立刻響起一陣竊竊私語之聲。

王公子忽道：「三萬。」

賈剝皮整個人從椅子上跳了起來，大叫道：「三萬！你……你……你瘋了麼？」

王公子面色一沉，冷冷道：「賈兄說話最好小心些。」

強橫霸道的賈剝皮，竟似對這初出茅廬的王公子有些畏懼，竟不敢再發惡言，噗地跌坐在椅上，面色已蒼白如紙。

苦孩兒道：「無人出價，這貨該是王公子的了。」

賈剝皮突又大喝一聲：「且慢！」自椅上跳起，顫聲道：「我……我出三萬一千，王……王公子，俺……俺的血都已流出了，求求你，莫……莫要再與我爭了好麼？」

王公子展顏一笑，道：「也罷，今日就讓你這一遭。」

賈剝皮面上現出狂喜之色，立刻就數銀子，大廳中人見他出了三倍的價錢才買到五百包米，居然還如此歡喜，心中不禁更是詫異，誰也想不到賈剝皮今日居然也做起賠本的買賣來了。

那苦孩兒收過賈剝皮的銀子，竟忽然咯咯大笑了起來，彷佛一生中都未遇過如此開心的事。

那王公子面上也滿臉笑容，賈剝皮道：「你……你笑什麼？」

苦孩兒道：「開封城有人要出五萬兩銀子買五百包碧梗香稻米，所以，你今日才肯出三萬兩銀子來買，是麼？」

賈剝皮變色道：「你……你怎知道？」

苦孩兒嘻嘻笑道：「開封城裡那要出五萬兩銀子買米的鉅富，只不過是我家冷二太爺故意派去的，等你到了開封，那人早已走了，哈哈……賈剝皮呀賈剝皮，不想你也有一日，居然上了咱們的大當了。」

賈剝皮面無人色，道：「但王……王公子……」

苦孩兒笑道：「王公子也是受了我家冷二大爺託咐，要你上當的……」

他話還未說完，賈剝皮已狂吼一聲，撲了上來。

冷二先生雙目突睜，目中神光暴長，冷冷道：「你要怎地？」

賈剝皮瞧見他那冰冷的目光，竟有如挨了一鞭子似的倒退三步，怔了半晌，竟突然掩面大哭了起來。

朱七七卻再也忍不住笑出聲來，大廳中人人竊笑，見了賈剝皮吃虧上當，人人都是高興的。

冷二先生面帶微笑，道：「施榮貴方才吃虧了，苦兒，數三千兩銀子給施老闆，反正羊毛出在羊身上，你也莫要客氣。」

施榮貴大喜稱謝，朱七七更是暗暗讚美，她這才知道這一副窮酸模樣的冷二先生，非但是個十分了不起的人物，而且也並非她想像中那般小氣。

但是這時冷二先生眼睛又闔了起來，苦孩兒神情也瞬即又恢復那無精打采的模樣，緩緩地道：「還有……八百匹駿馬。」

「八百匹駿馬」這五個字一說出來，大廳中有兩伙人精神都立刻爲之一震，眼睛也亮了起來。

這兩伙人一伙是三個滿面橫肉的彪形大漢，另一伙兩人，一個面如淡金，宛如久病未癒，另一個有眼如鷹隼，鼻如鷹鈎，眉宇間滿帶桀驁不馴的剽悍之色，似是全未將任何人放在眼裡。

朱七七一眼望過，便已猜出這五人必定都是黑道中的豪傑，綠林裡的好漢，而且力量俱都不小。

只見那三條彪形大漢突然齊地長身而起，第一人道：「兄弟石文虎。」

第二人道：「兄弟石文豹。」

第三人道：「兄弟石文彪。」

三人不但說話俱是挺胸凸肚，神氣活現，語聲也是故意說得極響，顯然有向別人示威之意。

施榮貴等人聽得這三人的名字，面上果然俱都微微變色。

歐陽喜朗聲一笑，道：「猛虎崗石氏三雄的大名，江湖中誰不知道，三位兄台又何必自報名姓。」

石文虎哈哈笑道：「好說好說，歐陽兄想必也知道，我兄弟此番正是爲著這八百匹駿馬來的，但望各位給我兄弟面子，莫教我兄弟空手而回。」

三兄弟齊聲大笑，當真是聲震屋瓦，別人縱也有買馬之意，此刻也被這笑聲打消了。石文虎目光四轉，不禁愈來愈是得意。

誰知那鼻如鷹鈎的黑衣漢子卻突然冷笑一聲，道：「只怕三位此番只有空手而回了。」他話說的聲音不大，但大廳中人人卻都聽得十分清楚。

石文虎面色一沉，怒道：「你說什麼？」

鷹鼻漢子道：「那八百匹駿馬，是我兄弟要買的。」

石文虎道：「你憑什麼？」

鷹鼻漢子冷冷道：「在冷二先生這裡，自然只有憑銀子買馬，莫非還有人敢搶不成？」

石文虎厲聲道：「你……你出多少銀子？」

鷹鼻漢子道：「無論你出多少，我總比你多一兩就是。」

石文虎大怒喝道：「西門蛟，你莫道我不認得你！我兄弟瞧在道上同源份上，一直讓你三分，但你……你著實欺人太甚……」

西門蛟冷冷截口道：「又待怎樣？」

石文虎反手一拍桌子，還未說話，石文豹已一把拉住了他，沉聲道：「我臥虎崗上千兄弟，此番正等著這八百匹駿馬開創事業，西門兄若要我兄弟空手而回，豈非不好交代。」

西門蛟冷笑道：「你臥虎崗上千兄弟等著這八百匹駿馬，我落馬湖又何嘗不然？你空手而回不好交代，我空手而回難道好交代了麼？」

石文彪突然道：「既是如此，就讓給他吧。」

一面說話，一面拉著虎、豹兩人，轉身而出。

眾人見他兄弟突然變得如此好說話，方覺有些奇怪，哪知這一念還未轉完，眼前突然刀光閃動，三柄長刀，齊往西門蛟劈了下去，刀勢迅急，刀風虎虎，西門蛟若被砍著，立時便要被剁為肉醬。

但虎豹兄弟出手雖陰狠，西門蛟卻早已提防到這一著，冷笑聲中，身形一閃，已避過。

只聽「喀嚓嚓」幾聲暴響，他坐的一張紫檀木椅已被劈成四塊，施榮貴等人不禁放聲驚呼。

石文虎眼睛都紅了，嘶聲道：「不是你死，就是我活，咱們拚了。」

長刀揮處，三兄弟便待撲上。

那一直不動聲色的病漢，突然長身而起，閃身一把將西門蛟遠遠拉開，口中沉聲叱道：「三位且慢動手，聽我一言。」

他雖是滿面病容，但身手之矯健卻是驚人，石文虎刀勢一頓，道：「好！咱們且聽龍常病有什麼話說。」

龍常病道：「咱們在此動手，一來傷了江湖和氣，再來也未免太不給歐陽兄面子，依在下看來，不如……」

石文虎厲聲道：「無論如何，八百匹駿馬咱們是要定了。」

龍常病微微一笑，道：「你也要定了，我也要定了，莫非只有以死相拚，但若每人分個四百匹，大家卻可不傷和氣。」

石氏兄弟對望一眼，石文豹沉吟道：「龍老大這話也有道理……」

龍常病道：「既是如此，你我擊掌爲信。」

石文虎尋思半晌，終於慨然道：「好！四百匹馬也勉強夠了。」大步走上前去。

龍常病含笑迎了上來，兩人各各伸出手……

突然，龍常病左掌之中，飛出兩點寒星，右掌一翻，已「砰」的擊在石文虎胸膛上，兩點寒星也擊中了文豹、文彪的咽喉。

只聽兄弟三人，齊聲慘呼一聲，身子搖晃不定，雙睛怒凸，凝注著龍常病，嘶聲慘呼道：「你……你……」

第三個字還未說出，石文虎已張口噴出一股黑血，石文豹、石文彪兩人，面上竟已變爲漆黑顏色。

兄弟三人第三個字還未說出，便已一齊翻身跌倒，三條生龍活虎的大漢頃刻間竟已變作三具屍身。

大廳中人，一個個目定口呆，只見龍常病竟又已坐下，仍是一副久病未癒，無氣無力的模樣，竟像什麼事都未發生過似的。

歐陽喜面上現出怒容，但不知怎的，竟又忍了下去。

朱七七本也有些怒意，但心念一轉，忖道：「別人都不管，我管什麼，難道我的麻煩還不夠多麼？」

再看苦孩兒，居然也是若無其事，只是淡淡瞧了那三具屍身一眼，冷冷道：「殺了人後買賣還是要銀子的。」

西門蛟哈哈一笑，道：「那是自然。」

自身後解下個包袱，放在桌上，打開包袱金光耀目，竟是一包黃金。

苦孩兒道：「這是多少？」

西門蛟笑道：「黃金兩千兩整，想來已足夠了。」

那知那文文靜靜、滿臉秀氣的王公子竟突然微笑道：「小弟出兩千零一兩。」這句話說將出來，連朱七七心頭都不禁爲之一震，大廳中人，更是人人聳然變色。

西門蛟獰笑道：「這位相公想必是說笑話。」

王公子含笑道：「在這三具屍身面前，也有人會說笑麼。」

西門蛟轉過身子，面對著他，一步步走了過去，他每走一步，大廳中殺機便重了一分。

人人目光都在留意著他，誰也沒有發現，龍常病竟已無聲無息的掠到那王公子身後，緩緩抬起了手掌！

王公子更是全未覺察，西門蛟獰笑道：「你避得過我三掌，八百匹馬就讓給你。」說到最後一字，雙掌已閃電般拍出，分擊王公子雙肩。

就在這時，龍常病雙掌之中，也已暴射出七點寒星，兩人前後夾擊，眼見非但王公子已將落入石氏三雄同一命運。就連他身後那書僮，也是性命不保，朱七七驚呼一聲，竟已長身而起。

哪知也就在這時，王公子袍袖突然向後一捲，他背後似乎生了眼睛，袖子上也似生了眼睛一般，七點寒星便已落入他袖中，長袖再一抖，七點寒星原封不動，竟都送入他面前西門蛟的胸膛裡。

西門蛟慘呼一聲，踉蹌後退，龍常病雖也面色慘變，但半分不亂，雙掌一縮，兩柄匕首便已自袖中跳入手掌，刀光閃動間，已向公子背後刺來，他出手之狠毒迅急，且不去說它，這兩柄匕首顏色烏黑，顯已染了劇毒，王公子只要被它劃破一塊肉皮，也休想再說出個字來。

但王公子竟仍未回頭，只是在這間不容髮的刹那之間，身子輕輕一抬，那兩柄匕首，便已插在那檀木椅的雕花椅背上，這雕花椅背滿是花洞，只要偏差一分，匕首便要穿洞而入，他部位計算之準，時間拿捏之準實是準得駭人。

龍常病大駭之下，再也無出手的勇氣，肩頭一聳，轉身掠出。

王公子微微笑道：「這個你也得帶回去。」

「這個」兩字出口，他袖中已又有一道寒光急射而出，說到「你也得」三個字時，寒光已射入龍常病背脊。

等到這句話說完，龍常病已慘叫仆倒在地，四肢微微抽動了兩下，便再也不能動了。

王公子非但未回轉頭去，面上也依然帶著微笑，只是口中喟然道：「好毒的暗器，但這暗器卻是他自己的。」

原來他袖中竟還藏著龍常病暗算他的一粒暗器，他甚至連手掌都未伸出，便已將兩個雄據落馬湖的悍盜送上西天。

大廳中人，見了他這一手以衣袖收發暗器的功夫，見了他此等談笑中殺人的狠毒，更是駭得目定口呆，哪裡還有一人答話。

朱七七心頭亦不禁暗凜忖道：「這文質彬彬的少年竟有如此驚人的武功，如此狠毒的心腸，當真令人作夢也想不到……」

抬頭一望，忽然發覺他身後那俊秀的書僮竟仍在含笑望著她，那一雙靈活的眼睛中，彷彿有許多話要向她說似的。

朱七七又驚又奇又怒：「這廝為何如此瞪著我瞧？他莫非認得我？……我實也覺得他面熟得很，為何又總是想不到在哪裡見過？」

她坐著發呆苦苦尋思，那少女白飛飛小鳥般的依偎在她身旁，那溫柔可愛的笑容，委實叫人見了心動。

但朱七七無論如何去想，卻也想不出一絲與這書僮有關的線索，想來想去，卻又不由自主的想到沈浪。

「沈浪在哪裡？他在做什麼？他是否也在想我？……」

突聽歐陽喜在身旁笑道：「宵夜酒菜已備好，朱姑娘可願賞光？」

兩天以來，這是朱七七所聽過的最動聽的話了，她深深吸了口氣，含笑點頭，長身而起，才發覺大廳中人，已走了多半，地上的屍身，也已被抬走，她的臉不覺有些發紅，暗問自己：「為何我一想到沈浪，就變得如此癡迷？」

酒菜當然很精緻，冷二先生狼吞虎咽，著實吃得也不少，朱七七只覺一生中從未吃過這麼好的菜，雖然不好意思吃得太多，卻又不捨吃得太少，只有王公子與另兩人卻極少動箸，彷彿只要瞧著他們吃，便已飽了。

歐陽喜一直不停的在說話，一面爲自己未能及早認出朱府的千金抱歉，一面爲朱七七引見桌上的人。

朱七七也懶得聽他說什麼，只是不住含笑點頭。

忽聽歐陽喜道：「這位王公子，乃是洛陽世家公子，朱姑娘只要瞧見招牌上有『王森記』三個字，便都是王公子的買賣，他不但……」

「王森記」三個字入耳，朱七七只覺心頭宛如被鞭子抽了一記，熱血立刻衝上頭顱，歐陽喜下面說什麼，她一個字也聽不見了。

抬眼望去，王公子與那俊俏的書僮亦在含笑望著她。

王公子笑道：「在下姓王，草字憐花……」

朱七七顫聲道：「你……你……棺材鋪……」

王公子微微笑道：「朱姑娘說的是什麼？」

朱七七方自有些紅潤的面容，又已變得毫無血色，睜了眼睛望著他，目光中充滿了驚怖之意。

「王森記……這王憐花莫非就是那魔鬼般的少年……呀，這書僮原來就是那白衣女子，難怪我如此眼熟，她改扮男裝，我竟認不出是她了……」

歐陽喜見她面色突然慘白，身子突然發抖，不禁大是奇怪，忍不住乾「哼」一聲，強笑道：「朱姑娘你……」

朱七七已顫抖站起身來，「砰」的，她坐著的椅子翻倒在地，朱七七踉蹌後退，顫聲道：「你……你……」

突然轉過身子，飛奔而出。

只聽到幾個人在身後呼喝著道：「朱姑娘……留步……朱姑娘……」其中還夾雜著白飛飛凄惋的呼聲：「朱姑娘，帶我一齊走……」

但朱七七哪敢回頭，外面不知何時竟已是大雨如注，朱七七卻也顧不得了，只是發狂地向前奔跑。

她既不管方向，也不辨路途，那王憐花魔鬼般的目光，魔鬼般的笑容，彷彿一直跟在她身後。

真的有人跟在她身後！

只要她一停下腳步，後面那人影便似要撲了上來。

朱七七直奔得氣喘，愈來愈是急劇，雙目也被雨水打得幾乎無法張開，她知道自己若再這樣奔逃下去，那是非死不可。

只見眼前模模糊糊的似有幾棟房屋，裡面點著火光，門也似開著的，朱七七什麼也不管了，一頭撞了進去，便跌倒在地。

等到喘過氣來，才發覺這房屋竟是座荒廢了的廟宇，屋角積塵，神像敗落，神殿中央，卻生著一堆旺旺的火，坐在一旁烤火的，竟是個頭髮已花白的青衣婦人，正吃驚的在望著朱七七。

回頭望去，外面大雨如注，哪有什麼人跟來。

朱七七喘了口氣，端正身子，陪笑道：「婆婆，借個火烤好麼？」

那青衣婦人神色看來雖甚是慈祥，但對她的辭色卻是冰冰冷冷，只是點了點頭，也不說話。

朱七七頭髮披散，一身衣衫也已濕透，緊緊貼在身上，當真是曲線畢露，她不禁暗自僥倖：「幸好這是個老婆子，否則真羞死人了。」

饒是如此，她耳根竟有些發燙，不安的理了埋頭髮，露出了她那美麗而動人的面容。

那青衣婦人似乎未想到這狼狽的少女竟是如此美艷，冰冷的目光漸漸和藹起來，搖頭嘆道：「可憐的孩子，衣裳都濕透了，不冷麼？」

朱七七喘著氣，本已覺得有些發冷，此刻被她一說，雖在火旁，也覺冷得發抖，那一身濕透了的衣裳，更有如冰片一般。

青衣婦人柔聲道：「反正這裡也沒有男人，我瞧你不如把濕衣脫下，烤乾了再穿，就會覺得暖和得多了。」

朱七七雖覺有些不好意思，但實在忍不住這刺骨的寒冷，只得紅著臉點了點頭，用發抖的纖指脫下了冰冷的衣服。

雖是在女子面前，但朱七七還是不禁羞紅了，閃礫的火光，映著她嫣紅的面頰，玲瓏的曲線……

青衣婦人微微笑道：「幸好我也是女子，否則……」

朱七七「嚶嚀」一聲，貼身的衣服，再也不敢脫下來，但貼身的衣服已是透明的，朱七七蜷曲著身子，只望衣裳快些烤乾。

突然間，外面竟似有人乾咳了一聲。

朱七七心頭一震，身子縮成一團頓聲道：「什……什麼人？」

牆外一個沉重蒼老的語聲道：「風雨交加，出家人在簷下避雨。」

朱七七這才鬆了口氣，點頭輕笑道：「這位出家人看來倒是個君子，非但沒有進來，竟連窗口都不站……」

那知她話猶未完，突聽一人咯咯笑道：「君子雖在外面，卻有一個小人在屋裡。」

朱七七這一驚更是非同小可，連忙抓起一件衣服，擋在胸前，仰首自笑聲傳出之處望了過去。

只見那滿積灰塵，滿結蛛網的橫樑上，已有個腦袋伸出來，一雙貓也似的眼睛，正盯著朱七七的身子。

朱七七又羞又怒，又是吃驚，道：「你……是誰？在……在這裡已多久了？」

那人笑道：「久得已足夠瞧見一切。」

朱七七的臉，立刻像火也似的紅了起來，一件衣服，東遮也不是，西掩也不是，真恨不得鑽下地去。

那人卻揚聲大笑道：「只可惜在下眼福還是不夠好，姑娘這最後一件衣服竟硬是不肯脫下來，唉！可惜呀，可惜……」

朱七七羞怒交集，破口罵道：「強盜，惡賊，你……你……」

哪知她不罵還罷，這一罵，那人竟突然一個翻身躍了下來，朱七七嬌呼一聲，口裡更是各種話都罵了出來。

只見那人反穿著件破舊羊皮襖，敞開衣襟，左手提著隻酒葫蘆，腰間斜插著柄無鞘的短刀，年紀雖然不大，但滿臉俱是鬍碴子，漆黑的一雙濃眉下，生著兩隻貓也似的眼睛，正在朱七七身上轉來轉去，瞧個不停。

朱七七罵得愈兇，這漢子便笑得愈得意。

等到朱七七一住口，這漢子便笑道：「在下既未曾替姑娘脫衣服，姑娘要脫衣服，在下也不能攔阻，姑娘如此罵人，豈非有些不講理麼？」

朱七七又是羞，又是恨，恨不得站起身來，重重摑他個耳光，但卻又怎能站得起身來，只得嬌喝道：「你……你出去，等……等我穿起衣服……」

這漢子嘻嘻笑道：「外面風寒雨冷，姑娘竟捨得要在下出去麼，有我這樣知情識趣的人陪著姑娘，也省得姑娘獨自寂寞。」

朱七七只當那青衣婦人必定也是位武林高手，見了此等情況，想必定該助她一臂之力。

哪知這青衣婦人遠遠躲在一邊，臉都似駭白了。

朱七七眼波一轉，突然冷笑道：「你可知我是誰麼？哼哼！『魔女』朱七七豈是好惹的，你若是知機，快快逃吧，也免得冤枉死在這裡。」

「魔女」這綽號，本是她自己情急之下，胡亂起的，爲的只是要藉這唬人的名字，將這漢子嚇逃。

那漢子果然聽得怔了一怔，但瞬即大笑道：「你可知我是誰麼？……」

朱七七道：「你是條惡狗，畜牲……」

那漢子咯咯笑道：「告訴你，伏魔金剛，花花太歲，便是我名字，我瞧你還是乖乖的，莫要……」

朱七七只覺一股怒氣直衝上來，她性子來了，便是光著身子也敢站起，何況還穿著件貼身的衣服。

只是她一個翻身掠起，冷笑道：「好，你要看就看吧，看清楚些……少時姑娘我挖出你兩隻眼睛，就看不成了。」

那漢子再也未想到世上竟有如此大膽的女子，端的吃了一驚，這玲瓏剔透的嬌軀已在他面前，他反倒不敢看了。

八　玉璧牽線索

朱七七大著膽子冷笑地一步步追了過去，那漢子不由自主，一步步退後，一雙貓也似的眼睛，睜得更大了。

突然間窗外一人冷冷道：「淫賊你出來。」

但見一條黑影，石像般卓立在窗前，頭戴竹笠，頷下微鬚，黑暗中也瞧不見他面目，只瞧見他背後斜插一柄長劍，劍穗與微鬚同時飛舞。

那漢子驚得一怔，道：「你叫誰出去？」

窗外黑影冷笑道：「除了你，還有誰？」

那漢子大笑道：「好，原來我是淫賊。」

突然縱身一掠，竟飛也似的自朱七七頭頂越過，輕煙般掠出門外。

朱七七也真未想到這漢子輕功竟如此高明，也不免吃了一驚，但見劍光一閃，已封住了門戶。

那漢子身軀凌空，雙足連環踢出，劍光一偏，這漢子已掠入暴雨中，縱聲狂笑，厲喝道：「雜毛牛鼻子，你可是想打架麼？」

窗外黑影正是個身軀瘦小的道人，身法之靈便，有如羚羊一般，匹練般劍光一閃，直指那漢子胸膛。

那漢子叱道：「好劍法。」舉起掌中酒葫蘆一擋。只聽「噹」的一聲，這葫蘆竟是精鋼所鑄，竟將道人的長劍震得向外一偏，似乎險險便要脫手飛去。

道人輕叱一聲：「好腕力。」

三個字出口，他也已攻出三劍之多，這三招劍勢輕靈，專走偏鋒，那漢子再想以葫蘆迎擊，已迎不上了。

朱七七見到這兩人武功，竟無一不是武林中頂尖身手，又驚又奇，竟不知不覺間看得呆了。

身後那青衣婦人突然輕輕道：「姑娘，要穿衣服，就得趕快了。」

朱七七臉不禁一紅，垂首道：「多謝……」

她趕緊穿起那還是濕濕的衣裳，再往外瞧去，只見暴雨中一道劍光，盤旋飛舞，森森劍光，將雨點都震得四散飛激。

他劍招似也未見十分精妙，但卻快得非同小可，劍光「嗤嗤」破風，一劍緊跟著一劍，無一劍不是死命的殺手。朱七七愈看愈是驚異，這道人劍法竟似猶在七大高手中「玉面瑤琴神劍手」之上……

那漢子似乎有些慌了，大喝道：「好雜毛，我與你無冤無仇，你真想要我的命麼？」

那道人冷冷道：「無論是誰，無論爲了什麼原故，只要與本座交手，便該早知道本座的寶劍，是向來不饒人的。」

那漢子驚道：「就連與你無仇的人，你也要殺？」

道人冷笑道：「能在本座劍下喪生，福氣已算不錯。」

漢子大聲嘆道：「好狠呀好狠……」

對話之間，道人早已又擊出二三十劍，將那漢子逼得手忙腳亂，一個不留意，羊皮襖已被削下一片。

雪白的羊毛，在雨中四下飛舞。

那漢子似更驚惶，道人突然分心一劍，貼著葫蘆刺了出去，直刺這漢子左乳之下，心脈處。

這一劍當真又急，又險，又狠，又準。

朱七七忍不住脫口呼道：「此人罪不致死，饒了他吧。」

她這句話其實是不必說的，只因她方自說了一半，那大漢胸前突有一道白光飛出，迎著道人劍光一閃。

只聽「叮」的一聲輕響，道人竟連退了三步，朱七七眼快，已發現道人掌中精鋼長劍，竟已赫然短了一截。

原來那漢子竟在這間不容髮之際，拔出了腰畔那柄短刀，刀劍相擊，道人掌中長劍竟被削去了一截劍尖。

那漢子大笑道：「好傢伙，你竟能逼得我腰畔神刀出手，劍法已可稱得上是當今天下武林中的前五名了。」

道人平劍當胸，肅然戒備。

那知道漢子竟不趁機進擊，狂笑聲中，突然一個翻身，凌空掠出三丈，那洪亮的笑聲，自風雨中傳來，道：「小妹子，下次脫衣服時，先得要小心瞧瞧，知道麼……」

笑聲漸漸去遠，恍眼間便消失蹤影。

那道人猶自木立於風雨中，掌中劍一寸寸地往下垂落，雨點自他竹笠邊緣瀉下，有如水簾一般。

朱七七也不禁呆了半晌，道：「這位道爺快請進來，容弟子拜謝。」

那道人緩緩轉過身子，緩緩走了過來。

朱七七但覺這道人身上，彷彿帶著股不祥的殺機，但他究竟是自己的恩人，朱七七雖然不願瞧他，卻也不能轉過身去。

道人已一步跨過門戶。

朱七七襝衽道：「方才蒙道長出手，弟子……」

道人突然冷笑一聲，截口道：「你可知我是誰？你可知我為何要救你？」

朱七七怔了一怔，也不知該如何答話。

道人冷冷道：「只因本座自己要將你帶走，所以不願你落入別人手中。」

朱七七大駭道：「你……你究竟是誰？」

道人反腕一劍，挑去了緊壓眉際的竹笠，露出了面目。

火光閃動下，只見他面色蠟黃，瘦骨嶙峋，眉目間滿帶陰沉冷削之意，赫然竟是武林七大名家中，青城玄都觀主斷虹子。

朱七七瞧見是他，心反倒定了，暗暗忖道：「原來是斷虹子，那漢子猜他乃是當今天下前五名劍手之一，倒果然未曾猜錯，但那漢子卻又是自哪裡鑽出來的？武功竟能與江湖七大高手不相上下，我怎未聽說武林中有這樣的人物。」

她心念轉動，口中卻笑道：「今日真是有緣，竟能在這裡遇見斷虹道長，但道長方才說要將我帶走，卻不知爲的什麼？」

斷虹子道：「爲的便是那花蕊仙，你本該知道。」

朱七七暗中一驚，但瞬即笑道：「花蕊仙已在仁義莊中，道長莫非還不知道？」

斷虹子道：「既是如此，且帶本座去瞧瞧。」

朱七七笑道：「對不起，我還有事哩，要去瞧，你自己去吧。」

斷虹子目中突現殺機，厲聲道：「好大膽的女子，竟敢以花言巧語來欺騙本座，本座闖蕩江湖數十年，豈能上你這小丫頭的當？」

朱七七著急道：「我說的句句都是真的，若非我的事情極爲重要，本可帶你去。」

斷虹子叱道：「遇見本座，再重要的事也得先放在一邊。」

朱七七除了沈浪之外，別人的氣，她是絲毫不能受的，只見她眼睛一瞪，火氣又來了，怒道：「不去你又怎樣，你又有多狠，多厲害，連自己的寶劍都被一個名不見經傳的小伙子……」

斷虹子面色突然發青，厲叱道：「不去也得去。」

劍光閃動，直取朱七七左右雙肩。

朱七七冷笑道：「你當我怕你麼？」

她本是誰都不怕的，對方雖有長劍在手，對手雖是天下武材中頂尖的劍客，她火氣一來，什麼都不管了。

但見她纖腰一扭，竟向那閃電般的劍光迎了過去，竟施展開「淮陽七十二路大小擒拿」，要想將斷虹子長劍奪下。

斷虹子獰笑道：「好個不知天高地厚的小丫頭，待本座先廢了你一條右臂，也好教訓教訓你。」

劍光霍霍，果然專削朱七七右臂。

朱七七交手經驗雖不豐富，但一顆心卻是玲瓏剔透，聽了這話，眼珠子一瞪，大喝道：「好，你要是傷了我別的地方，你就是畜牲。」

只見她招式大開大闔，除了右臂之外，別的地方縱然空門大露，她也不管——她防守時只需防上一處，進攻時顧慮自然少了，招式自然是凌厲，一時之間，竟能與斷虹子戰了個平手。

斷虹子獰笑道：「好個狡猾的小丫頭。」

劍光閃動間，突然「嗖」的一劍，直刺朱七七左胸！

朱七七左方空門大露，若非斷虹子劍尖已被那漢子削去一截，這一劍，早已劃破她胸膛。

但饒是如此，她仍是閃避不及，「哧」的一聲，左肩衣衫已被劃破，露出了瑩如白玉般的肩頭。

朱七七驚怒之下，大喝道：「堂堂一派宗師，竟然言而無信麼？」

她卻不知斷虹子可在大庭廣眾之下，往桌上每樣菜裡吐口水，還有什麼別的事做不出。

斷虹子咯咯獰笑，劍光突然反挑而上，用的竟是武功招式中最最陰毒，也最最下流的撩陰式。

朱七七拚命翻身，方自避過，她再也想不到這堂堂的劍法大師，居然會對一個女子使出這樣的招式來，驚怒之外，又不禁羞紅了面頰，破口大罵道：「畜牲，你……你簡直是個畜牲。」

斷虹子冷冷道：「今日便叫你落在畜牲手中。」

一句話功夫，他又已攻出五六劍之多。

朱七七又驚，又羞，又怒，身子已被繚繞的劍光逼住，幾乎無法還手，斷虹子滿面獰笑長劍抹胸，劃肚、撩陰，又是狠毒，又是陰損，朱七七想到他以一派宗主的身分，居然會對女子使出如此陰損無恥的招式，想到自己眼見便要落入這樣的人手中……

她只覺滿身冷汗俱都冒了出來，手足都有些軟了，心裡既是說不出的害怕，更有說不出的悲痛，不禁大罵道：「不但你是個畜牲，老天爺也是個畜牲。」

她兩日以來，不但連遭凶險，而且所遇的竟個個都是卑微無恥的淫徒，也難怪她要大罵老天爺對她不平。

那青衣婦人已似駭得呆了，不停的一塊塊往火堆裡添著柴木，一縷白煙，自火焰中裊裊升起，飄渺四散……

這時「哧哧」的劍風，已將朱七七前胸、後背的衣衫劃破了五六處之多，朱七七面色駭得慘白。

斷虹子面上笑容卻更是獰惡，更是瘋狂。

在他那冰冷的外貌下，似乎已因多年的禁慾出家生活，而積成了一股火焰，這火焰時時刻刻都在燃燒著他，令他痛苦得快要發狂。

他此刻竟似要藉著掌中的長劍將這股火焰發洩，他並不急著要將朱七七制伏，只是要朱七七在他這柄劍下宛轉呻吟，痛苦掙扎……朱七七愈是恐懼，愈是痛苦，他心裡便愈能得到發洩後的滿足。

每個人心裡都有股火焰，每個人發洩的方法都不同。

而斷虹子的發洩方法正是要虐待別人，令人痛苦。

他唯有與人動手時，瞧別人在劍下掙扎方能得到真正的滿足，是以他無論與誰動手，出手都是那麼狠毒。

朱七七瞧著他瘋狂的目光，瘋狂的笑容，心中又是憤怒，又是著急，手腳也愈來愈軟，不禁咬牙暗忖道：「老天如此對我，我不如死了算了。」

她正待以身子往劍尖上撞過去，那知就在這時，斷虹子面容突變，掌中劍式，竟也突然停頓了下來。

他鼻子動了兩動，似乎嗅了嗅什麼，然後，扭頭望向那青衣婦人，目光中竟充滿驚怖憤怒之色，嘶聲道：「你……你……」

突然頓一頓足，大喝道：「不想本座今日栽在這裡。」

呼聲未了，竟淩空一個翻身，倒掠而出，那知他這時真氣竟似突然不足，「砰」的一聲，撞上了窗櫺，連頭上竹笠都撞掉了，他身子也跌入雨中泥地裡，竟在泥地中滾了兩滾，用斷劍撐起身子，飛也似的逃去。

朱七七又驚又奇，看得呆了：「他明明已勝了，爲何卻突然逃走？而且逃得如此狼狽。」

轉目望去，只見火焰中白煙仍裊裊不絕，那青衣婦人石像般坐在四散的煙霧中，動也不動。

但她那看來極是慈祥的面目上，卻竟已泛起一絲詭異的笑容，慈祥的目光中，也露出一股懾人的妖氛。

朱七七心頭一凜，顫聲道：「莫非……莫非她……」

這句話她並未說完，只因她突然發覺自己不但手足軟得出奇，而且頭腦也奇怪的暈眩起來。

她恍然知道了斷虹子爲何要逃走的原因，這慈祥的青衣婦人原來竟是個惡魔，這白煙中竟有迷人的毒性。她是誰？她爲何要如此？

但這時朱七七無法再想，她只覺一股甜蜜而不可抗拒的睡意湧了上來，眼皮愈來愈重……

她倒了下去。

朱七七醒來時，身子不但已乾燥而溫暖，而且已睡到一個軟綿綿的地方，有如睡在雲堆裡。

所有的寒冷、潮濕、驚恐，都似已離她而遠走——想起這些事，她彷彿上不過是做了個噩夢而已。

但轉眼一望，那青衣婦人竟仍赫然坐在一旁——這地方竟是個客棧，朱七七睡在床上，青衣婦人便坐在床畔。

她面容竟又恢復了那麼慈祥而親切，溫柔地撫摸著朱七七的臉頰，溫柔地微笑低語著道：「好孩子，醒了麼，你病了，再睡睡吧。」

朱七七只覺她手指像是毒蛇一樣，要想推開，那知手掌雖能抬起，卻還是軟軟的沒有一絲氣力。

她驚怒之下，要想喝問：「你究竟是誰？爲何要將我弄來這裡？你究竟要拿我怎樣？」那知她嘴唇動了動，卻是一個字也說不出來。

這一下朱七七可更是嚇得呆住了：「這……這妖婦竟將我弄成啞巴。」她連日來所受的驚駭雖多，但那些驚駭比起現在來，已都不算是什麼了。

青衣婦人柔聲道：「你瞧你臉都白了，想必病得很厲害，好生再歇一會兒吧，姑姑等一會兒就帶你出去。」

朱七七只望能嘶聲大呼：「我沒有病，沒有病……我只是被你這妖婦害的。」但她用盡平生氣力，也說不出一絲聲音。

她已落入如此悲慘的狀況中，以後還會有什麼遭遇，她想也不敢想了，她咬住牙不讓眼淚流下。

但眼淚卻再也忍不住流了出來。

那青衣婦人出去了半晌，又回來，自床上扶起朱七七，一個店伙跟她進來，憐惜地瞧著朱七七，嘆道：「老夫人，可是真好耐心。」

青衣婦人苦笑道：「我這位女徒從小沒爹沒娘，又是個殘廢，我不照顧她，誰照顧她……唉，這也是命，沒辦法。」

那店伙連連嘆息，道：「你老可真是個好人。」

朱七七受不了他那憐憫的眼色，更受不了這樣的話。

她的心都已要氣炸了，恨不得一口將這妖婦咬死，怎奈她現在連個蒼蠅都弄不死，只有隨這妖婦擺佈，絲毫不能反抗。

那青衣婦人將她架了出去，扶到一匹青驢上，自己牽著驢子走，那店伙瞧得更是感動，突然自懷中掏出錠銀子，趕過去塞在青衣婦人手中，道：「店錢免了，這銀子你老收著吧。」

青衣婦人彷彿大是感動，哽咽著道：「你……你真是個好人……」

那店伙幾乎要哭了出來，揉了揉眼睛，突然轉身奔回店裡。

朱七七真恨不得打這糊塗的「好人」一個耳光，她暗罵道：

「你這個瞎子，竟將這妖婦當作好人，你……你……你去死吧，天下的人都去死吧，死乾淨了最好。」

驢子得得的往前走，她眼淚簌簌往下流，這妖婦究竟要將她帶去哪裡？究竟要拿她怎樣？路上的行人，都扭過頭來看她們，朱七七昔日走在路上，本就不知吸引過多少人羨慕的目光，她對這倒並不奇怪。

奇怪的是，這些人看了她一眼，便不再看第二眼了。

朱七七但願這些人能多看她幾眼，好看出她是被這妖婦害的，哪知別人非但偏偏不看，還都將頭扭了過去。

她又恨，又奇，又怒，恨不得自己自驢背上跌下來摔死最好，但青衣婦人卻將她扶得穩穩的，她動都不能動。

這樣走了許久，日色漸高，青衣婦人柔聲地道：「你累了麼，前面有個茶館，咱們去吃些點心好麼？」

她愈是溫柔，朱七七就愈恨，恨得心都似要滴出血來，她平生都沒有這樣痛恨一個人過。

茶館在道旁，門外車馬連綿，門裡茶客滿座。

這些茶客瞧見青衣婦人與朱七七走進來，那目光和別人一樣，又是同情，又是憐憫。朱七七簡直要發瘋了，此刻若有誰能使她說出話來，說出這妖婦的惡毒，叫她做什麼，她都願意。

茶館裡本已沒有空位，但她們一進來，立刻便有人讓座，似乎人人都已被這青衣婦人的善良與仁慈所感動。

朱七七只望沈浪此刻突然出現，但四下哪裡有沈浪的影子，她不禁在心裡暗暗痛罵著：「沈浪呀沈浪，你死到哪裡去了，莫非你竟拋下我不管了麼？莫非你有別的女人纏住了你，你這黑心賊，你這沒良心的。」

她全然忘了原是她自己離開沈浪，而不是沈浪離開她的——女子若要遷怒別人，本已是十分不講理的，被遷怒的若是這女子心裡所愛的人，那你當真更是任何道理都休想在她面前講得清。

忽然間，一輛雙馬大車急馳而來，驟然停在茶館門前，馬是良駒，大車亦是油漆嶄新，銅環晶亮。

那趕車的右手揚鞭，左手勒馬，更是裝模作樣，神氣活現，茶客不禁暗暗皺眉，忖道：「這車裡坐的八成是個暴發戶。」

只見趕車的一掠而下，恭恭敬敬的開了車門。

車門裡乾「咳」了幾聲，方自緩緩走出個人來，果然不折不扣，是個道地的暴發戶模樣。他臃腫的身子，卻偏要穿著件太過「合身」的墨綠衣衫——那本該是比他再瘦三十斤人穿的。

他本已將知命之年，卻偏要打扮成弱冠公子的模樣，左手提著金絲雀籠，右手拿著翡翠鼻煙壺，腰間金光閃閃，繫著七八隻繡花荷包，他彷佛生怕別人不知道他有錢似的，竟將那裝著錠錠金棵子的繡花荷包，俱都打開一半，好教別人能看見那閃閃的金光。

不錯，別人都看見了，卻都看得直想作嘔。

廝。

但這滿身銅臭氣的市儈身後，卻跟著個白衣如仙的嬌美少女，宛如小鳥依人般跟隨著他這雖是滿身傖俗，這少女卻有如出水蓮花，美得脫俗，尤其那楚楚動人的可憐模樣，更令人見了銷魂動魄。

茶客們又是皺眉，又是嘆氣，「怎地一朵鮮花，卻偏偏插在牛糞上。」

朱七七見了這兩人，心中卻不禁欣喜若狂——原來這市儈竟是賈剝皮，白衣少女便是那可憐的少女白飛飛。

她見到白飛飛竟又落入賈剝皮手中，雖不免嘆息懊惱，但此時此刻，只要能見著熟人，總是自己救星到了。

這時朱七七左邊正空出張桌子，賈剝皮大搖大擺，帶著白飛飛坐下，恰巧坐在朱七七對面。

朱七七只望白飛飛抬起頭來，她甚至也盼望賈剝皮能瞧自己一眼，她眼睛瞪著這兩人，幾乎瞪得發麻。

白飛飛終於抬起頭來，賈剝皮也終於瞧了她一眼。

他一眼瞧過，面上竟突然現出難過已極的模樣，重重吐一口痰在地上，趕緊扭過頭去。

白飛飛瞧著她的目光中雖有憐惜之色，但竟也裝作不認識她，既未含笑點頭，更未過來招呼。

朱七七既是驚奇，又是憤怒，更是失望，這賈剝皮如此對她倒也罷了，但白飛飛怎地也如此無情？

她暗嘆一聲，忖道：「罷了罷了，原來世人不是奸惡之徒，便是無情之輩，我如此活在世上，還有何趣味？」

一念至此，更是萬念俱灰，那求死之心也更是堅決。

只聽青衣婦人柔聲道：「好孩子，口渴了，喝口茶吧。」

竟將茶杯送到朱七七嘴邊，托起朱七七的臉，灌了口茶進去。

朱七七暗道：「我沒有別的法子求死，不飲不食，也可死的。」當下將一口茶全都吐了出去，吐在桌上。

茶水流在新漆的桌面上，水光反映，有如鏡子一般。

朱七七不覺俯首瞧了一眼──她這一眼不瞧也倒罷了，這一眼瞧過，血液都不禁爲之凝結。

水鏡反映中，她這才發現自己容貌竟已大變，昔日的如花嬌靨，如今竟已滿生紫瘤，昔日的瑤鼻櫻唇，如今竟是鼻歪嘴斜，昔日的春山柳眉，如今竟已蹤影不見──昔日的西子王嬙，如今竟已變作鳩盤無鹽。

剎那之間，朱七七靈魂都已裂成碎片。

她實在不能相信這水鏡中映出的，這妖怪般的模樣，竟是自己的臉。

美麗的女子總是將自己的容貌瞧得比生命還重，如今她容貌既已被毀，一顆心怎能不爲之粉碎。

她暗中自語：「難怪路上的人瞧了我一眼，便不願再瞧，難怪他們目光中神色那般奇怪，難怪白飛飛竟已不認得我……」

她但求能放聲悲嘶，怎奈不能成聲，她但求速死，怎奈求死不得，她咬一咬牙，整個人向桌子撲下。

只聽「嘩啦啦」一聲，桌子倒了，茶壺茶碗，落了一地，朱七七也滾倒在地，滾在杯盞碎片上。

茶客們驚惶站起，青衣婦人竟是手忙腳亂，白飛飛與另幾個人趕過來，幫著青衣婦人扶起了她。

一人望著她嘆息道：「姑娘，你瞧你這位長輩如此服侍你，你就該乖乖的聽話些，再也不該爲她老人家找麻煩了。」

青衣婦人似將流出淚來，道：「我這侄女從小既是癲子，又是殘廢，她一生命苦，脾氣自然難免壞些，各位也莫要怪她了。」

眾人聽了這話，更是搖頭，更是嘆息，更是對這青衣婦人同情欽佩，朱七七被扶在椅上，卻已欲哭無淚。

普天之下，又有誰知道她此刻境遇之悲慘？又有誰知道這青衣婦人的惡毒，又有誰救得了她？

她已完全絕望，只因沈浪此刻縱然來了，也已認不出她，至於別的人……唉，別的人更是想也莫要想了。

白飛飛掏出塊羅帕，爲她擦拭面上淚痕，輕輕道：「好姐姐，莫要哭了，你雖然……雖然有著殘疾，但……但有些生得美的女子，卻比你還要苦命……」

這柔弱的少女，似乎想起了自己的苦命，也不禁淚流滿面。

她哽咽著接道：「只因你總算還有個好心的嬸嬸照顧著你，而我……我……」

突聽賈剝皮大喝道：「飛飛，還不回來。」

白飛飛嬌軀一震，臉都嚇白了，偷偷擦了擦眼淚，偷偷拔下朵珠花塞在青衣婦人手裡，驚惶地轉身去了。

青衣婦人望著她背影，輕輕嘆道：「好心的姑娘，老天爺會照顧你的。」

這溫柔的言語，這慈祥的容貌，真像是普渡觀音的化身。

又有誰知道這觀音般的外貌裡，竟藏著顆惡魔的心。

朱七七望著她，眼淚都已將化做鮮血。

她想到那王憐花、斷虹子雖然卑鄙、惡毒、陰險，但若與這青衣婦人一比，卻又都有如天使一般。

如今她容貌既已被毀，又落入這惡魔手中，除了但求一死之外，她還能希望別的什麼？

她緊緊咬起牙關，再也不肯吃下一粒飯、一滴水。

到了晚間，那青衣婦人又在個店伙的同情與照料下，住進了那客棧西間跨院中最最清靜的一間屋子裡，朱七七又是飢餓，又是口渴，她才知道飢餓還好忍受，但口渴起來，身心都有如被火焰焚燒一般。

店伙送來茶水後便嘆息著走了，屋裡終於只剩下朱七七與這惡魔兩個人，青衣婦人面向朱七七，嘴角突然發出獰笑。

朱七七只有閉起眼睛，不去瞧她。

哪知青衣婦人卻一把抓起了朱七七頭髮，獰笑著道：「臭丫頭，你不吃不喝，莫非是想死麼？」

朱七七霍然張開眼來，狠狠望著她，口中雖然不能說話，但目光中卻已露出了求死的決心。

青衣婦人厲聲道：「你既已落在我的手中，要想死……嘿嘿，哪有這般容易，我看你還是乖乖的聽話，否則……」

反手一個耳光，摑在朱七七臉上。

朱七七反正已豁出去了，仍是狠狠的望著她。

那充滿悲憤的目光仍是在說：「我反正已決心一死，別的還怕什麼？你要打就打，你還有別的什麼手段，也只管使出來吧。」

青衣婦人獰笑道：「臭丫頭，不想你脾氣倒硬得很，你不怕是麼？……好，我倒要看你究竟怕不怕。」

這一個「好」字過後，「她」語聲竟突然變了，變成了男子的聲音，一雙手竟已往朱七七胸前伸了過來。

朱七七雖然早已深知這「青衣婦人」的陰險惡毒，卻真是做夢也未想到「她」竟是個男子改扮而成的。

只聽「哧」的一聲，青衣婦人已撕開了朱七七的衣襟，一隻手已摸上了朱七七溫暖的胸膛。

朱七七滿面急淚，身子又不住顫抖起來，她縱不怕死，但又怎能不怕這惡魔的蹂躪與侮辱。

青衣婦人咯咯笑道：「我本想好生待你，將你送到一個享福的地方去，但你既不識好歹，我只有先享用了你……」

朱七七身子在他手掌下不停的顫抖著，她那晶白如玉的胸膛，已因這惡魔的羞侮而變成粉紅顏色。

惡魔的獰笑在她耳畔響動，惡魔的手掌在她身上……

她既不能閃避，也不能反抗，甚至連憤怒都不能夠。

她一雙淚眼中，只有露出乞憐的目光。

青衣婦人獰笑道：「你怕了麼？」

朱七七勉強忍住了滿心悲憤，委屈地點了頭。

青衣婦人道：「你此後可願意乖乖的聽話？」

在這惡魔手掌中，朱七七除了點頭，還能做什麼？她一生倔強，但遇著這惡魔，也只有屈服在他魔掌下。

青衣婦人大笑道：「好！這才像話。」

語聲一變，突又變得出奇溫柔，輕撫著朱七七面頰，道：「好孩子，乖乖的，姑姑出去一趟，這就回來的。」

這惡魔竟有兩副容貌，兩種聲音。

剎那間他便可將一切完全改變，像是換了個人似的。

朱七七望著他關起房門，立時放聲痛哭起來。

她對這青衣「婦人」實已害怕到了極處，青衣「婦人」縱然走了，她也不敢稍有妄動。

她只是想將滿腔的恐懼，悲憤，仇恨，失望，傷心，羞侮與委屈，俱都化作眼淚流出。

眼淚沾濕了衣襟，也沾濕了被褥——哭著哭著，她只覺精神漸漸渙散，竟不知不覺的睡著了。

噩夢中驟覺一陣冷風吹入胸膛，朱七七機伶伶打了個寒噤，張開眼，門戶已開，惡魔又已回來。

「她」右肋下挾著個長長的包袱，左手掩起門戶，身子已到了床頭，輕輕放下包袱，柔聲笑道：「好孩子，睡得好麼？」

朱七七一見「她」笑容，一聽「她」語聲，身子便忍不住要發抖，只因這惡魔聲音笑容，若是也與「她」心腸同樣兇毒，倒也罷了，「她」笑容愈是和藹，語聲愈是慈祥，便愈是令人無法忍受。

只見「她」將那長長的包袱打開，一面笑道：「好孩子，你瞧姑姑多麼疼你，生怕你寂寞，又替你帶了個伴兒來了。」

朱七七轉目望去，心頭又是一涼——包袱裡竟包著個白衣女子，只見她雙頰暈紅，眼簾微闔，睡態是那樣溫柔而嬌美，那不是白飛飛是誰。

這可憐的少女白飛飛，如今竟已落入了這惡魔手中。

朱七七狠狠瞪著青衣婦人，目光中充滿了憤恨——目光若是也能殺人，這青衣婦人當真已不知要死過多少次了。

只見「她」自懷中取出一隻黑色的革囊，又自革囊中取出一柄薄如紙片的小刀，一隻發亮的鈎子，一隻精巧的柄子，一隻杓子，一柄剪刀，三隻小小的玉瓶，還有四五件朱七七也叫不出名目，似是熨斗，又似是泥水匠所用的鏟子之類的東西，只是每件東西都具體而微，彷彿是童子用來玩的。

朱七七也不知「她」要做什麼，不覺瞧得呆住了。

青衣婦人突然笑道：「好孩子，你若是不怕被嚇死，就在一旁瞧著，否則姑姑我還是勸你，趕緊乖乖的閉起眼睛。」

朱七七趕緊閉起眼睛，只聽青衣婦人笑道：「果然是好孩子……」

接著，便是一陣鐵器叮噹聲，拔開瓶塞聲，刀刮肌膚聲，剪刀鉸剪聲，輕輕拍打聲……

停了半晌，又聽得青衣婦人撮口吹氣聲，刀鋒霍霍聲，還有便是白飛飛的輕輕呻吟聲……

在這靜寂如死的深夜裡，這些聲音聽來，委實令人心驚膽戰，朱七七又是害怕，又是好奇，忍不住悄悄張開眼睛一看……

怎奈青衣婦人已用背脊擋住了她視線，她除了能看到青衣婦人雙手不住在動外，別的什麼也瞧不見。

她只得又闔起眼睛，過了約摸有兩盞茶時分，又是一陣鐵器叮噹聲，蓋起瓶塞聲，束緊革囊聲。

然後，青衣婦人長長吐了一口氣，道：「好了。」

朱七七張眼一望，連心底都顫抖起來——

那溫柔、美麗、可愛的白飛飛，如今竟已成個頭髮斑白，滿面麻皮，吊眉塌鼻，奇醜無比的中年婦人。

青衣婦人咯咯笑道：「怎樣，且瞧你姑姑的手段如何？此刻就算是這丫頭的親生父母，再也休想認得出她來了。」

朱七七哪裡還說得出話。

青衣婦人咯咯的笑著，竟伸手去脫白飛飛的衣服，恍眼之間，便將她剝得乾乾淨淨，一絲不掛。

燈光下，白飛飛嬌小的身子，有如隻待宰的羔羊般，蜷曲在被褥上，令人憐憫，又令人動心。

青衣婦人輕笑道：「果然是個美麗的人兒……」

朱七七但覺「轟」的一聲，熱血衝上頭頂，耳根火一般的燒了起來，閉起眼睛，哪敢再看。

等她再張開眼，青衣婦人已爲白飛飛換了一身粗糙而破舊的青布衣裳——她已完全有如換了個人似的。

青衣婦人得意的笑道：「憑良心說，你若非在一旁親眼見到，你可相信眼前這麻皮婦人，便是昔日那千嬌百媚的美人兒麼？」

朱七七又是憤怒，又是羞愧——她自然已知道自己改變形貌的經過，必定也正和白飛飛一樣。

她咬牙暗忖道：「只要我不死，總有一日我要砍斷你摸過我身子的這雙手掌，挖出你瞧過我身子的這雙眼珠，讓你永遠再也摸不到，永遠再也瞧不見，教你也嚐嚐那求生不得，求死不能的滋味。」

復仇之念一生，求生之心頓強，她發誓無論如何也要堅強的活下去，無論遭受到什麼屈辱也不能死。

青衣婦人仍在得意地笑著。

她咯咯笑道：「你可知道，若論易容術之妙，除了昔年『雲夢仙子』嫡傳的心法外，便再無別人能趕得上你姑姑了。」

朱七七心頭突然一動，想起那王森記的王憐花易容術之精妙，的確不在這青衣婦人之下。

她不禁暗暗忖道：「莫非王憐花便是『雲夢仙子』的後代？莫非那美絕人間，武功也高絕的婦人，便是雲夢仙子。」

她真恨不得立時就將這些事告訴沈浪，但……

但她這一生之中，能再見到沈浪的機會，只怕已太少了——她幾乎已不敢再存這希望。

第二日凌晨，三人又上道。

朱七七仍騎在驢上，青衣婦人一手牽著驢子，一手牽著白飛飛，躑躅相隨，那模樣更是可憐。

白飛飛仍可行路，只因「她」並未令白飛飛身子癱軟，只因「她」根本不怕這柔軟女子敢有反抗。

朱七七不敢去瞧白飛飛——她不願瞧見白飛飛——她不願瞧見白飛飛那流滿眼淚，也充滿驚駭，恐懼的目光。

連素來剛強的朱七七都已怕得發狂，何況是本就柔弱膽小的白飛飛，這點朱七七縱不去瞧，也是知道的。

她也知道白飛飛心裡必定也正和她一樣在問著蒼天：「這惡魔究竟要將我帶去哪裡？究竟要拿我怎樣……」

蹄聲得得，眼淚暗流，撲面而來的灰塵，路人憐惘的目光……這一切正都與昨日一模一樣？

這令人發狂的行程竟要走到哪裡才算終止？這令人無法忍受的折磨與苦難，難道永遠過不完麼？

忽然間，一輛敞篷車迎面而來。

這破舊的敞篷車與路上常見的並無兩樣，趕車的瘦馬，也是常見的那樣瘦弱、蒼老、疲乏。

但趕車的人卻赫然是那神秘的金無望，端坐在金無望身旁，目光顧盼飛揚的，赫然正是沈浪。

朱七七一顆心立時像是要自嗓子裡跳了出來，這突然而來的狂喜，有如浪潮般沖激著她的頭腦。

她只覺頭也暈了，眼也花了，目中早已急淚滿眶。

她全心全意，由心底嘶喚：「沈浪……沈浪……快來救我……」

但沈浪自然聽不到她這心裡的呼喚，他望了望朱七七，似乎輕輕嘆息了一聲，便轉過目光。

敞篷車走得極慢，驢子也走得極慢。

朱七七又是著急，又是痛恨，急得發狂，恨得發狂。

她心已撕裂，嘶呼著：「沈浪呀沈浪……求求你……看著我，我就是日夜都在想著你的朱七七呀，你難道認不出麼？」

她願意犧牲一切——所有的一切，只要沈浪能聽得見她此刻心底的呼聲——但沈浪卻絲毫也聽不見。

誰能想到青衣婦人竟突然攔住了迎面而來的車馬。

她伸出手，哀呼道：「趕車的大爺，行行好吧，施捨給苦命的婦人幾兩銀子，老天爺必定保佑你多福多壽的。」

沈浪面上露出了驚詫之色，顯然在奇怪這婦人怎會攔路來乞討銀子，那知金無望卻真塞了張銀票在她手裡。

朱七七眼睛瞪著沈浪，幾乎要滴出血來。

她心裡的哀呼，已變爲怒罵：「沈浪呀沈浪，你難道真的認不出我，你這無情無意，無心無肝的惡人，你。你竟再也不看我一眼。」

沈浪的確未再看她一眼。

他只是詫異地在瞧著那青衣婦人與金無望。

青衣婦人喃喃道：「好心的人，老天會報答你的。」

金無望面上毫無表情，馬鞭一揚，車馬又復前行。

朱七七整個人都崩潰了，她雖然早已明知沈浪必定認不出她，但未見到沈浪前，她心裡總算存著一絲渺茫的希望。

如今，車聲轔轔，漸去漸遠……

漸去漸遠的轔轔車聲，便帶去了她所有的希望——她終於知道了完全絕望是何滋味——那真是一種奇異的滋味。

她心頭不再悲哀，不再憤恨，不再恐懼，不再痛苦，她整個身心，俱已完完全全的麻木了。她眼前一片黑暗，什麼也瞧不見，什麼也聽不見——這可怕的麻木，只怕就是絕望的滋味。

路上行人往來如鯽，有的歡樂，有的悲哀，有的沉重，有的在尋找，有的在遺忘……

但真能嚐著絕望滋味的，又有誰？

沈浪與金無望所乘的敞篷馬車，已在百丈開外。

冷風撲面而來，沈浪將頭上那頂雖昂貴，但卻破舊的貂帽，壓得更低了些，蓋住了眉，也蓋住了目光。

他不再去瞧金無望，只是長長伸了個懶腰，喃喃道：「三天……三天多了，什麼都未找到，什麼都未瞧見，眼看距離限期，已愈來愈近……」

金無望道：「不錯，只怕已沒甚希望了。」

沈浪嘴角又有那懶散而瀟灑的笑容一閃，道：「沒有希望……希望總是有的。」

金無望：「不錯，世上只怕再無任何事能令你完全絕望。」

沈浪道：「你可知我們唯一的希望是什麼？」

他停了停，不見金無望答話，便又接道：「我們唯一的希望，便是朱七七，只因她此番失蹤，必是發現了什麼秘密，她是個心高氣傲的孩子……一心想要獨力將這秘密查出，是以便悄悄去了，否則，她是常常不會一個人走的。」

金無望道：「不錯，任何人的心意，都瞞不過你，何況朱七七的。」

沈浪長長嘆了一聲，道：「但三天多還是找不到她，只怕她已落入了別人的手掌，否則，以她那種脾氣，無論走到哪裡，總會被人注意，我們總可以打聽著她的消息。」

金無望道：「不錯……」

沈浪忽然笑出聲來，截口道：「我一連說了四句話，你一連答了四句不錯，你莫非在想著什麼心事不成……這些話你其實根本不必回答的。」

金無望默然良久，緩緩轉過頭，凝注著沈浪。

他面上仍無表情，口中緩緩道：「不錯，你猜著了，此刻我正是在想心事，但我想的究竟是什麼？你也可猜得出麼？」

沈浪笑笑道：「我猜不出……我只是有些奇怪。」

金無望道：「有何奇怪？」

沈浪目中光芒閃動，微微笑道：「在路上遇著個素不相識的婦人，便出手給了她張一萬兩銀子的銀票，這難道還不該奇怪？」

金無望又默然半晌，嘴角突也現出一絲笑意，道：「世上難道當真沒有事能瞞得過你的眼睛？」

沈浪笑道：「的確不多。」

金無望道：「你難道不是個慷慨的人？」

沈浪道：「不錯，我身上若有一萬兩銀子，遇見那樣可憐人的求乞，也會將這一萬兩銀子送給她的。」

金無望道：「這就是了。」

沈浪目光逼視著他，道：「但我本是敗家的浪子，你，你卻不是，你看來根本不是個會施捨別人的人，那婦人爲何不向別人求助，卻來尋你。」

金無望頭已垂下了，喃喃道：「什麼都瞞不過你……什麼都瞞不過你……」

突然抬起頭，神情又變得又冷又硬，沉聲道：「不錯，這其中的確有些奇怪之處，但我卻不能說出。」

兩人目光相對，又默然了半晌，沈浪嘴角又泛起笑容，這笑容漸漸擴散，漸漸擴散到滿臉。

金無望道：「你笑得也有些古怪。」

沈浪道：「你心裡的秘密，縱不說出，我也總能猜到一些。」

金無望道：「說話莫要自信太深。」

沈浪笑道：「我猜猜看如何。」

金無望冷冷道：「你只管猜吧，別的事你縱能猜到，但這件事……」

語聲戛然而住，只因下面的話說不說都是一樣的。

馬車的前行，沈浪凝視著馬蹄揚起的灰塵，緩緩道：「你我相交以來，你什麼事都未曾如此瞞我，只有此事……此事與你關係之重大，自然不問可知了。」

金無望道：「哦？……嗯。」

沈浪接道：「此事與你關係既是這般重大，想必也與那快活王有些關係……」

他看來雖似凝視著飛塵，其實金無望面上每一個細微的變化都未能逃過他眼裡，說到此處，金無望面上神色果然已有些變了。

沈浪立刻道：「是以據我判斷，那可憐的婦人，必定也與快活王有些關係，她那可憐的模樣，只怕是裝出來的。」

說完了這句，他不再說話，目光也已回到金無望臉上，金無望嘴唇緊緊閉著，看來有如刀鋒似的。

他面上卻是凝結著一層冰岩——馬車前行，冷風撲面，兩人你望著我，我望著你，彼此都想瞧入對方心裡。

金無望似是要從沈浪面上的神色，猜出他已知道多少？

沈浪便自然似要從金無望面上神色，猜出他究竟肯說出多少。

良久良久，馬車又前行百餘丈。

終於，金無望面上的冰岩漸漸開始溶化。

沈浪心已動了，但卻勉強忍住，只因他深知這是最重要的關鍵——人與人之間那種想要互佔上風的微妙關鍵。

他知道自己此刻若是忍不住說話，金無望便再也不會說了。

金無望終於說出話來。

他長長吸了口氣，一字字緩緩道：「不錯，那婦人確是快活王門下。」

沈浪怎肯放鬆，立刻追問：「你在快活王門下掌管錢財，位居要輔，那婦人點頭之間，便可將你錢財要出，她地位顯然不在你之下，她是誰？莫非竟也是酒、色、財、氣四大使者其中之一？但她卻又怎會是個女子？」

他言語像是鞭子，一鞭鞭抽過去，絲毫不給金無望喘氣的機會，所問的每一句話，又俱都深入了要害。

金無望又不敢去望他的目光，默然半晌，忽然反問道，「你可知普天之下，若論易容術之精妙，除了『雲夢仙子』一門之外，還有些什麼人？」

沈浪微微沉吟，緩緩地道：「易容之學，本不列入武功的範疇，是以易容術精妙之人，未必就是武林名家……」

突然一拍膝蓋，失聲道：「是了，你說的莫非是山左司徒？」

金無望沒有抬頭，也沒有說話，卻揚起馬鞭，重重往馬股抽下，怎奈這匹馬已是年老力衰，無論如何，也跑不快了。

沈浪目中泛起興奮之光，道：「山左司徒一家，不但易容之術精妙，舉凡輕功、暗器、迷香，以至大小推拿之學，亦無一不是精到毫巔，昔日在江湖中之聲名，亦不過稍次於『雲夢仙子』而已，近年江湖傳言，雖說山左司徒功夫大半屬於陰損，是以遭了天報，一門死絕，但百足之蟲死而不僵，這一家想必多少還有些後人活在人間，以他們的聲名地位，若是投入快活王門下，自可列入四大使者其中。」

金無望還是不肯說話。

沈浪喃喃道：「我若是快活王，若有山左司徒的子弟投入了我的門下，我便該將什麼樣職司交派於他……」

他面上光采漸漸煥發，接著道：「山左司徒並不知酒，財使亦已有人……想那山左司徒，必定更非好勇鬥氣之人，但若要山左司徒子弟，為快活王搜集天下之絕色美女，只怕再也沒有比他更適合的了，是麼，你說是麼？」

金無望冷冷道：「我什麼都沒有說，這都是你自己猜出的。」

沈浪目光閃動，仰天凝思，口中道：「我若是山左司徒子弟，要為快活王到天下搜集美女，卻又該如何做法？該如何才能達成使命？……」

他輕輕頷首，緩緩接道：「首先，我必定要易容為女子婦人之身，那麼，我接觸女子的機會必然比男子多得多了……」

金無望目光之中，已不禁露出些欽佩之色。

沈浪接道：「我劫來女子之後，千里迢迢，將她送至關外，自必有許多不便，只因美女必定甚為引人注目。」

他嘴角泛笑，又道：「但我既精於易容之術，自然便可將那美女易容成奇醜無比之人，教別人連看都不看一眼，我若怕那女子掙扎不從，自也可令她服下些致人癱啞的迷藥，好教她一路之上，既不能多事，也不能說話。」

金無望長長嘆息一聲，回首瞧了那正在敞篷車廂裡沉睡的孩子一眼，口中喃喃嘆息著道：「你日後若有沈相公一半聰明，也就好了。」

那孩子連日疲勞，猶在沉睡，自然聽不到他的話。

他的話本也不是對這孩子說的——他這話無異在說：「沈浪，你真聰明，所有的秘密，全給你猜對了。」

沈浪怎會聽不出他言外之意，微微一笑道：「回頭吧。」

金無望皺眉道：「回頭？」

沈浪道：「方才跟隨他那兩個女子，必定都是好人家的子女，我怎能忍心見到她們落入如此悲慘的境遇之中？」

金無望忽然冷笑起來，又回首望望孩子，道：「你日後長大了，有些事還是不可學沈相公的，小不忍則亂大謀，這句話你也必須牢記在心。」

沈浪微微一笑，不再說話，車子亦未回頭。

過了半晌，金無望忽的向沈浪微微一笑，道：「多謝。」

沈浪與金無望相處數日，金無望只有此刻這微笑，才是真正是心底發出來的，沈浪含笑問道：「你謝我什麼？」

金無望道：「你一心想追尋快活王的下落，又明知那司徒變此番必是回覆快活王的，你本可在暗中跟蹤於他，但司徒變已見到你我一路同行，你若跟蹤於他，我難免因此獲罪，於是你便爲了我將這大好機會放棄，你如此對我，口中卻絕無片言隻字有示恩於我之意，我怎能不謝你？」

這個冷漠沉默的怪人，此刻竟一連串說出這麼長一番話來，而且語聲中已微有激動之意。

沈浪嘆道：「朋友貴在相知，你既知我心，我夫復何求？」兩人目光相望一眼，但見彼此肝膽相照，言語已是多餘。

突聽得道路前方，傳來一陣歌聲：「千金揮手美人輕，自古英雄多落魄，且藉壺中陳香酒，還我男兒真顏色。」一條昂藏八尺大漢，自道旁大步而來。

只見此人身長八尺，濃眉大眼，腰畔斜插著柄無鞘短刀，手裡提著隻發亮的酒葫蘆，一面高歌，一面痛飲。

他蓬頭敞胸，足登麻鞋，衣衫打扮雖然落魄，但龍行虎步，神情間卻另有一股目空四海，旁若無人的瀟灑豪邁之氣。

路上行人的目光，都已在不知不覺間被此人所吸引，但此人的目光，卻始終盯在沈浪臉上。

沈浪望著他微微一笑，這漢子也還他一笑，突然道：「搭個便車如何？」

沈浪笑道：「請。」

那少年漢子緊走兩步，一跳便跳了上來，擠在沈浪身側。

金無望冷冷道：「你我去向不同，咱們要去的，正是你來的方向，這便車你如何坐法？」

那少年漢子仰天大笑道：「男子漢四海爲家，普天之下，無一處不是我要去的地方，來來去去，有何不可。」

伸手一拍沈浪肩頭，遞過酒葫蘆，道：「來！喝一口。」

沈浪笑了笑，接過葫蘆，便覺得葫蘆竟是鋼鑄，滿滿一口喝了下去，只覺酒味甘洌芬芳，竟是市面少見的陳年佳釀。

兩人你也不問我來歷去向，我也不問你身世姓名，你一口，我一口，片刻間便將一葫蘆酒喝得乾乾淨淨，那少年漢子開懷大笑道：「好漢子，好酒量。」

笑聲未了，金無望卻已將車子在個小小的鄉鎮停下，面色更是陰沉寡歡，冷冷道：「咱們的地頭到了，朋友你下去吧。」

那漢子卻將沈浪也拉了下去，道：「好，你走吧，我與他可得再去喝幾杯。」

竟真的將沈浪拉走了，拉入了一間油葷污膩，又髒又破的小店。

車廂中的童子笑了笑道：「這漢子莫非是瘋子麼？他曉得沈相公竟從不將任何事放在心上的脾氣，否則別人真要被他弄得哭笑不得。」

金無望冷「哼」一聲，眉宇間冷氣森森，道：「看住車子。」

等他入了小店，沈浪與那少年漢子已各又三杯下肚，一滿盤肥牛肉也已擺在面前。

從天下最豪華的地方，到最低賤之地，沈浪都去的，從天下最精美的酒菜，到最粗糲之物，沈浪都吃的。

他無論走到那裡，無論吃什麼，都是那副模樣。

金無望冷冰冰坐了下來，冷地冰地瞧著那少年漢子，瞧了足有兩盞茶時分，突然冷冷道：「你要的究竟是什麼？」

那少年漢子笑道：「要什麼？要喝酒，要交朋友。」

金無望冷笑道：「你是何等樣人，我難道還看不出？」

那少年漢子大笑道：「不錯，我非好人，閣下難道是好人麼。不錯，我是強盜，但閣下卻只怕是個大強盜亦未可知。」

金無望面色更變，那少年卻又舉杯笑道：「來，來，來！且讓我這小強盜敬大強盜一杯。」

金無望手掌放在桌下，桌上的筷子，卻似突然中了魔法似的，飛射而起，尖銳而短促的風聲「嗖」的一應，兩隻筷子已到了那少年面前。

那少年漢子笑叱道：「好氣功。」

「好氣功」這三字吐音不同，「好」字乃開口音，說到「好」字時，這少年以嘴迎著飛筷來勢，「氣」字乃咬齒音，說到「氣」字，這少年便恰巧用牙齒將筷子咬住，「功」字乃吐氣音，待說到「功」字時，這少年已將筷子吐出，原封不動，挾著風聲，直取金無望雙目。

這一來一去，俱都急如閃電，但聞沈浪微微一笑，空中筷子突然蹤影不見，再看已到了沈浪手中，但這去勢如電的一雙筷子，沈浪究竟是用何種手法接過去的，另兩人全然未曾瞧見。

這少年武功之高，固是大出金無望意料之外，但沈浪的武功之高，卻顯得更出乎這少年意料之外。

要知三人武功無一不是江湖中罕睹的絕頂高手，三人對望一眼，面上卻已有驚異之色。

沈浪輕輕將筷子放到金無望面前，依舊談笑風生，頻頻舉杯，只將方才的事，當作從未發生過似的。

金無望不再說話，亦絕不動箸，只是在心中暗暗思忖，不知江湖中何時竟出了這樣個少年高手。

那少年漢子也不再理他，依然和沈浪歡呼痛飲，酒愈喝愈多，這少年竟漸漸醉了，站起身子喃喃道：「小弟得去方便方便。」

突然身子一倒，桌上的酒菜都撒了下去。

金無望正在沉思，一個不留意，竟被菜汁撒了一身。

那少年立刻陪笑道：「罪過，罪過。」

連忙去揩金無望的衣服，但金無望微一揮手，他便踉蹌退了出去，連連苦笑道：「小弟一番好意，朋友何必打人……」

踉蹌衝入後面一道小門，方便去了。

金無望著沈浪道：「這廝來意難測，你何必與他糾纏，不如……」

面色突然大變，推桌而起，厲聲叱道：「不好，追。」

那知沈浪卻拉住了他，笑道：「追什麼？」

金無望面色鐵青，一言不發，還是要追出去。

沈浪道：「你身上可是有什麼東西被他摸去了？」

金無望冷冷道：「他取我之物，我取他性命。」

目光一閃，突又問道：「他取我之物，你怎會知道？」

沈浪面現微笑，另一隻手自桌子下伸了出來，手裡卻拿著疊銀票，還有隻製作得甚是精巧的小小革囊。

金無望大奇道；「這……這怎會到了你手裡？」

沈浪笑道：「他將這疊銀票自你身上摸去，我不但又自他身上摸回，而且順手牽羊，將他懷中的革囊也帶了過來。」

金無望凝目瞧了他幾眼，嘴角突又露出真心的微笑，緩緩坐下，舉杯一飲而盡，含笑道：「我已有十餘年未曾飲酒，這杯酒乃是爲當今天下，手腳最輕快的第一神偷喝的。」

沈浪故意笑問：「誰是第一神偷？莫非是那少年？」

金無望道：「那廝手腳之快，已可算得上是駭人聽聞的了，但只要有你沈浪活在世上，他便再也休想博這第一神偷的美名。」

沈浪哈哈大笑道：「罵人小偷，還說是賜人美名，如此美名，我可承當不起。」將銀票還給金無望，又道：「待咱們瞧瞧這位偷雞不著蝕把米的朋友，究竟留下了什麼？」

那革囊之中，銀子卻不多，只有零星幾兩而已。

沈浪搖頭笑道：「瞧這位朋友的手腳，收入本該不壞才是，哪知卻只有這些散碎銀子，想來他必也是個會花錢的角色。」

金無望道：「來得容易，走得自然快了。」

沈浪微笑著又自革囊中摸出張紙，卻不是銀票，而是封書信，信上字跡甚是拙劣，寫的是：「字呈龍頭大哥足下：自從大哥上次將小弟灌醉後，小弟便只有灌醉別人，自己從未醉過，哈哈，的確得意得很。這些日子來小弟又著實弄進幾文，但都聽大哥的話，散給些苦哈哈們了，小弟如今也和大哥一樣，吃的是有一頓沒一頓，晚上住在破廟裡，哈哈，日子過得雖苦，心情卻快活得很，這才相信大哥的話，幫助別人，那滋味當真比什麼都好。」

看到這裡，沈浪不禁微笑道：「如何，這少年果然是個慷慨角色。」

只見信上接著寫的是：「潘老二果然有採花的無恥勾當，已被小弟大卸八塊了，屠老刀想存私財，單一成偷了孝子，趙錦錢食言背信，這三個孫子惹大哥生氣，小弟一人削了他們一隻耳朵，卻被人販子老周偷去下酒吃了，小弟一氣之下，也削了老周一隻耳朵，讓他自己吃了下去，哈哈，他偷吃別人的耳朵雖痛快，但吃自己耳朵時那副愁眉苦臉的怪模怪樣，小弟這枝筆，真他媽的寫不出，大哥要是在旁邊瞧著就好了，這一下，老周只怕再也不敢吃人肉了。」

瞧到這裡，連金無望也不覺爲之失笑。

信上接著寫道：「幸好還有甘文源、高志、甘立德、程雄、陸平、金德和、孫慈恩這些孫子們，倒著實肯為大哥爭氣，辦的事也都還漂亮，小弟一高興，就代大哥請他們痛吃痛喝了一頓，哈哈，吃完了小弟才知道自己身上一兩銀子也沒有，又聽說那酒樓老闆是個小氣鬼，大伙兒瞪眼，便大搖大擺地走了，臨走時還問櫃台上借了五百七十兩銀子，送給街頭豆腐店的熊老實娶媳婦。

還有，好教大哥得知，這條線上的苦朋友，都已被咱們兄弟收了，共有六百捌拾四個，小弟已告訴他們聯絡的暗號，只要他們在路上遇著來路不正的肥羊，必定會設法通知大哥的，哈哈，現在咱們這一幫已有數千兄弟，聲勢可真算不小了，大哥下次喝醉酒時，莫忘記為咱們自己取個名字。」

下面的具名是：「紅頭鷹。」

沈浪一口氣看完了，擊節道：「好，好！不想這少年小小年紀，竟已幹出了這一番大事，而且居然已是數千弟兄的龍頭大哥了。」

金無望道：「只是你我卻被他看成來路不正的肥羊。」

沈浪笑道：「想必是你方才取銀票與那司徒變時，被他手下的弟兄瞧見了，是以他便繞路抄在咱們前面，等著咱們。」

語聲微頓，又道：「這信上所提名字，除了那人販子周青外，倒也都是響噹噹的英雄漢子，尤其寫信的這紅頭鷹，更是個久已著名的獨行大盜，聞說此人輕功，已不在斷虹子等人之下，連此等人物都已被這少年收服，這少年的爲人可想而知，就憑他這種劫富濟貧的抱負，就值得咱們交交。」

金無望「哼」了一聲，也不答話。

沈浪冷道：「方才的事，你還耿耿在心麼？」

金無望避而不答，卻道：「革囊中還有什麼？」

沈浪將革囊提起一倒，果然又有兩樣東西落了下來，一件是隻扇墜般大小，以白玉琢成的小貓。

這琢工刀法靈妙，簡簡單單幾刀，便將一隻貓琢得虎虎有生氣，若非體積實在太小，當真像個活貓似的。

仔細一看，貓脖下還有行幾難分辨的字跡：「熊貓兒自琢自藏自看自玩。」

沈浪笑道：「原來這少年叫熊貓兒！」

金無望冷冷道：「瞧他模樣，倒果真有幾分與貓相似。」

沈浪哈哈大笑，拾起第二件東西一看，笑聲突頓，面色也爲之大變，金無望大奇問道：

「這東西又有何古怪？」

這第二件東西只不過是塊玉璧，玉質雖精美，也未見有何特異之處，但金無望接過一看，面上也不禁現出驚詫之色。

原來這玉璧之上，竟赫然刻著「沈浪」兩個字。

金無望奇道：「你的玉璧，怎會到了他身上？莫非他先就對你做了手腳？」

沈浪道：「這玉璧不是我的。」

金無望更奇，道：「不是你的玉璧，怎會有你的名字？」

沈浪道：「這玉璧本是朱七七的。」

金無望更是吃了一驚，動容道：「朱姑娘的玉璧，怎會到了他身上，莫非……莫非……」

沈浪道：「無論是何原因，這玉璧既然在他身上，朱七七的下落他便必定知道，咱們無論如何，先得等著他問上一問。」

金無望道：「他早已去遠，如何追法？」

但沈浪還未回話，他卻已先替自己尋得答案，頷首道：「是了，咱們只要在路上瞧見有市井之徒，便可自他們身上追查出這熊貓兒的下落去向。」沈浪道：「正是，這路上既有他百捌拾多個弟兄，咱們還怕尋不著他的下落？……走！」

「走」字出口，他人已到了門外。

請續看【武林外史】第二部

古龍精品集 16

武林外史（一）

作者：古龍
發行人：陳曉林
出版所：風雲時代出版股份有限公司
地址：10576台北市民生東路五段178號7樓之3
電話：(02) 2756-0949　　傳真：(02) 2765-3799
封面原圖：明人出警圖（原圖爲國立故宮博物館典藏）
封面影像處理：風雲編輯小組
執行主編：劉宇青
行銷企劃：林安莉
業務總監：張瑋鳳
出版日期：古龍80週年紀念版2019年1月
ISBN：978-986-146-350-6

風雲書網：http://www.eastbooks.com.tw
官方部落格：http://eastbooks.pixnet.net/blog
Facebook：http://www.facebook.com/h7560949
E-mail：h7560949@ms15.hinet.net
劃撥帳號：12043291
戶名：風雲時代出版股份有限公司

風雲發行所：33373桃園市龜山區公西村2鄰復興街304巷96號
電話：(03) 318-1378　　傳真：(03) 318-1378
法律顧問：永然法律事務所 李永然律師
　　　　　北辰著作權事務所 蕭雄淋律師

行政院新聞局局版台業字第3595號 營利事業統一編號22759935

定價：240元

國家圖書館出版品預行編目資料

武林外史／古龍作. -- 再版. -- 臺北市：
風雲時代, 2007〔民96〕
冊； 公分.
ISBN: 978-986-146-350-6（第1冊：平裝）
ISBN: 978-986-146-351-3（第2冊：平裝）
ISBN: 978-986-146-352-0（第3冊：平裝）
ISBN: 978-986-146-353-7（第4冊：平裝）
ISBN: 978-986-146-354-4（第5冊：平裝）
857.9　　96002016